Edgar A. Poe

Mystery

에드거 앨런 포 소설 전집 1
미스터리 편 _모르그가의 살인 외

1판 1쇄 펴냄 2015년 6월 1일
1판 2쇄 펴냄 2015년 11월 10일

지은이 에드거 앨런 포
옮긴이 바른번역
감수 김성곤
펴낸이 하진석
펴낸곳 코너스톤
주소 서울시 마포구 독막로 3길 51
전화 02-518-3919
ISBN 979-11-85546-57-5 04840

에드거 앨런 포
소설 전집

1

E d g a r   A . P o e

미스터리 편
모르그가의 살인 외

에드거 앨런 포 지음
바른번역 옮김   김성곤 감수

코너스톤
Cornerstone

차례

모르그가의 살인

Edgar
A. Poe

모르그가의 살인

바다의 요정 세이렌이 무슨 노래를 불렀을까, 아킬레우스가 여인들 사이에 숨어서 어떤 이름을 사용했을까라는 질문들은 난해하기는 해도 추측이 불가능하지는 않다.

— 토마스 브라운 경

분석이라는 정신적 특성은 그 자체만으로 분석의 대상이 되지는 못한다. 분석의 결과가 나온 뒤에야 그 진가를 알 수 있기 때문이다. 무엇보다도 분석 그 자체는 분석 능력이 넘치는 사람에게 크나큰 즐거움을 선사한다. 힘센 남자가 근육 운동을 즐기면서 자신의 신체적 능력을 뽐내는 것처럼 분석가는 자유로운 정신 활동에서 기쁨을 누린다. 분석 능력을 활용할 수만 있다면 아주 사소한 일에서도 즐거움을 찾아낸다. 분석가는 수수께끼와 어려운 문제, 상형 문자를 좋아한다. 이것들을 푸는 과정에서 보통 사람들이 신기해할 정도의 통찰력을 과시할 수 있기 때문이다. 정확한 방법으로 얻은 결과임에도 직감을 이용한 것 같은 느낌을 풍긴다.

해결 방법에 더욱 힘을 실어주는 것은 수학, 특히 수학의 최고 분야인 해석학이라 할 수 있다. 단지 계산을 거꾸로 한다는 이유만으로 부당하게 해석학이라는 거창한 이름이 붙었지만 계산 자체는 분석이 아니다. 예를 들어 체스 선수는 굳이 분석할 필요 없이 계산만 하면 된다. 따라서 체스 게임이 분석력을 키우는 데 영향을 미친다는 생각은 매우 잘못된 것이다. 나는 지금 논문이 아니라 다소 기이한 이야기의 서문을 관찰에 의존하여 마구잡이로 쓰고 있을 뿐이다. 그러므로 이참에 사색에서 나오는 강력한 힘은 정교한 책략이 필요한 체스 게임보다 단순한 체커 게임에서 더욱 확실하고 유용하게 쓰인다는 주장을 해볼까 한다.

체스 게임은 말이 모두 다르고 기묘하게 움직이며 변수도 많아서 복잡하기만 할 뿐이다. 하지만 이것을 심오한 것으로 착각하는 오류에 빠지기 쉽다. 이런 상황에서는 집중력을 한껏 동원해야 한다. 잠깐이라도 흐트러지면 실수를 저질러 손해를 보거나 패배하고 만다. 말을 움직일 방법이 많고 복잡해서 실수할 확률이 크기 때문에 열에 아홉은 예리한 선수보다 집중력이 강한 선수가 이긴다. 반대로 체커 게임에서는 말의 움직임이 분명하고 변수도 많지 않기 때문에 실수할 확률이 낮아지면서 상대적으로 집중력을 조금밖에 사용하지 않는다. 따라서 통찰력이 뛰어난 쪽이 유리하다.

좀 더 구체적으로, 체커 게임에서 말을 왕 네 개로 줄인다고 가정해보면 당연히 실수는 일어나지 않을 것이다. 두 선수의 실력이 같다면 이 게임의 승리는 열심히 궁리해서 아주 기발하게 말을 움직인 사람에게 돌아갈 것이 분명하다. 지략이 없는 분석가는 상대방의 의도에 휘말리고 자신의 수를 다 읽히게 되어 한눈에 봐도 정말 어이없는 단순한 계략에 넘어가 실수를 저지르거나 너무 서두르다가 착오에 빠지는 일을 자주 당한다.

휘스트(2명이 1조가 되어 하는 카드놀이의 일종 – 옮긴이) 게임은 오래전부터 소위 계산 능력에 영향을 끼치는 것으로 유명해서, 지능이 높은 사람일수록 체스는 시시하게 느껴 멀리하고 대신 휘스트 게임을 즐긴다고 알려져왔다. 분석 능력을 그토록 많이 써야 하는 게임도 없을 것이다. 기독교 국가들 가운데 가장 뛰어난 체스 선수는 세상에서 체스 게임을 최고로 잘한다고 볼 수 있다. 하지만 휘스트 게임에 숙달되려면 체스는 물론이고 지능을 겨루는 더 어려운 게임에서 모두 이길 정도의 능력이 필요하다.

여기에서 숙달된다는 것은 정당한 방법으로 유리한 상황을 끌어내는 모든 요소를 포함하여 게임을 완벽히 이해하는 것을 뜻한다. 이 요소들은 많고 다양하며 흔히 일반 지식으로는 접근할 수 없는 사고의 깊숙한 곳에 놓여 있다. 주의 깊게 관찰한다는 것은 분명하게 기억한다는 의미이므로 집중력이 뛰어난 체스 선수가 휘스트 게임도 잘할 거라 여겨왔다. 그러던 중 순전히 게임 방법에만 근거하여 만들어진 호일의 규칙이 널리 보급되면서 기억력이 좋고 '책에 쓰인 규칙'대로 따르기만 하면 대체로 게임을 잘할 수 있다고 여겨지게 되었다.

하지만 분석가의 능력이 빛을 발하는 것은 규칙을 벗어난 문제에 부딪힌 경우다. 그는 조용히 이런저런 관찰과 추리를 한다. 주위 사람들도 그렇게 해보겠지만 얼마만큼 정보를 얻어내는가는 추리력보다 관찰력에 따라 차이가 난다. 관찰을 할 때에는 무엇을 관찰해야 하는지 알아야 한다. 분석을 잘하는 사람은 무엇에도 얽매이지 않으므로 게임에서 이기기 위해 게임 외적인 부분을 가지고도 자유롭게 추리를 한다. 자기편 사람의 표정을 살펴보고 상대편 사람들의 표정과 신중하게 비교한다. 각자 손에 든 카드를 분류하는 방식도 눈여겨본다. 보통은 자기가 쥐고 있는 카드를 흘깃거리며 어떤 좋은 패가 들었는지 세어보기 때문이다.

게임을 하면서 사람들의 모든 표정 변화에 주목하여 확신하고 놀라고 우쭐대고 분해하는 표정들을 관찰하며 생각을 축적한다. 속임수를 발견하면 그렇게 한 차례 이긴 사람이 또다시 그 짝패로 속임수를 쓸 수 있을 것인지 아닌지 판단한다. 테이블에 패를 내놓는 척하며 상대방을 현혹하는 거짓 동작도 알아챈다. 스스럼없이 한 말이나 무심코 한 말, 패를 감추려다가 초조하거나 부주의해서 뜻하지 않게 카드를 떨어뜨리거나 보여주는 경우, 속임수를 몇 번이나 어떤 순서로 쓰는지, 당황하든 망설이든 열심히 하든 겁을 먹든 전부 직감으로 파악할 수 있고 이것들은 게임이 돌아가는 상황을 확실하게 암시해준다. 처음 두세 차례 판이 돌고 나서 분석을 완료한 분석가는 각자 손에 어떤 카드를 쥐었는지 다 알게 되고 마치 다른 사람들이 표정을 겉으로 다 드러내기라도 한 듯 자신 있게 카드를 내려놓는다.

분석력과 풍부한 창의력을 혼동하면 안 된다. 분석가는 당연히 창의적이어야 하지만 창의력이 풍부한 사람은 대체로 분석력이 현저히 떨어지기 때문이다. 구성력이나 결합력은 주로 창의력을 보여주는 수단이며, 골상학자骨相學者들은(나는 잘못이라는 걸 알면서도 골상학을 믿는다) 이를 원시적 능력으로 여겨 별개의 기관으로 지정했다. 또한 구성력이나 결합력은 천재와 백치의 경계에 놓인 사람들에게서 흔히 볼 수 있는 능력으로 도덕에 관한 글을 쓰는 작가들의 관심을 받아왔다. 창의력과 분석력의 차이가 공상과 상상의 차이보다 훨씬 크지만 이 두 가지 차이의 성격은 상당히 유사하다. 즉 창의력이 풍부한 사람은 늘 공상에 잠겨 있는 데 반해 상상력이 뛰어난 사람은 분석적일 수밖에 없다는 사실을 알게 될 것이다.

앞선 논의를 어느 정도 감안하여 다음 이야기를 읽어주길 바란다.

나는 18XX년 봄에서 여름 무렵까지 파리에 거주하며 슈발리에 C. 오귀스트 뒤팽이라는 남자를 알게 되었다. 이 젊은 신사는 굉장한 명문가 출신이었지만 여러 가지 불행한 사건을 겪은 뒤 가난에 찌들어 삶의 의지를 모두 잃고 다시 집안을 일으키려는 노력이나 재산을 되찾겠다는 생각도 접어버렸다. 채권자들이 호의를 베푼 덕에 유산을 조금 넘겨받아 여기서 생기는 수입으로 생필품만 간신히 살 수 있었을 뿐 사치는 꿈도 꾸지 못했다. 책이 그가 누릴 수 있는 유일한 사치였고, 파리에서는 쉽게 책을 구할 수 있었다.

우리가 처음 만난 곳은 몽마르트르가에 있는 외딴 도서관이었다. 그곳에서 우연히 아주 귀하고 훌륭한 책을 동시에 찾게 된 것을 계기로 친해져 자주 만났다. 이 프랑스 사내는 자신에 관해 이야기할 때면 신이 나서 솔직하고 자세하게 말해주었고 나는 그가 들려주는 가족 이야기를 흥미롭게 들었다. 나는 뒤팽의 방대한 독서량에 깜짝 놀랐고, 무엇보다도 그의 상상력에서 나오는 거친 열정과 생생한 활기 덕분에 내 안의 영혼이 불타오르는 것을 느꼈다. 원하는 물건은 파리에서 모두 구할 수 있었지만 그런 상류층 사람은 천금을 주고도 살 수 없는 보물과도 같았다. 그리고 이런 내 느낌을 뒤팽에게 솔직히 털어놓았다.

마침내 우리는 내가 파리에 머무는 동안 함께 지내기로 했다. 내 형편이 뒤팽보다 좀 더 나았으므로, 오래되고 기괴해 보이는 저택을 빌려 집세를 내는 일과 둘의 공통된 취향에 맞추어 다소 몽환적이고 어두운 풍으로 가구를 들여놓는 일은 내가 맡았다. 포부르 생 제르맹의 후미지고 외딴 구역에 있는 그 저택은 우리가 모르는 미신 때문에 오랫동안 버려져 붕괴 직전에 놓여 있었다.

이곳에서의 일상이 세상에 알려졌다면 사람들은 우리를 미친 게 분명하다고 여겼을 것이다. 우리는 완벽하게 은둔했다. 아무도 초대하지 않았다. 우리가 사는 곳 인근은 옛 친구들에게조차 철저히 비밀로 했고, 뒤팽은 파리 사교계와 교류를 끊은 채 수년을 지냈다. 그렇게 단둘이 오붓하게 지냈다.

내 친구는 이상한 몽상에 잠겨(내게는 딱히 다른 표현이 떠오르지 않는다) 밤에 매혹되었고 나는 그의 다른 면들과 마찬가지로 이런 기이함에도 서서히 빠져들어 그가 느끼는 변덕에 꼼짝없이 함께 젖어들었다. 암흑의 신이 항상 머물지 않아도 우리 곁에 있는 것처럼 꾸밀 수는 있었다. 동이 터오면 건물의 지저분한 덧문을 모두 닫고 향이 강한 초 두세 개에 불을 붙여 기분 나쁘면서도 희미한 불빛만 비치게 해놓았다. 그러고 나서 이 불빛의 도움을 받아 부지런히 꿈속을 떠다니며 진짜 어둠이 내릴 때까지 책을 읽거나 글을 쓰거나 대화를 했다. 밤이 되면 우리는 팔짱을 끼고 거리로 나가 낮에 나누던 얘기를 계속하거나 이곳저곳을 쏘다녔다. 그리고 늦은 시간까지 대도시의 현란한 불빛과 그림자들 속을 천천히 관찰하며 마음에 무한한 흥분을 불러일으킬 만한 일을 찾아다녔다.

그 당시 나는 뒤팽이 상상력이 풍부하니 분석력도 뛰어날 거라고 충분히 예상했음에도 그만의 독특만 분석력에 대해 경탄하지 않을 수 없었다. 군이 과시하려는 의도는 없어도 그 자신이 분석력을 사용할 수 있는 일을 무척 반기는 것처럼 보였고, 그 일에서 느끼는 즐거움을 서슴없이 표출했다. 뒤팽은 내게 싱긋 웃어 보이며 자신의 경우만 보더라도 남자들은 대부분 가슴팍에 안경을 넣고 다닐 거라고 주장했다. 그리고는 언제나처럼 나도 알고 있는 상세한 지식을 이용해 직접적이고도 기발한 증거를 댔다. 이럴 때 그의 태도는 차갑고 애매했다. 시선은 멍했고 평소 높게 울리던 목소리가 더욱 높아져 마치 토라진 것처럼 들리긴 했지만 말투는 신중하고 또렷했다. 이런 기분에 빠진 뒤팽을 보면 나는 가끔 영혼을 두 부분으로 나눈 고대 철학을 떠올렸고 창의적 부분과 분석적 부분을 한몸에 지닌 뒤팽의 모습을 상상하며 즐거워했다.

방금 이야기한 것 때문에 내가 쓰고 있는 글을 추리 소설이나 공상 소설로 여기면 안 된다. 뒤팽에 대한 묘사는 그저 어떤 지식인이 흥분한 혹은 병약한 상태에서 내린 결론일 뿐이라고 여겨주길 바란다. 어쨌든 그 당시 뒤팽이 했던 말 중에 그의 상상력을 가장 잘 보여주는 예를 들려주겠다.

어느 날 밤, 우리는 팔레 루아얄 근처의 길고 지저분한 거리를 걸어 내려가고 있었다. 둘 다 생각에 잠겨 15분 정도 한마디도 하지 않았다. 그런데 뒤팽이 불쑥 이렇게 말했다.

"맞아, 그 남자는 키가 너무 작아서 바리에테 극장의 희극에 더 어울릴 걸세."

"그러게 말이야."

나도 모르게 대답이 나왔고, 처음에는 생각에 깊이 몰두해서 뒤팽이 내 생각을 비집고 들어왔다는 놀라운 사실을 알아채지 못했다. 하지만 정신이 든 뒤 깜짝 놀랐다.

"뒤팽."

내가 진지하게 말했다.

"이건 이해가 가질 않네. 분명히 말하겠는데 놀라워서 믿기지가 않아. 어떻게 내가 생각하고 있는 사람이…?"

여기서 나는 그가 틀림없이 내가 누구를 생각했는지도 알 거라고 확신하며 말을 멈추었다. 뒤팽이 말을 이었다.

"샹티이라는 걸 알았냐고? 자네가 그자는 체구가 너무 작아서 비극에 어울리지 않는다며 혼잣말을 하고 있더군."

이것은 정확히 내가 생각하고 있던 주제와 일치했다.

샹티이는 예전에 생 드니가의 구두 수선공이었다가 연극에 미쳐 크레비용의 비극에 나오는 크세르크세스 역에 도전했지만 애쓴 보람도 없이 놀림거리가 되고 만 사람이었다. 내가 소리쳤다.

"대체 무슨 방법으로 이 주제에 대한 내 생각을 가늠할 수 있었는지 제발 말 좀 해보게."

사실 나는 말한 것보다 훨씬 더 많이 놀란 상태였다.

뒤팽이 대답했다.

"자네가 구두 수선공이 크세르크세스와 같은 역할을 맡기에는 키가 작다는 생각을 하게 된 것은 과일 장수 때문이었어."

"과일 장수라고! 의외로군. 내가 아는 사람 중엔 과일 장수가 없는데 말이지."

"우리가 도로로 들어설 때 자네와 부딪힌 자 말이야. 15분쯤 됐을 거네."

그제야 나는 C거리를 건너 큰길로 들어설 때 큰 사과 광주리를 머리에 인 과일 장수와 부딪혀 넘어질 뻔했던 일이 기억났다. 그런데 그 일이 샹티이와 무슨 관련이 있는지 도무지 이해가 가질 않았다.

뒤팽은 사기꾼 기질이라고는 눈곱만큼도 찾아볼 수 없는 사람이었다.

"설명을 들으면 모든 걸 확실히 알게 될 걸세. 우선 내가 자네에게 말을 꺼낸 순간부터 문제의 과일 장수와 충돌한 순간까지 자네가 한 생각들을 역으로 추적해보세. 사슬을 크게 연결하면 이렇게 되지. 샹티이, 오리온자리, 니콜스 박사, 에피쿠로스, 스테레오토미, 포장 돌, 과일 장수."

사람들은 대부분 살다가 한 번쯤 자신의 생각이 특별한 결론에 이르게 된 단계를 되밟아보며 즐거워하기 마련이다. 대개

이 일은 몹시 흥미로운 일이다. 처음 시도하는 사람은 생각의 시작점과 결론 사이가 많이 동떨어지고 앞뒤가 맞지 않는 것에 놀란다. 그렇다면 뒤팽이 방금 한 말을 듣고 그 말이 맞는다고 인정할 수밖에 없었을 때 내가 놀란 이유는 무엇이었을까. 뒤팽은 계속해서 말했다.

"내 기억이 맞는다면 C거리를 막 벗어나려 할 때 우리는 말馬에 대해 이야기하고 있었네. 이것이 우리가 토론한 마지막 주제였어. 길을 건넜을 때, 큰 광주리를 인 과일 장수가 우리를 빠르게 스쳐 지나가다가 보수 중인 도로에 쌓인 도로포장용 돌무더기 위로 자네를 밀쳤지. 자네는 포장 돌 하나를 밟으며 미끄러져 발목을 살짝 접질렸고. 그때 자네는 당황했거나 시무룩해 보이더군. 그리고 몇 마디 중얼거리더니 몸을 돌려 돌무더기 쪽을 쳐다보고는 조용히 다시 걸어갔어. 난 자네 행동에 특별한 주의를 기울인 건 아니었지만 최근 들어 무엇이든 관찰을 안 하면 못 배겨서 말이야.

자네는 계속 땅에 시선을 둔 채 뾰로통한 표정으로 도로에 난 구멍과 바퀴 자국을 바라보았고 나는 그 모습에서 자네가 여전히 포장 돌에 대해 생각하고 있다는 것을 알 수 있었네. 이 윽고 우리는 돌을 잘라 겹치고 이어서 고정하는 방법으로 포장된 라마르틴이라는 작은 골목에 이르렀지. 여기에서 자네 표정이 밝아졌고 이런 종류의 도로포장을 일컫는 용어인 '스테레오토미'이라는 단어를 중얼거리는 것을 자네의 입 모양으로 읽어 알아냈어. 스테레오토미Stereotomy를 떠올리다가 해골Atomies을 연상하게 되었고 자연스럽게 에피쿠로스의 학설로 생각이 흘러간 거지. 게다가 내가 얼마 전에 이 주제로 토론하면서, 고귀한 그리스인들이 성운의 우주기원론에 대해 이미 알고 있었을 거라는 추측이 왜 주목받지 못했는지 그 점이 참으로 이상하다고 자네에게 언급했었기 때문에 난 자네가 오리온자리의 거대한 성운을 찾아 하늘을 쳐다볼지도 모른다고 생각했다네. 그리고 자네가 그렇게 해주기를 기다렸네. 자네는 위를 쳐다보았고 내가 자네의 사고 단계를 정확히 따라갔다는 것을 확신했지.

그런데 마침 어제 발간된 〈뮈제〉에 샹티이에 대한 격렬한 장광설을 실은 풍자가가 샹티이의 어설픈 비극 연기를 비꼬기 위해 그의 이름을 슬쩍 바꿔놓고는 우리가 가끔 입에 올렸던 라틴어 구절을 인용했어. 그 구절은 '첫 글자의 옛 소리를 잃어버리다'라는 의미를 담고 있지.

자네에게도 말했듯이 이 문구는 예전에 '유리온'이라고 쓰이던 '오리온'을 언급한 것이었어. 이 설명에 깃든 예리함 때문에 난 자네가 이 사실을 잊었을 리 없다고 생각했네. 그러면 오리온자리와 샹티이라는 두 가지 생각을 분명하게 연결할 수 있을 거야. 자네 입가에 미소가 스친 걸 보니 그 둘을 연결했더군. 자네는 불쌍한 구두 수선공이 풍자가의 제물이 되었다고 생각했지. 그리고 그때까지 구부정하니 걷다가 이제 원래 키만큼 몸을 쭉 펴더군. 그렇다면 분명히 자네는 샹티이의 왜소한 체격에 대해 생각하고 있었을 거네. 이 부분에서 내가 자네 생각에 끼어들어 그 샹티이란 자가 너무 작아서 바리에테 극장에 더 잘 어울릴 거라고 말한 거지."

이 일이 있고 얼마 후 우리는 석간 〈법정신문〉을 훑어보다가 다음 기사에 주목하게 되었다.

기괴한 살인 사건 - 오늘 새벽 3시경 생 로슈 지역 주민들은 연달아 들려오는 끔찍한 비명에 잠을 깼다. 틀림없이 모르그가에 있는 집 4층에서 나는 소리였고 그 집에는 레스파나예 부인과 딸 카미유 레스파나예 양만 사는 것으로 알려져 있었다. 여덟 명에서 열 명 정도 되는 이웃들이 경찰 두 명을 대동하고 안으로 들어가려고 시도했지만 실패했고, 쇠지레를 이용해 입구를 부수고 들어갔다. 이때 비명은 멈춰 있었다.

사람들이 급히 계단 한 층을 올라가자 집 위쪽에서 두 사람 이상이 다투는 것 같은 거친 목소리가 들렸다. 한 층 더 올라갔을 때는 이 소리마저 멈추고 주변은 완전히 고요해졌다. 사람들은 빠르게 흩어져 방들을 살폈다. 4층의 널찍한 뒷방에 도달한 뒤, 안에서 잠긴 문을 강제로 열고 들어가자 그곳에는 함께 있던 모든 사람이 경악을 금치 못할 참혹한 광경이 펼쳐져 있었다.

방 안은 정신없이 어질러졌고 가구는 부서진 채 사방에 널브러져 있었다. 침대 틀만 덜렁 남아 있고 매트리스는 마룻바닥 한가운데에 내동댕이쳐져 있었다. 의자에는 피가 잔뜩 묻은 면도칼이 놓여 있었다. 벽난로 위에는 사람의 긴 잿빛 머리카락 두세 뭉치가 똑같이 피에 흥건히 젖은 채로 놓여 있었고 뿌리째 완전히 뽑힌 것처럼 보였다.

마룻바닥에서는 20프랑 금화 네 개와 토파즈 귀걸이, 커다란 은 숟가락 세 개와 작은 주석 숟가락 세 개, 금화 4000프랑가량이 든 가방 두 개가 발견되었다. 한쪽 구석에 있던 옷장은 서랍이 열려 있었고 안에 들어 있던 물품들은 대부분 그대로 남아 있었지만 샅샅이 뒤진 흔적이 뚜렷했다. 작은 철제 금고가 매트리스 밑에서 나왔다. 금고는 열쇠가 그대로 꽂힌 채 열려 있었고 그 안에는 오래된 편지 몇 장과 중요치 않은 서류만 들어 있었다.

레스파나예 부인의 자취는 어디에도 없었다. 그런데 난롯가에 이상하게 검댕이 많이 떨어져 있어 사람들은 굴뚝 안을 살펴보았다. 그곳에서(말하기조차 끔찍하게도) 머리를 거꾸로 한 채 굴뚝에 처박힌 딸의 시신을 끌어냈다. 시신은 상당히 먼 좁은 구멍까지 끌려 올라가 있었다. 몸에는 아직 온기가 남아 있었다. 검시 결과, 굴뚝 속으로 거세게 밀려 올라가며 피부가 쓸리는 바람에 찰과상을 꽤 입은 것으로 밝혀졌다. 얼굴에는 여러 군데 심하게 긁힌 자국이 있었고 마치 목이 졸려 죽은 것처럼 목에는 멍이 짙게 들고 손톱자국이 깊게 나 있었다.

더는 나올 것이 없을 만큼 집 안을 샅샅이 조사한 후, 사람들은 건물 뒤편에 있는 작은 뜰로 나갔다. 그곳에 나이 든 여인의 시신이 있었다. 목이 깊게 베인 시신을 들려고 하자 머리가 완전히 떨어져버렸다. 머리뿐 아니라 몸도 심하게 훼손되어 인간의 형체가 거의 남아 있지 않을 정도였다.

그러나 아직까지 이 끔찍한 수수께끼를 풀기 위한 단서는 하나도 나오지 않고 있다.

다음 날 신문에 이 사건에 대한 속보가 실렸다.

모르그가에 일어난 참극. 이 기괴하고 무시무시한 사건과 관련하여 많은 사람이 조사를 받았다. 하지만 사건 해결의 실마리가 될 만한 것은 전혀 나오지 않고 있다. 다음은 지금까지 나온 주요 증언들이다.

폴린 뒤부르그(세탁부)의 증언에 따르면 그녀는 3년 동안 세탁을 해주며 고인들과 알고 지냈다. 노부인과 딸은 사이가 좋고 서로 애정이 깊어 보였다. 세탁비도 후하게 지불했다. 생활 방식이나 생계 수단에 대해 알지는 못하지만 레스파나예 부인이 점을 쳐서 생계를 유지한다고 생각했고 저축을 많이 한다는 소문을 들었다. 빨랫감을 가지러 가거나 가져다줄 때 집에서 다른 사람을 마주친 적은 한 번도 없었다. 하인을 두지 않은 것이 확실했다. 4층을 제외하고 건물의 다른 곳에는 가구도 전혀 없는 듯 보였다.

피에르 모로(담배 가게 주인)의 증언에 따르면 그는 4년 가까이 레스파나예 부인에게 담배와 코담배를 조금씩 팔아왔다. 모르그가 인근에서 태어나 그곳에서 쭉 살았다. 시신으로 발견된 모녀는 그 집에서 6년 넘게 살았다. 모녀 이전에는 보석상이 그 집에 살면서 여러 사람에게 방을 싸게 세놓았다. 하지만 레스파나예 부인은 세입자가 자신이 소유한 건물을 함부로 사용하는 것이 마음에 들지 않아 이사 온 뒤로 아무에게도 세를 주지 않았다. 노부인은 어린애 같은 구석이 있었다. 딸은 6년 동안 대여섯 번 정도 보았다. 두 사람은 극도로 은폐된 삶을 살았고 돈이 많다고 알려져 있었다. 레스파나예 부인이 점을 친다고 이웃 사람들끼리 수군대는 소리를 들은 적이 있지만 믿지 않았다. 모녀 외에 집을 드나드는 사람은 짐꾼을 한두 번, 의사를 여덟 번인가 열 번 정도 본 것이 전부였다.

그 외에 다른 사람들과 이웃들도 같은 진술을 했다. 그 집에 자주 갔다고 알려진 사람은 아무도 없었다. 레스파나예 부인과 딸에게 친척이 있는지는 알려지지 않았다. 집의 앞쪽 창은 거의 항상 덧문이 닫혀 있었다. 4층의 넓은 뒷방만 제외하고는 뒤쪽 창의 덧문도 늘 닫혀 있었다. 그곳은 지은 지 얼마 되지 않은 훌륭한 집이었다.

이시도르 뮈제트(경찰)의 증언에 따르면, 그는 새벽 3시경 신고를 받고 출동했으며 집 입구에서 이삼십 명의 사람들이 안으로 들어가려고 애쓰고 있는 모습을 보았다. 결국 쇠지레가 아닌 그의 총검을 이용해 강제로 문을 열었다. 문은 이중문이거나 접이식 문이었고 위아래 모두 빗장을 걸어놓지 않아 여는 데 큰 어려움은 없었다. 문을 강제로 열 때까지 비명이 계속 들리다가 갑자기 멎었다. 어떤 사람이(혹은 사람들이) 매우 고통스러워하며 내는 소리 같았고, 짧고 빠른 소리가 아니라 크고 길게 늘어지는 소리였다. 목격자는 이 소리가 났던 위층으로 올라갔다.

1층 계단참에 이르렀을 때, 두 사람이 큰 소리로 화를 내며 싸우는 소리가 들렸다. 한쪽은 걸걸한 소리, 다른 쪽은 훨씬 더 날카롭고 몹시 이상한 소리였다. 걸걸한 목소리를 내는 사람은 프랑스인이어서 몇 마디 알아들을 수 있었고 확실히 여자 목소리는 아니었다. '빌어먹을' 그리고 '악마'라는 단어를 들었다. 날카로운 소리를 내는 쪽은 외국인 같았고 남자인지 여자인지 가려낼 수 없었다. 무슨 말을 하는지 알아들을 수는 없었지만 스페인어일 것으로 추측했다. 방과 시신의 상태는 어제 실린 기사 내용과 이 목격자의 설명이 일치했다.

앙리 뒤발(이웃, 은 세공인)의 증언에 따르면 그는 집에 처음 들어갔던 사람 중 하나였다. 그의 증언은 대체로 뮈제트 씨의 증언과 일치한다. 늦은 시간이었는데도 사람들이 빠르게 집 주변으로 몰려들었으므로 입구를 강제로 열고 들어가자마자 사람들이 따라 들어오지 못하도록 문을 다시 닫았다. 이 목격자는 날카로운 소리를 이탈리아인이 내는 것으로 생각했다. 프랑스어가 아닌 것은 확실했다. 남자 목소리인지는 알 수 없었다. 여자 목소리인 것도 같았다. 이탈리아어를 할 줄 몰라서 단어를 알아들을 수는 없었지만, 억양으로 보아 이탈리아어라고 확신했다. 레스파나예 부인과 딸을 알고 있고 두 사람과 대화도 자주 했으므로 그 날카로운 소리의 주인공은 절대 그 두 사람이 아니라고 확언했다.

오덴하이머(식당 주인). 이 목격자는 증언을 자청했다. 프랑스어를 하지 못해 통역사를 붙여 조사를 받았다. 네덜란드 암스테르담 출신이다. 비명 소리가 날 때, 마침 그 집 앞을 지나고 있었다. 길고 큰 비명은 10분 정도 이어진 것 같았고, 그 소리는 매우 무섭고 소름 끼쳤다. 그는 집에 들어간 사람 중 하나였다. 한 가지만 빼고 다른 증언은 앞의 사람들과 일치했다. 날카로운 소리를 낸 사람이 남자였고 프랑스인이라고 주장했던 것이다. 단어는 한 마디도 알아들을 수 없었다. 크고 빠르며 불규칙한 소리였고 화가 난 상태에서 겁에 질려 말하고 있는 것이 분명했다. 목소리는 날카롭기보다 귀에 매우 거슬리는 소리였다. 거친 목소리는 '빌어먹을', '악마'라는 말을 되풀이했고 한 번은 '맙소사'라고도 했다고 증언했다.

쥘 미노(들로렌느가의 미노부자父子은행을 소유한 은행가)는 부자父子 중 아버지다. 레스파나예 부인에게는 재산이 약간 있었다. 8년 전 봄에 부인은 미노부자은행에 계좌를 개설해 조금씩 자주 저금해왔다. 한 번도 수표를 끊은 적이 없다가 죽기 사흘 전에 부인이 직접 4000프랑을 인출했다. 이 금액은 금화로 지급되었고 은행 직원이 돈을 부인의 집으로 가져다주었다.

아돌프 르 봉(미노부자은행 직원)의 증언에 따르면 그는 사건이 있던 날 정오쯤 4000프랑을 가방 두 개에 담아 들고 레스파나예 부인을 집까지 모셔다 드렸다. 카미유 양이 문을 열고 나타나 그의 손에 들려 있던 가방 두 개 중 하나를 가져갔고 나머지 하나는 노부인이 받아 들었다. 그런 다음 그는 인사를 하고 나왔다. 그때 거리에는 아무도 없었다. 아주 한적한 뒷골목이었기 때문이다.

윌리엄 버드(재단사)의 증언에 따르면, 그는 집에 들어간 사람 중 하나였다. 버드는 영국인으로 파리에서 2년간 살았다. 제일 먼저 계단을 올라가 보니 다투는 소리가 들렸다. 거친 목소리를 내는 사람은 프랑스인이었다. 몇 마디 알아듣긴 했지만 지금 다 기억나지는 않는다. '빌어먹을'과 '맙소사'라는 말은 분명히 들었다. 마치 여러 사람이 서로 싸우는 듯 긁어대고 실랑이를 벌이는 소리가 났다. 날카로운 소리는 매우 크게 들렸고 거친 목소리보다 더 컸다. 그 목소리를 들어보니 영국인은 분명히 아니었고 독일인인 것 같았다. 여자 목소리 같기도 했다. 독일어는 할 줄 모른다.

증언한 사람 중 네 사람의 증언을 종합해보면, 사람들이 카미유 양의 시신이 발견된 방에 이르렀을 때 방문은 안에서 잠겨 있었다. 주변은 완전히 고요해서 신음 소리나 소음도 전혀 들리지 않았다. 문을 밀치고 들어가 보니 아무도 없었다. 뒷방과 앞방의 창문들은 닫힌 상태로 안에서 단단히 잠겨 있었다. 두 방 사이의 문은 닫혀 있었지만 잠기지는 않았다. 앞방에서 복도로 나 있는 문은 안쪽에 열쇠가 꽂힌 채 잠긴 상태였고, 4층 복도 초입에 있는 작은 방은 문이 조금 열려 있었다. 작은 방은 낡은 침대와 상자 따위로 가득 차 있었다.
물건들을 찬찬히 치우고 수색했다. 집 안 구석구석 빠짐없이 살펴보았다. 굴뚝 청소부를 시켜 굴뚝을 위아래로 훑었다. 집은 4층 건물로 다락방이 있었다. 지붕에 난 작은 문은 단단히 못을 박아 고정해놓고 수년 동안 열지 않은 듯 보였다. 다투는 소리를 들은 뒤 방문을 부수고 들어갔을 때까지 시간이 얼마나 지났는지에 대해서는 목격자들마다 의견이 분분했다. 3분밖에 걸리지 않았다는 사람도 있고 5분은 됐을 거라는 사람도 있었다. 방문을 여는 데는 힘이 많이 들었다.

알폰소 가르시오(장의사)의 증언이다. 그는 모르그가에 살고 있으며 스페인 출신이다. 집에 들어갔던 사람 중 하나다. 위층으로 올라가지는 않았다. 소동이 벌어진 장면을 보는 것이 두려웠기 때문이다. 싸우는 소리가 들렸다. 거친 목소리는 프랑스인이었지만 무슨 말을 하는지 알아들을 수 없었다. 날카로운 목소리는 틀림없이 영국인이었다. 영어는 할 줄 모르지만 억양을 들으니 그런 것 같았다.

알베르토 몬타니(제과점 주인)의 증언에 따르면 그는 처음 계단을 올라간 사람 중 하나였고 역시 문제의 목소리들을 들었다. 거친 목소리는 프랑스인이었고 몇 마디는 알아들을 수 있었다. 타이르거나 훈계하는 것 같은 말투였다. 날카로운 목소리가 하는 말은 이해할 수 없었다. 짧고 불규칙하게 말하는 것이 러시아 사람 같았다. 대체로 다른 증언과 일치한다. 그는 이탈리아인으로 러시아 출신인 사람과 이야기해본 적은 없다.

여러 목격자의 증언대로라면 4층에 있는 모든 방의 굴뚝은 너무 좁아서 사람이 통과할 수 없었다. 앞에서 말한 '굴뚝 청소'는 굴뚝 청소부가 원통형 솔을 사용해 청소했다는 의미였다.

이 솔을 이용하여 집의 모든 굴뚝 연통을 위아래로 쓸어보았다. 집 뒤쪽에는 복도가 없어서 사람들이 계단으로 올라가는 사이 누군가 내려갔을 만한 길은 없었다. 카미유 양의 몸은 굴뚝 안에 단단히 박혀 있어서 네다섯 명이 힘을 합쳐서야 겨우 빼낼 수 있었다.

폴 뒤마(내과의사)는 동틀 무렵 시신을 봐달라는 요청을 받고 불려 갔다. 두 시신은 카미유 양이 발견된 방의 침대 틀 삼베 위에 놓여 있었다. 젊은 여인의 시신은 멍이 짙게 들고 찰과상이 심했다. 굴뚝으로 쑤셔 넣어진 상태였다는 사실이 이런 모습을 충분히 설명해주었다. 목에는 심하게 쓸린 자국이 있었다. 턱 밑은 여러 군데 깊게 긁혀 있었고 손가락 자국 같은 일련의 검푸른 반점들도 보였다. 얼굴은 섬뜩할 정도로 변색되었고 눈알이 튀어나왔으며 혀를 조금 깨물었다. 복부의 움푹 파인 곳에서 발견된 커다란 멍은 무릎에 눌려서 생긴 것이 분명했다. 뒤마 씨는 카미유 양이 알려지지 않은 어떤 사람 또는 사람들에 의해 목이 졸려 죽었다는 의견을 내놓았다.

노부인의 시신은 끔찍하게 훼손되어 있었다. 오른쪽 다리와 팔뼈가 거의 산산조각이 났다. 왼쪽 갈비뼈 전체와 정강이뼈도 많이 부서졌다. 온몸이 심하게 멍들고 변색되었다. 어떻게 이런 부상을 당하게 된 건지 알 수 없었다. 무거운 나무 몽둥이나 쇠로 된 넓은 막대기, 의자 같은 크고 무거운 둔기를 매우 힘이 센 장정이 휘둘렀을 때에나 가능해 보였다. 여자의 힘으로는 그 어떤 무기로도 이처럼 세게 칠 수 없었을 것이다. 뒤마 씨가 보았을 때, 고인의 머리는 몸에서 완전히 분리되어 있었고 그 역시 많이 부서져 있었다. 목은 면도날과 같은 상당히 날카로운 도구로 잘린 것이 확실했다.

알렉상드르 에티엔(외과의사)은 뒤마 씨와 함께 시신을 보기 위해 모르그가에 불려 갔다. 그의 증언은 뒤마 씨의 증언 및 의견과 일치했다.

몇 사람이 더 조사를 받았으나 더 이상 중요한 내용은 밝혀지지 않았다. 실제로 살인이 저질러진 것이라면 파리에서 이토록 모든 정황이 이상하고 당혹스러운 살인 사건이 발생한 것은 처음이다. 경찰이 이 특이한 사건에 대해 전혀 갈피를 잡지 못하고 있는 가운데 뚜렷한 실마리도 나오지 않고 있다.

석간신문에 생 로슈 지역이 여전히 흥분으로 술렁이는 가운데 사건 장소는 철저한 재조사에 들어갔고 목격자들에 대한 수사도 다시 시작됐지만 모두 허사였다는 보도가 실렸다.

그리고 기사 말미에는 지금까지 드러난 세부 사실만으로 범죄를 입증할 수 없어 보임에도 아돌프 르 봉 씨가 용의자로 체포되어 수감되었다는 소식이 적혀 있었다.

뒤팽은 사건의 추이에 특별한 관심을 보이는 듯했다. 그가 별다른 말을 한 것은 아니지만 그의 태도만 보아서도 짐작이 갔다. 뒤팽이 살인 사건에 대해 내 의견을 물어본 것은 르 봉 씨가 수감되었다는 발표가 있고 나서였다.

나는 그 사건을 풀리지 않는 수수께끼라고 여기는 파리 여론에 공감했다. 살인자를 추적할 수 있을 만한 방법이 떠오르지 않았기 때문이다. 뒤팽이 말했다.

"이런 수박 겉핥기식 조사로 범행 과정을 추정해서는 안 되네. 통찰력이 뛰어나다고 칭송받는 파리 경찰은 영리한 것일 뿐 그 이상은 아니지. 지금까지 써온 방법 말고는 수사를 진전시킬 묘안이 없어. 방대한 대책을 과시하고는 있지만 수사 목적과 맞지 않는 경우가 허다해서 '음악을 더 잘 감상할 수 있도록 실내복을 가져오라'는 주르당의 글귀가 떠오를 지경이네. 경찰이 얻어낸 결과는 놀라울 때도 많지만 대부분 단순히 열심히 뛰어다녀서 얻어낸 것들이지. 하지만 이런 능력도 소용없는 경우에는 경찰의 수사 체계가 무너지게 돼.

예를 들어 비도크는 예리한 추측 능력과 끈기를 가진 사람이었네. 하지만 사고하는 법을 배우지 못한 탓에 사건 조사에 깊이 들어가면 실수를 연발했지. 물건을 눈에 너무 가까이 대서 뚜렷이 볼 수 없게 된 거야. 그렇게 바짝 대고 보면 한두 가지 요소는 정확히 보일지 몰라도 전체 그림은 보이지 않아. 여기서 아주 중요한 점은 진실이 늘 우물 속에 있는 게 아니란 걸세. 사실 나는 중요한 정보는 언제나 표면에 드러나 있다고 생각해. 지식은 멀리 보이는 산꼭대기에 있는 것이 아니라 우리가 찾아다니는 계곡 속에 있거든.

이런 실수가 일어나는 방식과 원인은 천체 관측에서 그 특징을 잘 알 수 있지. 별을 볼 때 망막 내부보다 빛의 미미한 느낌을 더 많이 받아들일 수 있는 망막 바깥 부분을 별 쪽으로 향하면서 곁눈질로 보면 별이 뚜렷하게 보이고 별빛을 제일 잘 감상할 수 있네. 똑바른 시선으로 보는 것에 비해 별빛이 적당히 어두워지기 때문이지. 똑바로 쳐다보면 사실상 매우 강한 빛이 눈에 닿게 되지만 곁눈질로 보면 비교적 적당한 양의 빛이 눈에 들어오거든. 이와 마찬가지로 사건도 지나치게 깊이 파고들면 생각이 혼란스러워지고 약화되기 마련일세. 너무 일관되게 집중해서 직접적으로 빤히 쳐다보면 비너스조차 부끄러워 천상으로 사라질지 몰라.

이 살인 사건에 대해 의견을 내기 전에 우리가 직접 조사해 보는 게 좋겠어. 재미있을 것 같군."

나는 이런 상황에 '재미'라는 말은 안 어울린다고 느꼈지만 아무 말도 하지 않고 가만히 있었다.

"게다가 르 봉 씨에게 신세 진 것도 있거든. 우리가 직접 가서 사건 현장을 살펴보세. 경찰 국장을 알고 있으니 허가를 받는 것은 어렵지 않을 거야."

허가를 받고 우리는 곧장 모르그가로 갔다. 모르그가는 리슐리외가와 생 로슈가 사이에 있는 초라한 도로 중 하나였다. 우리가 사는 곳에서 꽤 멀었으므로 늦은 오후가 되어서야 도착했다. 집은 쉽게 찾을 수 있었다. 길 반대편에 여전히 많은 사람이 모여 단순한 호기심으로 덧문을 올려다보고 있었기 때문이다. 입구 한쪽 옆으로 미닫이 유리창을 설치한 수위실이 딸린, 파리에서 흔히 볼 수 있는 집이었다. 집으로 들어가기 전에 우리는 거리를 걸어 올라가 골목으로 접어든 뒤 다시 꺾어 집 뒤편을 지나가 보았다. 걷는 내내 뒤팽은 세심하게 주의를 기울여 집과 주변을 살펴보았지만 나는 뒤팽이 왜 그러는지 통 영문을 알 수 없었다.

우리는 갔던 길을 되돌아 다시 집 앞에 이르렀고 벨을 눌러 담당 수사관에게 허가증을 보여준 뒤 안으로 들어갔다. 계단을 올라가 카미유 양의 시신이 발견된 방에 들어서니 시신 두 구가 그대로 놓여 있었다. 방 안은 발견 당시와 똑같은 상태로 어질러져 있었다. 〈법정신문〉에 실린 내용과 다른 점은 보이지 않았다. 뒤팽은 시신을 포함해 모든 것을 세밀히 관찰했다. 그러고 나서 우리는 다른 방들과 마당을 둘러보았고 경찰 한 명이 내내 우리를 따라다녔다. 우리는 조사를 계속하다가 어두워져서야 현장을 떠났다. 집으로 오는 길에 뒤팽은 한 신문사에 잠깐 들렀다.

나는 내 친구가 느끼는 다양한 변덕에 계속 휘말려 든다고 얘기한 적이 있다. 지금 그는 살인에 관한 이야기는 한마디도 입에 올리지 않은 채, 다음 날 정오경까지 계속 그런 기분으로 있었다. 그런 다음 갑자기 내게 그 잔혹한 살해 현장에서 특이한 점을 보지 못했느냐는 질문을 던졌다.

'특이한'이라는 단어를 뒤팽이 왜 그토록 힘주어 말했는지는 알 수 없었지만 문득 그 말에 오싹한 느낌이 들었다.

"아니, 특이한 점은 없던데. 우리가 본 것은 신문 내용대로였어."

"아무래도 신문은 이 사건이 주는 끔찍한 공포를 제대로 다루지 않은 것 같네. 어쨌든 신문에 실린 안이한 기사 내용은 잊어버리게. 이 수수께끼가 풀리지 않을 것처럼 보이는 이유, 즉 사건의 기괴한 특징이 오히려 쉬운 해결 방법을 제시할 수도 있네. 경찰은 살인 자체에 대한 동기가 아니라 그토록 잔혹하게 죽인 동기를 찾아내지 못해 당황하고 있지. 그리고 다투는 소리를 들었다는 증언과 사람들이 계단을 올라갔을 때 살해된 카미유 양 외에 아무도 없었다는 사실이 서로 일치하지 않는다는 점, 사람들 모르게 집을 빠져나갈 방법이 전혀 없었다는 점에 대해서도 의아해하고 있어.

마구 어질러진 방과 굴뚝 속에 거꾸로 쑤셔 박힌 시신, 지독하게 훼손된 노부인의 시신, 지금 언급한 것들과 다른 여러 요소를 고려해보면 경찰이 그 잘난 통찰력을 어디에 써야 할지 몰라 꼼짝 못 하고 있는 것도 이해는 가네. 경찰은 이상한 것과 난해한 것을 혼동하는, 바보 같으면서도 흔한 실수를 저질렀어. 하지만 평범한 수준을 뛰어넘으려면 조금이라도 존재하는 근거를 이용해 실체를 찾아야 하지. 지금 우리가 하고 있는 조사에서는 '무슨 일이 벌어졌는지'보다 '벌어진 일 중 전에 일어난 적이 없는 것은 무엇인지'를 따져봐야 해. 실제로 내가 이 수수께끼를 푸는 데 이용한 특징은 경찰이 절대로 풀리지 않을 것이라고 여긴 바로 그 특징이네."

나는 놀라움에 말문이 막혀 뒤팽을 빤히 쳐다보았다.

뒤팽이 방문 쪽을 바라보며 말을 이었다.

"지금 사람을 하나 기다리고 있어. 살인을 저지른 범인은 아닐지 모르지만 어떤 식으로든 범행에 연루된 게 확실해. 범행 중 최악의 부분에서는 무죄일지도 모르지. 하지만 내 추측이 맞는다면 사건의 수수께끼는 풀리겠지. 여기 이 방에서 계속 그자를 기다리는 중이야. 물론 오지 않을 수도 있지만 올 가능성이 커. 그자가 오면 그를 붙들어 놓아야 하네. 여기 권총을 받아. 우리 둘 다 총을 다룰 줄 아니까 여차하면 사용하세."

나는 무엇을 한 건지, 무슨 얘기를 들은 건지 확신하지 못한 채 총을 받아들었고 뒤팽은 마치 혼잣말을 하듯 계속 이야기했다. 이미 말했듯 그럴 때 뒤팽의 이야기는 이해하기 어려웠다. 나에게만 말하고 있고 소리가 크지 않은데도 그의 목소리는 아주 멀리 있는 사람에게 말하는 것처럼 들렸다. 그리고 멍한 시선으로 벽만 바라보더니 이렇게 말했다.

"사람들이 계단에서 들었다는 다투는 소리는 증언을 통해 여자 목소리가 아닌 걸로 밝혀졌어. 그러니 노부인이 먼저 딸을 해치고 나서 자살했을 수도 있다는 가능성은 사라지지. 내가 이 얘기를 하는 이유는 살해 방법을 생각해보기 위해서네. 레스파나예 부인의 힘으로는 도저히 죽은 딸을 굴뚝 안으로 밀어 넣을 수 없었을 테니까. 그리고 부인 몸에 난 상처들도 스스로 그렇게 했다고는 결코 믿을 수 없네. 그렇다면 제삼자에 의해 살인이 저질러졌고 이자들의 목소리가 싸우는 것으로 들린 거지. 이제 이 목소리에 관한 전체 증언이 아니라 증언 중 특이한 점에 주의를 돌려보세. 증언 중에 뭔가 특이한 점이 없었나?"

나는 목격자들이 거친 목소리가 프랑스인이라는 것에는 동의했지만 한 사람이 귀에 거슬리는 소리라고도 했던 날카로운 소리에 대해서는 의견이 분분했다고 대답했다. 이어서 뒤팽은 계속 말했다.

"그것 자체도 증거가 되지만 특이하지는 않았어. 독특한 점을 전혀 찾아내지 못했군. 살펴볼 게 더 있네. 자네가 말했듯 목격자들은 거친 목소리에 대해서는 만장일치로 같은 의견이었지. 하지만 날카로운 목소리에 대해 한 증언에서 특이한 점은 그들의 의견이 갈린 것이 아니라 영국, 이탈리아, 스페인, 네덜란드, 프랑스의 사람이 하나같이 그 소리를 외국인의 말소리라고 했다는 걸세. 각자가 자기 모국어는 아니었다고 확신했지. 그러면서 정작 비유한 것은 자신이 아는 외국어가 아니라 그 반대였어.

프랑스인은 날카로운 소리를 스페인 사람이 내는 것으로 생각했고 스페인어를 할 줄 알았다면 몇 마디 알아들었을 거라고 했지. 네덜란드인은 프랑스인의 말소리였다고 주장했지만 증언 기록을 보면 '이 목격자는 프랑스어를 하지 못해 통역사를 붙여 조사받았다'고 되어 있어. 영국인은 독일인의 목소리라고 생각하면서도 '독일어를 할 줄 모른다'고 했고, 스페인인은 영국인의 목소리였다고 '장담'은 하지만 '영어를 할 줄 몰라서' 전체적인 '어조로 판단'한 거라고 했네. 이탈리아인은 러시아인의 목소리라고 생각했지만 '러시아 출신인 사람과 이야기해본 적이 없다'고 했어. 게다가 두 번째 프랑스인은 첫 번째 프랑스인과 의견이 또 달라. 이탈리아인의 목소리라고 했지만 이탈리아어를 알아듣지 못해서 스페인인과 마찬가지로 '어조로 확신'한다고 했지.

자, 이제 그 소리가 실제로 얼마나 이상할 정도로 특이했는가에 대한 목격자들의 증언을 보세. 유럽의 다섯 개 강국 출신

사람들조차 어느 나라 언어인지 전혀 감을 잡지 못했어. 자네는 아시아나 아프리카 사람의 말소리였을 수도 있다고 하겠지. 하지만 파리에 사는 아시아, 아프리카 사람은 그리 많지 않아. 어쨌든 추리에 지나지 않네만 내가 중요하게 생각하는 세 가지 쟁점을 얘기해보겠네. 한 목격자가 그 목소리를 '날카롭기보다 귀에 거슬리는' 소리였다고 했어. 그리고 다른 두 명은 '빠르고 불규칙'했다고 표현했지. 목격자들이 알아들었다고 말한 단어나 단어 비슷한 소리는 하나도 없었네.

지금까지 자네가 이 사건을 이해하는 데 내가 얼마만큼 영향을 미쳤는지 모르겠군. 하지만 주저 없이 말할 수 있는 것은 증언 중 거친 소리와 날카로운 소리에 관한 부분에서 나온 적절한 추론들은 그 자체로 의문을 불러일으키기에 충분하고, 이 의문이 앞으로 수수께끼 같은 사건을 수사하는 데 방향을 제시해줄 거라는 거야. '적절한 추론'이라고 했지만 그게 다는 아닐세. 추론이 적절하다면 그 결과로 의문이 생겨날 수밖에 없다는 것을 보여줄 생각이었거든. 하지만 그 의문이 무엇인지는 아직 말해주지 않겠네. 그 방을 조사하면서 사건이 일어난 분명한 방식과 뚜렷한 성향을 이해하는 데 의문이 꽤 효과적인 작용을 했다는 사실만 함께 마음에 새겨두기로 하세.

이제는 상상력을 발휘해서 그 방으로 이동해보지. 여기서 맨먼저 무엇을 찾아야 할까? 살인자들이 밖으로 나간 방법이겠지. 우리 두 사람 모두 초자연적 현상을 믿지 않는 건 확실해. 그러니 귀신이 모녀를 죽였을 리는 없을 거야. 범행을 저지른 자들은 형체가 있고 물리적으로 방을 빠져나갔어. 그렇다면 어떻게? 다행히 그 탈출에 들어맞는 방식은 한 가지밖에 없을 테니 그걸 찾아내면 확실한 결론에 이를 수 있어. 가능한 탈출 방법을 하나하나 짚어보세. 사람들이 계단을 올라갈 때 살인자들은 카미유 양이 발견된 방이나 그 옆방에 있었을 거야. 그렇다면 빈틈이 나올 만한 곳은 이 두 방뿐이로군. 경찰이 바닥과 천장, 벽의 석조 부분까지 샅샅이 조사했지. 그들이 조사한 곳에서 특별한 문제점은 나오지 않았어. 하지만 나는 경찰의 눈을 믿지 않고 직접 살펴봤네. 그래도 특이한 점은 없었어. 방에서 복도로 나가는 문 두 개는 열쇠가 안쪽에 꽂힌 채 단단히 잠겨 있었지.

그럼 이제 굴뚝으로 가보세. 벽난로 위 2~3미터까지는 보통 너비이지만 그 위로는 큰 고양이도 지나갈 수 없을 정도로 좁았어. 따라서 이쪽으로는 절대 탈출이 불가능하네. 창문으로 범위를 좁혀보세. 앞방 창문으로 탈출했다가는 거리에 있는 사람들 눈에 띄고 말았을 거야. 그렇다면 살인자들은 뒷방 창문을 통해 빠져나간 것이 틀림없어. 이렇게 분명한 방법으로 결론에 이르렀으니 불가능해 보인다는 이유로 그 결론을 거부한다면 그건 추리하는 사람의 도리가 아니겠지. 우리에게 남은 일은 이 불가능해 보이는 상황이 실제로는 불가능하지 않다는 것을 증명하는 거네.

방에는 창문이 두 개 있어. 그중 하나는 가구에 가려지지 않고 전체가 다 보이지. 다른 창문의 아랫부분은 창문에 바짝 붙여놓은 묵직한 침대 머리 판에 가려져 있어. 처음 말한 창문은 안에서 단단히 잠겨 있어서 열려고 안간힘을 써봐도 소용없었을 거네. 커다란 송곳 구멍이 창틀 왼쪽에 뚫려 있고 그 안에 튼튼한 못이 못대가리까지 깊숙이 박혀 있었지. 다른 창문을 조사해보니 비슷한 못이 비슷하게 박힌 듯했어. 있는 힘을 다해 창을 들어 올리려고 해봤자 역시 실패했을 거야. 이쯤에서 경찰은 탈출구가 이쪽이 아니라고 완전히 확신해버렸어. 따라서 못을 빼내 창문을 열어보는 일도 쓸데없는 시간 낭비라고 생각했지. 하지만 내 조사 방법은 좀 달랐네. 누가 봐도 불가능해 보이는 것은 실제로도 그렇게 증명되어야 한다는 것이 내 논리였으니까.

이렇게 귀납적으로 생각을 이어갔지. 살인자들은 창문 중 하나로 탈출했어. 창문이 잠겨 있는 걸로 보아 그들이 탈출하면서 밖에서 창문을 다시 잠글 수는 없었겠지. 상황이 이처럼 분명하니 이 지점에서 경찰은 조사를 멈췄던 거네. 여전히 창문은 잠겨 있었어. 그렇다면 저절로 잠기는 힘이 있어야 하지. 가능성이 있는 건 이 결론밖에 없었네. 가려져 있지 않은 창으로 가서 힘겹게 못을 빼내고 창문을 들어 올려보았어. 예상했던 대로 아무리 힘을 줘도 안 열리더군. 자세히 살펴보자 곧 숨겨진 용수철이 나왔어. 용수철을 눌러보고는 발견한 것에 만족했지. 창문을 올리고 싶은 건 꾹 참았네.

이제 못으로 주의를 돌려 자세히 살펴보았지. 어떤 사람이 이 창문으로 나간 뒤 창문을 다시 닫으면 용수철은 저절로 걸리겠지만 못은 제자리로 돌아갈 수 없을 거야. 결론은 간단했고 난 다시 조사 영역을 좁혔지. 살인자들은 다른 창문을 통해 달아난 게 분명했어. 각 창문에 달린 용수철이 똑같다고 가정하면 못들 사이의 다른 점이나 적어도 못이 박힌 방식의 차이점이 드러날 걸세. 침대 틀의 삼베 위에 올라가 침대 머리 판 너머에 있는 창문을 유심히 바라보았지. 손을 머리 판 뒤로 내려 용수철을 찾아 눌러보았더니 내 예측대로 옆 창문의 용수철과 똑같았네. 이제 못을 보았어. 다른 것과 마찬가지로 튼튼했고 같은 식으로 거의 못대가리까지 박혀 있었지.

자네는 내가 당황했으리라 생각하겠지. 그렇다면 귀납법의 본질을 잘못 알고 있는 거야. 사냥 용어로 말하자면 나는 한 번도 '냄새의 자취를 놓친' 적이 없네. 냄새는 절대로 순식간에 사라지는 법이 없거든. 논리의 연결 고리에도 전혀 문제가 없었지. 그렇게 비밀을 끝까지 추적한 끝에 얻어낸 결과는 바로 '못'이었네. 틀림없이 못에 문제가 있을 거라고 생각하며 못을 만져보았어. 그런데 자루 부분이 0.5센티미터 정도 붙은 대가리가 내 손안으로 떨어져 나오더군. 자루의 나머지 부분은 송곳 구멍 안에 그대로 남아 있었지. 균열이 가고 가장자리에 녹이 슨 상태로 보아 아주 낡은 못이었네. 아래쪽 창틀에 대고 망치로 박을 때 못대가리가 빗맞아 부러진 게 틀림없어.

용수철을 눌러 창문을 10센티미터 정도 가만히 들어 올리자 못대가리가 창틀 바닥에 딸려 올라갔고 창문을 닫으니 다시 완벽한 못의 형태가 되더군. 살인자는 침대가 보이는 창문을 통해 탈출한 것이었어. 나가면서 창문이 자연스럽게(어쩌면 일부러 닫았을 수도 있고) 닫히면서 용수철에 걸려 잠긴 거지. 그리고 경찰은 용수철로 잠긴 창문을 못으로 잠겼다고 착각한 채 더는 조사할 필요가 없다고 생각한 거야.

다음 문제는 창문에서 내려간 방식이었네. 이 부분에 대해서는 자네와 건물 주변을 걸을 때 확인했지. 탈출 경로로 예상되는 문제의 창문에서 1.5미터 정도 떨어진 곳에 피뢰침이 있었네. 이 피뢰침에서는 창문으로 들어가는 것은 고사하고 창문까지 닿는 것도 불가능했을 거야. 하지만 4층 창의 덧문이, 파리 목수들 사이에 '페라드Ferrades'라고 불리는 독특한 양식으로 되어 있는 것을 보았지. 최근에는 거의 사용되지 않지만 리옹과 보르도 지방의 고택에서는 흔하게 볼 수 있는 양식이지. 덧문은 접이식이 아니라 외짝으로 된 일반적 형태였지만 중간쯤부터 아랫부분이 격자로 되어 있어 손으로 잡기가 매우 편하더군. 현재 덧문의 너비는 족히 1미터는 될 걸세. 집 뒤에서 보면 덧문이 둘 다 벽에 직각으로 반쯤 열려 있지.

나뿐 아니라 경찰도 집 뒤편을 조사했을 거야. 하지만 조사했다고 하더라도 덧문이 열린 상태에서 덧문의 너비를 보았기 때문에(경찰은 이렇게 보았던 것이 분명해) 이처럼 긴 실제 너비를 가늠하지 못했거나 전혀 고려해볼 생각도 안 했던 것이네. 일단 이곳을 통해 탈출할 수 없었을 거라고 마음을 굳혔으니 당연히 이쪽은 대충만 조사하고 넘어갔겠지.

어쨌든 내가 보기에 침대 머리맡 창의 덧문이 벽으로 활짝 젖혀지면 피뢰침에서 60센티미터 거리에 있게 될 거야. 그래도 피뢰침에서 창문을 통해 안으로 들어오려면 놀라울 정도의 운동 신경과 용기가 필요할 걸세. 덧문이 활짝 열렸다고 가정하고 70센티미터 정도 떨어진 거리에 닿으려면 격자 부분을 아주 단단히 움켜잡아야만 하겠지. 그리고 나서 잡고 있던 피뢰침을 놓고 발을 벽에 디딘 후 과감하게 도약해서 덧문을 돌려 닫았을 것이고 그때 마침 창문이 열려 있었다면 스스로 몸을 회전해 방 안으로 들어갈 수 있었을 거야.

그렇게 위험하고 어려운 곡예를 성공시키려면 대단한 운동 신경이 필요하다는 걸 반드시 머리에 새겨두게. 따라서 자네에게 알려주고 싶은 것은 첫째로 그 일이 성공했을 거라는 점, 그리고 무엇보다 중요한 둘째, 그 일을 성공할 수 있게 해준 민첩함은 거의 초자연적 수준에 가까울 만큼 뛰어났다는 점이네.

물론 자네는 법률 용어를 써가며, 내 견해를 밝히는 것에 대해 추측만으로 이 사건에 필요한 행동을 고집하기보다는 수위를 낮춰 생각하는 편이 나을 거라고 말하겠지. 이것은 법에서는 통할지 몰라도 추리에서는 아니야. 나의 궁극적인 목표는 오직 진실뿐일세. 하지만 당장은 내가 방금 얘기한 이 이상한 행동을 국적에도 의견 일치를 보지 못했고 한 음절도 알아들을 수 없었던 그 날카롭고(혹은 귀에 거슬리고) 불규칙한 소리와 나란히 놓아 대조해보게 하는 것이 내 목표라네."

이 말을 듣고 나자 나는 뒤팽이 의미하는 애매하고 불완전한 생각을 어렴풋하게 알 것 같았지만 그래도 이해할 능력이 부족해 그 가장자리만 맴도는 느낌이었다. 가끔 기억이 날 듯 말 듯 하다가 끝내 기억을 해내지 못하고 마는 경우처럼 말이다. 뒤팽은 이야기를 계속했다.

"내가 문제를 탈출 방법에서 진입 방법으로 바꾼 걸 자네도 알고 있을 것일세. 나는 이 두 가지가 같은 지점에서 같은 방법으로 이루어졌다고 생각하고 있네. 이곳의 상황을 살펴보세.

옷장 서랍들을 뒤진 흔적은 있지만 옷가지들은 대부분 그대로 있었다고 했지. 하지만 이 결론은 어리석어. 단순한 추측, 그것도 아주 바보 같은 추측에 지나지 않네. 서랍에서 발견된 옷들이 원래 들어 있던 옷이라는 것을 어떻게 알 수 있지? 레스파나예 부인과 딸은 은폐된 삶을 살며 아무도 만나지 않고 바깥출입도 거의 하지 않았으니 옷을 갈아입을 일도 별로 없었을 거야. 발견된 옷들은 적어도 이 여인들이 소유했을 만한 수준으로 고급이었겠지. 도둑이 든 거라면 왜 가장 비싼 옷은 고사하고 아무것도 훔쳐가지 않은 걸까? 도대체 왜 금화 4000프랑은 포기한 채 속옷 꾸러미를 가지고 고민한 걸까? 금화는 가져가지 않았네. 은행가 미노 씨가 말했던 액수 거의 그대로 가방에 담겨 마룻바닥에 놓여 있었지.

그러니 집까지 배달된 돈을 증거로 들어 경찰이 생각해낸 말도 안 되는 범행 동기는 더 이상 생각하지 말게. 돈이 배달되고 사흘 만에 돈을 받은 쪽에서 살인이 벌어진, 이번 사건보다 열 배는 더 놀라운 우연의 일치들이 우리도 모르는 매 순간 주변에서 일어나고 있어. 보통 우연의 일치는 확률 이론을 배운 적 없는 사상가들에게 큰 장애물이지. 이 이론은 인간에 대한 연구 목적을 분명히 보여주는 데 큰 몫을 하고 있네. 현재 사건에서 금화가 사라졌다면 사흘 전 금화를 배달했다는 사실은 우연의 일치보다 더 의미심장한 일이 되었을 거야. 범행 동기와도 부합되었겠지. 하지만 사건의 실제 상황에서 이 잔학 행위의 동기가 금화라면, 범인은 금화와 범행 동기를 모두 포기할 만큼 우유부단한 성격을 가진 명청이로밖에 상상이 안 가네.

지금까지 자네에게 일러준 사항들, 즉 이상한 목소리와 보기 드문 민첩함, 그토록 끔찍한 살인에 놀랍게도 동기가 없다는 점을 계속 기억해두게.

그럼 이제 살인에 대해 살펴보세. 맨손에 목이 졸려 죽은 여자가 머리를 거꾸로 한 채 굴뚝 속으로 쑤셔 박혔어. 보통 살인자들은 죽일 때 그런 방식을 쓰지 않아. 적어도 죽인 사람을 그렇게 처리하지는 않지. 굴뚝 위로 시체를 밀어 넣는 방법은 너무 기괴해서 아무리 범인이 사악하다고 해도 상식적으로 사람이 한 행동으로 여기기 어렵다는 점은 자네도 인정할 거야. 그리고 그렇게 좁은 구멍으로 시체를 얼마나 세게 밀어 넣었기에 장정 여러 명이 힘을 합쳐 겨우 끌어냈다는 것인지도 생각해보게.

그럼 이제 엄청난 힘을 보여주는 다른 예로 넘어가세. 난로 위에 사람의 잿빛 머리카락이 두툼한 뭉치들로 있었네. 그것도 뿌리째 뽑혀 있었다고 했어. 머리카락 서른 가닥을 한꺼번에 뽑으려면 얼마나 센 힘이 필요한지 자네도 알지. 자네도 나와 함께 문제의 머리채를 봤네. 뿌리째 뽑혀 보기에도 끔찍한데다 살점도 함께 뜯겨 나와 있었지. 머리카락 오십만 개를 한번에 뿌리째 뽑을 수도 있을 만큼 막대한 힘이었다는 확실한 증거일세.

노부인의 목은 단순히 베인 게 아니라 몸에서 완전히 잘려 나갔어. 도구는 고작 면도칼 하나였지. 이처럼 행동이 악랄하고 잔인하다는 점도 눈여겨보게. 카미유 양의 몸에 든 멍은 말할 필요도 없지. 뒤마 씨, 그리고 그를 도와 시신을 검사한 에티엔 씨는 시신들이 뭔가 뭉툭한 도구로 맞은 것 같다는 의견을 냈어. 지금까지 상황으로는 이 두 사람의 말이 아주 정확해. 뭉툭한 도구는 희생자가 침대 쪽 창문에서 마당으로 떨어졌을 때 부딪힌 포장 돌이 분명했으니까. 지금은 단순해 보일 수 있는 이 생각을 경찰은 덧문의 너비를 간과하는 바람에 놓쳐버렸네. 못과 관련해서도 그랬듯이 내내 열려 있던 창문의 가능성을 보지 못한 채 통찰력을 밀봉하여 꽉 묶어둔 탓이지.

이제 이 모든 것에 더해 이상하게 어질러져 있던 방도 살펴보았으니 지금까지 생각들을 합쳐보세. 놀라운 민첩함, 초인적 힘, 난폭하고 잔인함, 동기 없는 살인, 절대로 인간이 했을 것 같지 않은 공포에 젖은 기괴한 행동, 다양한 국적의 사람들에게 외국어로 들렸지만 분명하게 알아들을 수 있는 음절은 하나도 없었던 목소리. 어떤 결론이 나왔나? 내 말을 듣고 무슨 생각이 들었지?"

뒤팽의 질문에 오싹함을 느끼며 내가 대답했다.

"미친 사람이 이런 짓을 저질렀나 보군. 근처 정신 병원에서 탈출해 허튼소리를 지껄이는 미치광이 말이야."

뒤팽이 대답했다.

"어떤 면에서는 자네 의견도 일리가 있네만 미친 사람이 발광하며 지르는 목소리는 계단에서 들린 특이한 목소리와 부합되는 것 같지 않아. 미친 사람이어도 국적과 모국어가 있을 테고 아무리 말을 두서없이 해도 음절은 일관적이기 마련이지. 또한 미친 사람의 머리카락은 지금 내가 쥐고 있는 것과 다르네. 굳게 오므린 레스파나예 부인의 손에서 작은 털 뭉치를 빼

냈어. 무엇이라고 생각되는지 말해주게."

나는 완전히 기가 죽어 말했다.

"뒤팽! 이 털은 아주 이상해. 이건 사람 머리카락이 아니야."

"난 그것이 사람 머리카락이라고 한 적 없네. 하지만 이 부분을 결론짓기 전에 여기 종이에 그린 작은 스케치를 봐주게. 하나는 카미유 양의 목에 있는 '짙은 멍과 깊은 손톱자국'을 증언 내용대로 그린 것이고 다른 하나는 뒤마 씨와 에티엔 씨의 의견을 토대로 '손가락 자국이 분명한 일련의 검푸른 반점들'을 그린 걸세."

뒤팽이 앞에 있는 책상 위에 종이를 펼치며 말을 계속했다.

"이 그림을 보면 단단하고 확실하게 움켜쥐었다는 느낌이 들 거야. 어디에도 미끄러진 흔적이 없지. 희생자의 숨이 끊어질 때까지 손가락 하나하나가 처음 목을 쥐었던 상태 그대로 무섭게 움켜쥐고 있어. 이제 자네가 본 것처럼 동시에 모든 손가락을 놓아보게."

시도는 했지만 되지 않았다. 뒤팽이 말했다.

"우리가 제대로 해보고 있는 것 같지 않군. 종이는 평평한 면에 펼쳐져 있지만 사람의 목은 평평하지 않고 원통형이니까. 여기 목둘레와 비슷한 나무토막이 있군. 그림을 그 위에 두르고 다시 실험해보세."

그렇게 해보았지만 이전보다 훨씬 더 어려웠다. 내가 말했다.

"이건 사람의 손자국이 아니야."

"그럼 이제 퀴비에(프랑스의 동물학자 – 옮긴이)가 쓴 이 구절을 읽어보게."

뒤팽이 건넨 것은 동인도 제도에 서식하는 커다란 황갈색 오랑우탄에 대해 세밀한 해부학적 설명과 전반적 묘사를 담은 글이었다. 이 포유류는 거대한 몸집과 굉장한 힘 및 운동 능력, 포악한 행동, 흉내 내기 좋아하는 성향으로 잘 알려져 있다. 이 부분을 읽자마자 살인의 공포가 엄습해왔다.

다 읽고 나서 내가 말했다.

"손가락에 대한 묘사도 이 그림과 정확히 일치하는군. 여기 언급된 여러 종 중에서 오랑우탄 말고는 어떤 동물도 자네가 그려놓은 자국을 낼 수 없었을 것 같네. 이 황갈색 털도 퀴비에가 묘사한 짐승의 털과 특징이 똑같고 말이야. 그래도 이 무시무시한 수수께끼의 자세한 내용은 도저히 이해가 안 돼. 더구나 두 사람이 싸우는 소리가 들렸고 그중 하나는 분명히 프랑스인의 목소리였다고 했어."

"맞아. 그리고 거의 모든 목격자가 이 목소리의 주인공이 '맙소사!'라고 말하는 것을 들었다고 한 것도 기억하겠지. 목격자 중 제과점 주인인 몬타니 씨는 현장에서 들린 소리가 타이르거나 훈계하는 것처럼 들렸다고 했어. 따라서 나는 이 말을 듣고 수수께끼를 완전히 풀 수 있다는 희망을 품게 되었네.

어떤 프랑스인이 살인을 알고 있었던 거야. 그자는 유혈극이 벌어질 때 동참하지 않았을 수도 있고, 그 점은 거의 확실할 거야. 오랑우탄이 그자에게서 달아났을 수도 있네. 그래서 방까지 쫓아간 거지. 하지만 끔찍한 상황이 벌어지자 오랑우탄을 다시 잡을 수 없었을 테고, 그 동물은 아직도 잡히지 않았어. 내 생각은 어디까지나 추리일 뿐이므로 이 추리를 계속 따라가지는 않을 거네. 추리의 근거가 된 생각들이 내 지적 능력으로 쉽게 판단할 수 있을 만큼 충분한 깊이가 없고 다른 사람이 내 추리를 이해할 수 있을 거라고 기대하지도 않기 때문이야. 추리 이야기는 여기까지로 해두세. 만약 문제의 프랑스인이 내 예측처럼 정말로 이 잔인한 살인에 관련된 죄가 없다면 내가 어젯밤 돌아오는 길에 〈르 몽드〉 신문사(항해사들이 많이 보는 해운업 관련 신문이다)에 들러 실은 이 광고를 보고 우리 집으로 오겠지."

뒤팽이 건네준 신문에는 이렇게 적혀 있었다.

포획물 – 살인 사건이 있던 날 이른 아침 불로뉴 숲에서 보르네오종의 아주 커다란 황갈색 오랑우탄이 잡힘. 주인은(몰타 배의 선원으로 추정됨) 신원을 확실히 밝히고 보관할 때 발생한 약간의 비용을 지불하면 동물을 되찾을 수 있음. 포부르 생 제르맹 XX가, XX번지 3층으로 연락 바람.

"그자가 몰타 배를 타는 선원이라는 걸 어떻게 알았나?"

뒤팽이 대답했다.

"나도 모르네. 확실한 건 아니야. 하지만 여기 작은 리본 조각이 있지? 리본의 형태와 겉에 묻은 기름때로 봐서 틀림없이 선원들이 즐겨 하는 식으로 머리를 길게 땋아 묶을 때 쓰였던 것 같아. 게다가 이것은 선원이 아니면 묶을 수 없는 몰타 특유의 매듭이네. 피뢰침 아래서 이 리본을 주웠어. 고인들의 것일 리 없지. 어쨌든 이 리본을 보고 프랑스인이 몰타 배를 타는 선원이라고 판단한 내 추리가 틀렸더라도, 신문 광고에 내가 한 일을 적은 부분에 대해서는 아무 문제가 없네. 내 말이 틀리면 그자는 내가 어떤 사정으로 잘못 생각했을 거라고 넘겨버리고 굳이 알아보려고도 않겠지. 하지만 내 말이 맞는다면 사건 해결에 중요한 요소를 얻게 될 거야. 비록 그 프랑스인이 살인을 저지르진 않았어도 광고를 보고 선뜻 오랑우탄을 돌려 달라고 나서지는 못할 걸세.

이런 생각이 들겠지. '난 죄가 없어. 돈도 없고. 내 오랑우탄은 가격이 비싸니 그 녀석만 있으면 한몫 잡을 수 있을 텐데. 위험에 빠질지도 모른다는 막연한 두려움 때문에 그런 기회를 놓쳐야 하나? 그 녀석이 바로 코앞에 있어. 잔혹한 살인 현장에서 꽤 멀리 떨어진 불로뉴 숲에서 발견됐다니 난폭한 짐승이 그런 짓을 했을 거라고는 의심할 수 없겠지? 경찰도 무엇을 해야 할지 모른 채 작은 단서 하나도 찾아내지 못했단 말이야. 설사 경찰이 그 녀석을 쫓는다 해도 내가 살인 사건을 알고 있었다는 사실을 증명할 수 없을 거야. 알고 있었다는 이유만으로 나에게 죄를 물을 수도 없겠지. 무엇보다 나를 알고 있는 자가 있어. 신문 광고를 낸 사람이 나를 그 짐승의 주인으로 지목했으니까. 그자가 어디까지 알고 있을지 모르겠군. 그렇게 값비싼 소유물을 찾지 않으려 한다면 되려 의심을 하게 만드는 꼴이 될 거야. 나나 그 짐승에게 이목이 집중되는 것은 바람직하지 않아. 광고에 적힌 곳으로 가서 오랑우탄을 찾은 다음 이 사건이 흐지부지될 때까지 그 녀석을 잘 숨겨놔야겠어'라고."

바로 이때 계단에서 발소리가 들렸다.

뒤팽이 말했다.

"총을 준비해둬. 하지만 내가 신호를 줄 때까지 사용하거나 내보이면 안 되네."

현관문이 열려 있었기 때문에 방문객은 벨을 누르지 않고 들어와 계단을 몇 걸음 올라왔다. 하지만 이내 망설이는 것 같더니 계단을 내려가는 소리가 들렸다. 그리고 다시 올라오는 소리가 들리자 뒤팽이 재빨리 문으로 다가갔다. 그자는 두 번째는 돌아서지 않고 결심을 굳힌 듯 계단을 올라와 조심스럽게 방문을 두드렸다.

"들어오세요."

뒤팽이 밝고 쾌활한 어조로 말했다.

한 사내가 들어왔다. 선원이 틀림없었다. 키 크고 건장한 근육질의 남자로 저돌적인 표정을 띠고 있긴 했지만 전체적으로 서글서글한 외모였다. 햇볕에 많이 그을린 얼굴은 구레나룻과 콧수염으로 반 이상 덮여 있었다. 오크 나무로 만든 거대한 곤봉을 든 것 외에 다른 무기는 없어 보였다. 사내가 어색하게 몸을 숙여 "안녕하십니까" 하고 프랑스 억양이 섞인 영어로 인사했다. 뇌샤텔 지방 말투가 약간 섞여 있긴 했지만 파리 출신이 확실해 보였다.

"앉으시지요. 오랑우탄에 관련된 일로 오셨나 보군요. 그런 동물을 소유하다니 정말 부럽습니다. 놀랍도록 멋지고 아주 값비싼 동물이니까요. 몇 살 정도 됐습니까?"

선원은 견디기 어려운 짐이라도 벗어던진 듯 숨을 길게 내쉬고는 자신 있는 어조로 대답했다.

"정확히 알 길은 없습니다만 네다섯 살 정도 됐을 겁니다. 이곳에 있나요?"

"아니요. 여기는 둘 만한 곳이 마땅치 않아서요. 바로 옆 뒤부르그가의 마구간에 두었습니다. 아침에 찾아가면 될 겁니다. 물론 본인의 소유물이라는 것을 증명할 준비는 되어 있겠죠?"

"그렇고말고요."

"그 녀석과 헤어지려니 섭섭하군요."

"이렇게 폐를 끼쳤는데 사례는 해드려야지요."

이어서 사내가 말했다.

"찾을 수 있을 거라는 예상을 전혀 못 했거든요. 찾아주신 것에 대한 사례는 기꺼이 하겠습니다. 적당한 선에서 무엇이든."

"그렇다면 아주 적당한 것이 있을 것 같은데. 잠깐만 생각할 시간을 주세요. 무엇으로 할까…. 아! 생각났소. 내가 받고 싶은 보상은 이겁니다. 모르그가에서 일어난 살인 사건에 대해 당신이 알고 있는 사실을 모두 말해주십시오."

뒤팽은 낮은 소리로 조용히 이렇게 말하고 나서 조용히 문을 잠근 뒤 열쇠를 자기 호주머니에 넣었다. 그리고는 가슴팍에서 권총을 꺼내더니 조금도 당황하지 않고 책상 위에 내려놓았다.

사내의 얼굴은 숨쉬기 곤란한 듯 붉게 달아올랐다. 그자는 일어나서 곤봉을 쥐었지만 다음 순간 자리에 털썩 주저앉아 몸을 격렬하게 떨었고 낯빛은 금방이라도 죽을 것처럼 어두워졌다. 그는 한마디도 하지 못했다. 순간 나는 진심으로 그자가 불쌍하게 여겨졌다.

뒤팽이 다정하게 말했다.

"이보시오, 겁먹을 필요 없어요. 정말입니다. 당신에게 해를 끼칠 생각은 없습니다. 신사로서 그리고 프랑스인의 명예를 걸고 맹세하겠소. 우리는 절대로 당신을 해하려는 게 아닙니다. 모르그가에서 일어난 잔혹한 살인에 당신 잘못이 없다는 건 나도 잘 알고 있습니다. 하지만 어떤 식으로든 자신이 연루되어 있다는 점은 부인할 수 없겠죠. 당신은 이미 내 말을 듣고 내가 이 사건의 내막을 파악했다는 사실을 알았을 겁니다. 그 내막은 당신도 상상할 수 없었던 일이겠죠. 일이 이렇게 되긴 했어도 당신은 도망쳐야 할 만한 일을 한 게 없소. 당신을 유죄로 만들 것은 아무것도 없다는 말입니다. 당신은 물건을 훔칠 수 있었을 텐데 집을 털지도 않았죠. 그러니 아무것도 숨기지 마세요, 숨길 이유가 전혀 없으니. 또 한편으로 당신에게는 알고 있는 모든 것을 털어놓아야 할 도의적 책임이 있습니다. 당신이 진범을 알고 있는 그 범죄 때문에 지금 무고한 사람이 누명을 쓰고 투옥되었단 말입니다."

뒤팽이 이렇게 말하는 사이 사내는 완전히 정신을 차렸지만 처음 지니고 있던 대담한 태도는 온데간데없었다.

"하느님 도와주세요."

그는 잠시 멈추었다가 말을 시작했다.

"이 일에 대해 알고 있는 것을 전부 말하겠습니다. 하지만 제 말의 절반도 믿어지지 않으실 겁니다. 내 말을 믿어주길 바라는 것 자체가 어리석은 일이겠죠. 그래도 나는 죄가 없으니 죽어도 여한이 없도록 모두 털어놓겠습니다."

그자가 실제로 자백한 내용은 이러했다.

사내는 최근 인도의 도서 지방으로 항해를 떠났다. 바다와 섬을 즐기기 위한 짧은 여행을 할 일행을 모아 보르네오 섬에 내려 내륙으로 들어갔다. 그는 일행 중 한 명과 함께 오랑우탄을 잡았다. 하지만 그 일행이 죽고, 그가 동물을 독차지하게 되었다. 집으로 돌아오는 항해에서 녀석이 다루기 어려울 정도로 사납게 구는 바람에 고생이 많았지만 결국 파리에 있는 집으로 안전하게 데려오는 데 성공했다. 녀석이 배에 타면서 펄쩍 뛰어오르다가 발에 상처를 입었기 때문에 그는 이 상처가 다 아물 때까지만 이웃들의 쓸데없는 호기심을 사지 않도록 녀석을 집 안에 꼭꼭 숨겨두었다. 그러고 나서는 팔아치울 계획이었다.

살인이 있기 전날 밤새도록 선원들과 어울려 유쾌하게 놀고 집에 돌아와 보니, 녀석은 단단히 가둬두었다고 생각했던 옆방 문을 부수고 그의 침실에 들어가 있었다. 손에는 면도칼을 쥐고 온통 비누 거품을 바른 채 면도를 하려는 것처럼 거울 앞에 앉아 있었다. 그전에 갇혀 있던 방에서 열쇠 구멍으로 사내의 모습을 지켜본 것이 틀림없었다. 그는 매우 사납고 도구를 잘 다룰 줄 아는 동물이 위험한 무기를 가지고 있는 모습을 보고 겁에 질린 나머지 잠시 어떻게 해야 할지 아무 생각도 떠오르지 않았다. 하지만 녀석이 극도로 흥분해 날뛰면 채찍을 사용해서 잠잠하게 만들곤 했으므로 남자는 이 방법에 의존해보기로 했다. 오랑우탄은 채찍을 보자마자 방문을 쏜살같이 빠져나가 아래층으로 내려갔고 공교롭게 열려 있던 창문을 통해 거리로 나가고 말았다.

사내는 절망에 빠져 녀석을 쫓아갔다. 여전히 손에 면도칼을 쥔 그 유인원은 가끔 멈춰 뒤를 보고 그가 가까이 다가올 때까지 손을 흔들어댔다. 그리고는 다시 달아났다. 이런 식으로 한참 동안 추적이 이어졌다. 새벽 3시 정도였기 때문에 거리는 매우 조용했다. 쫓기던 녀석은 모르그가 뒤편 골목을 내려가다가 레스파나예 부인의 집 4층에 열린 창문을 통해 나오는 불빛을 발견했다. 그러자 녀석은 즉시 그 건물로 달려들더니 엄청난 속도로 피뢰침을 타고 올라가 벽으로 활짝 젖혀 있던 덧문을 잡고 그것을 이용해 침대 머리 판 위로 곧장 들어가 버렸다. 그 모든 일은 채 1분도 걸리지 않았다. 오랑우탄이 방으로 들어가면서 발로 차는 바람에 덧문이 다시 열렸다.

그러는 사이, 사내는 기쁘면서도 난처했다. 녀석이 과감하게 들어간 덫에서 빠져나올 수 있는 길은 피뢰침뿐이니 내려올 때 가로채 다시 잡겠다는 기대에 잔뜩 부풀어 있었다. 반면에 다른 사람의 집 안에 들어간 녀석이 무슨 짓을 할지 몹시 걱정스럽기도 해서 계속 따라가 보기로 했다. 피뢰침을 올라가는 일은 선원인 그에게 어렵지 않았지만 창문 높이까지 올라가서 보니 창문이 왼쪽으로 멀리 있어 더는 나아갈 수가 없었다. 그가 할 수 있는 최선은 몸을 뻗어 방 안을 들여다보는 것이었다. 그렇게 들여다보다가 그는 엄청난 공포에 휩싸여 하마터면 잡고 있던 손을 놓칠 뻔했다. 밤에 모르그가 사람들의 선잠을 깨운 끔찍한 비명이 울려 퍼지기 시작한 것도 이때였다.

잠옷을 입은 레스파나예 부인과 딸은 앞에서 언급된 철제 금고를 방 한가운데로 밀고와 그 안에 든 서류를 정리하는 일에 몰두해 있었다. 금고는 열려 있었고 내용물은 금고 옆 마룻바닥에 놓여 있었다. 희생자들은 창을 등지고 앉아 있었던 것이 분명했다. 녀석이 들어가고 비명이 나기까지 흐른 시간으로 보아 그들은 녀석을 즉시 알아차리지는 못한 것 같았다. 덧문이 덜컹거린 것도 당연히 바람 때문이라고 여겼을 것이다.

사내가 들여다보았을 때 그 거대한 짐승은 빗질을 하느라 풀려 있던 레스파나예 부인의 머리카락을 쥔 채로 이발사의 동작을 흉내 내듯 얼굴 주변에 면도칼을 마구 휘두르고 있었다. 딸은 바짝 엎드려 미동도 없는 것으로 보아 기절한 것 같았다. 노부인이 머리에서 머리카락이 뽑힐 정도로 비명을 지르고 몸부림치자 싸울 의도는 없었을지도 몰랐던 오랑우탄이 돌변해 화를 내기 시작했다. 면도칼을 쥔 근육질의 팔을 한 번 휘두른 것만으로도 부인의 머리가 거의 잘려나갈 지경이었다.

피를 보자 녀석의 분노가 광기로 번졌다. 이를 갈고 눈에서는 불길을 번뜩이며 딸의 몸으로 뛰어오르더니 목에 손가락을 박고 그녀의 숨이 끊어질 때까지 그대로 쥐고 있었다. 이때 녀석이 초점 없고 사나운 시선을 들어 침대 머리맡을 바라보았고 공포로 얼어붙은 채 들여다보고 있는 사내의 얼굴을 알아보았다. 아직도 마음속에 무서운 채찍질을 기억하고 있었던 녀석의 기분은 이제 분노에서 두려움으로 순식간에 바뀌었다. 혼날 짓을 했다는 것을 알고 자신이 한 몹쓸 짓을 숨겨야겠다는 생각에 초조한 듯 불안해하며 방 안을 뛰어다녔다.

그렇게 돌아다니며 가구를 온통 집어던지고 부숴놓더니 매트리스를 틀에서 떼어 질질 끌어냈다. 결국 녀석은 딸의 시신을 먼저 잡아 굴뚝으로 밀어 넣었고 곧이어 노부인의 시신은 창밖으로 내던졌다.

녀석이 손상된 시신을 들고 창으로 다가오자 사내는 겁에 질려 피뢰침에 몸을 바짝 웅크린 채 미끄러지다시피 내려와 허겁지겁 집으로 돌아갔다. 저 잔인한 살인에 대한 대가를 치를 생각에 몸서리치며 두려움에 빠져 있느라 오랑우탄의 운명에 대한 걱정은 안중에도 없었다. 계단에서 사람들이 들었던 말소리는 사내가 공포와 놀라움에 외치는 소리와 오랑우탄이 사악하게 꽥꽥 질러대는 소리가 섞여서 난 것이었다.

내가 덧붙일 말은 거의 없다. 오랑우탄은 문이 부서지기 바로 전에 피뢰침을 타고 방을 빠져나갔을 것이다. 창문은 녀석이 빠져나갈 때 닫힌 것이 분명했다. 그 후에 결국 선원이 녀석을 잡아 거액을 받고 파리 식물원에 팔았다. 우리가 경찰청에 뒤팽의 견해와 함께 상황을 설명하자 르 봉 씨는 바로 풀려났다. 경찰은 뒤팽에게 호의를 보이기는 했지만 사건 처리에 대한 유감을 감추지 못한 채 자기 일에나 신경 쓰면 모두가 편하지 않겠느냐며 빈정거렸다.

그 말에 대답할 필요가 없다고 생각한 뒤팽이 말했다.

"얘기하도록 내버려 두게. 얘기하다 보면 마음이 풀리겠지. 나는 경찰청 내에서 경찰에게 패배를 안겨준 것으로 만족해. 그렇지만 경찰이 이 수수께끼 같은 사건을 해결하지 못한 것은 결코 놀라운 일이 아닐세. 자신의 영리함만 믿고 문제를 깊이 파고들지 않은 게 사실이니까. 경찰의 지식은 수술이 없는 꽃과 같네. 여신 라베르나(로마 신화에 나오는 도둑과 사기꾼, 지옥의 여신 – 옮긴이)의 그림처럼 몸은 없고 머리만 있거든. 잘 봐줘서 대구처럼 머리와 몸통 윗부분만 있다고 해두지. 어찌 되었건 경찰도 좋은 사람이네. 말만 앞세워 창의력이 높다는 평판을 얻어낸 뛰어난 수완이 특히 마음에 들어. '있는 것을 부정하고 없는 것을 설명하는(장 자크 루소의 서한체 소설 《신新 엘로이즈》에 나온 말 – 옮긴이)' 경찰의 수사 방식을 말하는 걸세."

마리 로제 미스터리
모르그가의 살인 - 후편

Edgar
A. Poe

마리 로제 미스터리
모르그가의 살인 – 후편

사람들은 대개 현실에서 벌어지는 사건을 보며 이상적인 결말을 상상하곤 한다. 그러나 현실과 상상은 좀처럼 일치하지 않는다. 이상적 계획은 인간과 환경 때문에 일그러진다. 그러면 현실은 물론 이상마저 결함투성이로 느껴진다. 종교 개혁이 이와 같았다. 프로테스탄트 대신 루터교가 도래했다.

— 노발리스, 〈윤리학〉

 지성인이라면 믿지 않을 법한 일이라도 동떨어진 두 장소에서 똑같은 사건이 벌어진다면 가장 냉정한 사상가조차 초자연 현상이 정말 존재할지 모른다는 생각이 들기 마련이다. 이 생각은 완전한 믿음이 아니라서 하나의 사상으로는 발전할 수 없지만 그렇다고 쉽게 지워지지도 않는다. 의혹을 지우려면 우연의 원리, 즉 전문 용어로 확률을 사용해야 한다. 확률은 원래 순수한 수학이다. 그러므로 우리는 과학적으로 가장 정확한 원리를 생각의 영역에서 가장 모호한 미신, 환영에 적용하는 변칙을 행하는 것이다.
 동떨어진 두 장소에서 벌어진 똑같은 사건이란, 하나는 이제

부터 내가 이야기하려는 내용이고 나머지 하나는 독자들도 잘 알다시피 최근 뉴욕에서 발생한 메리 세실리아 로저스 살인 사건이다.

1년 전 내 친구 슈발리에 C. 오귀스트 뒤팽의 뛰어난 추리 능력을 묘사한 〈모르그가의 살인〉을 쓸 때만 해도 이 일을 다시 하리라고 생각지도 못했다. 그 친구의 독특한 개성을 보여주고 싶어 글을 썼고 뒤팽이 모르그가를 뒤흔든 사건을 해결하는 과정을 보여줌으로써 내 목적은 충분히 이루어졌다. 친구의 유별난 성격을 보여주는 데 이보다 더 훌륭한 예는 없을 것이다. 그러나 최근에 더욱 놀랍도록 발전한 상황을 보니 강요된 자백이라 느낄지도 모르겠지만 다시 글을 쓰고 싶어졌다. 또한 최근에 떠도는 소문을 듣고도 오래전 듣고 보았던 것에 관해 계속 침묵할 수만은 없었다.

레스파나예 부인과 그 딸의 비극적 사건, 모르그가의 살인을 해결하자마자 뒤팽은 모든 사건에 관심을 끄고 오래된 습관대로 침울한 공상에 빠져들었다. 항상 넋을 빼놓기 일쑤인 나도 그 분위기에 쉽게 물들었다. 우리는 포부르 생 제르맹에 위치한 집에 온종일 머무르며 미래는 바람에 맡기고 따분한 세상을 꿈으로 엮으며 쥐죽은 듯 하루하루를 보냈다.

그러나 우리의 공상은 계속되지 못했다. 모르그가에서 벌어진 비극에서 내 친구가 맡은 배역이 파리 경찰에게 큰 감명을 주었던 것 같다. 덕분에 파리 경찰 사이에 뒤팽을 모르는 사람이 없었다. 뒤팽은 사건의 수수께끼를 풀 때 사용했던 추리에 대해 나를 제외하고 그 누구에게도, 파리 경찰 국장에게도 말하지 않았다. 그 때문에 사람들은 사건 해결을 기적처럼 느꼈고 뒤팽을 뛰어난 직관의 소유자라 생각했다. 뒤팽이 솔직하게 추리를 설명했다면 그러한 오해를 풀었겠지만 만사를 귀찮아하는 그의 성품 탓에 사람들이 떠들어대며 관심을 보여도 무관심했다. 어쨌건 뒤팽은 경찰의 시선을 한 몸에 받고 있다는 사실을 알게 되었고, 그에게 도움을 요청하는 사건이 제법 있었다. 그중 가장 흥미로운 의뢰는 '마리 로제'라 불리는 젊은 아가씨의 살인 사건이었다.

이 사건은 모르그가에서 잔혹한 살인이 일어난 지 약 2년 후에 발생했다.

참으로 운이 없었던 '담배 가게 아가씨'와 성과 세례명이 비슷해서 이목을 끈 사건의 주인공 마리는 과부 이스텔 로제에게 하나밖에 없는 딸이었다. 어릴 적 아버지가 돌아가신 후부터 살인 사건이 있기 18개월 전까지 딸은 어머니와 함께 파베 생앙드레가에서 살았다. 로제 부인은 딸의 도움을 받아 하숙집을 운영했다. 마리가 스물두 살 되던 해, 팔레 루아얄 저택 지하에서 향수 가게를 운영하던 르블랑 씨가 마리의 뛰어난 미모를 눈여겨보았다. 르블랑은 온 동네를 들쑤시는 막돼먹은 건달들이 주로 드나드는 향수 가게에서 어여쁜 마리가 일하면 얼마나 이득이 될지 계산할 수 있었다. 로제 부인은 못마땅하게 여겼지만 마리는 임금이 후한 향수 가게 일자리 제의를 기꺼이 받아들였다.

르블랑의 예상대로 가게는 생기발랄한 아가씨의 매력 덕분에 곧 유명해졌다. 그렇게 마리가 가게에서 일한 지 1년이 지난 어느 날, 마리는 갑자기 종적을 감추었고 열성적인 마리의 팬들은 당황했다. 르블랑은 무슨 영문인지 도통 몰랐고 로제 부인은 마리에게 무슨 불길한 일이라도 생겼을까 초조해했다. 신문사는 냉큼 이 실종 기사를 실어 내보냈다.

마리가 사라지고 일주일이 지난 어느 화창한 날 아침, 경찰이 본격적으로 수사를 시작하려던 참에 마리는 다친 데 없이 건강한 모습으로, 그러나 슬픈 표정을 하고 늘 자리하던 향수 가게 계산대에 모습을 드러냈다. 모든 공식적인 수사는 중단되었다. 하지만 사적인 질문은 여전했다. 르블랑은 이전처럼 아무것도 모른다고 말했다. 마리와 로제 부인은 마리가 지난주에 시골 친척 집에 있었다고 대답했다. 그렇게 떠들썩했던 실종 사건은 시간이 지나 잠잠해지며 서서히 희미해졌다. 마리는 무례하게 자신의 호기심을 발동시키는 사람들에게서 벗어나고 싶었는지 향수 가게 주인에게 작별을 고하고 파베 생 앙드레가에 있는 어머니의 집으로 들어가 버렸다.

집에 돌아온 지 다섯 달이 지났을 무렵 마리가 또다시 사라지면서 사람들을 깜짝 놀라게 했다. 사흘이 지나도록 아무 소식도 들리지 않았다. 나흘째 되던 날, 생 앙드레가 맞은편 센 강 기슭에서 마리의 시체가 떠올랐다. 인적이 드문 룰 관문에서 멀지 않은 곳이었다. 살인의(누가 보아도 살인임을 알 수 있었다) 잔인함, 피해자가 젊고 아름다운 여성이라는 점, 게다가 꽤 이름이 알려진 그녀였기에 감성적인 파리 시민들은 연민과 경악을 금치 못했다. 이토록 큰 반향을 불러일으킨 사건은 좀처럼 없었다. 몇 주 내내 이 사건이 사람들의 입에 오르내리면서 당시 중요한 정치적 이슈조차 까맣게 잊혔다. 파리 경찰 국장은 사건 해결을 위해 각별한 노력을 기울였고 파리의 경찰력을 총 동원해 범인 검거에 나섰다.

처음 시체를 발견하자마자 발 빠르게 수사를 시작했기 때문에 살인자가 수사망을 빠져나갈 수 없으리라 여겼다. 하지만 일 주일이 지나고 나서 현상금을 걸었고 그마저도 고작 1000프랑이었다. 항상 올바른 판단을 한 것은 아니어도, 경찰은 수사에 박차를 가하며 많은 사람을 조사했지만 헛수고였다. 시간이 지나도 아무 단서를 찾지 못하자 시민들의 불만은 날로 커졌다.

사건 발생 열흘째 되는 날, 현상금을 두 배로 올려야 하지 않겠느냐는 목소리가 여기저기서 터져 나왔다. 아무 성과 없이 보름이 지나자 그렇지 않아도 경찰에 대한 반감이 컸던 파리 시민들은 급기야 난동을 부리며 경찰에 대한 불만을 터뜨렸다. 파리 경찰 국장은 '범인을 신고'하거나, 범인이 여러 명일 때 '범인 중 한 명이라도 신고'하면 2만 프랑을 주겠다고 발표했다. 현상금을 내건 이 공고문에는 범행을 도운 사람이라도 가담자를 알려주면 일반 사면을 약속한다는 내용이 포함됐다. 공고문은 시민 위원회가 독자적으로 제시하는 1만 프랑의 현상금까지 덧붙여져 사방에 나붙었다.

현상금 총액이 자그마치 3만 프랑이었다. 피해자가 그저 평범한 시민이고, 파리와 같이 큰 도시에서 이 정도의 살인 사건은 흔히 일어난다는 점을 생각하면 어마어마한 액수였다.

이제 모든 사람은 이 살인 사건의 수수께끼가 금방 밝혀지리라 생각했다. 그러나 사건의 실마리를 얻을 수 있을 것 같았던 용의자를 한두 명 체포했을 뿐이었다. 그나마도 증거 부족으로 모두 풀어주었다. 이상하게 들릴지 모르지만 나와 뒤팽은 시체가 발견되고 사건을 해결할 어떤 단서도 찾지 못한 채 3주가 흐를 때까지 온 세상을 떠들썩하게 만든 이 사건을 듣지 못했다. 우리는 어떤 연구에 푹 빠져 한 달간 외출도 하지 않고 손님도 들이지 않았고 신문도 대충 훑어보기만 했다. 경찰 국장 G가 우리 집에 들렀을 때 처음으로 사건에 대해 알게 되었다.

18XX년 7월 13일 이른 오후, G는 우리 집을 찾아와 밤늦게까지 머물렀다. 국장은 살인범을 찾아내려는 모든 노력이 실패로 돌아가 무척 언짢은 상태였다. 그의 평판을 좌우하는 문제였다. 파리 사람 특유의 태도로 말하자면 명예까지 달린 문제였으니까 모든 시민의 눈이 경찰 국장을 바라보고 있었다. 사건을 해결하기 위해서라면 무슨 희생이라도 치를 기세였다. G는 마지막으로 뒤팽의 천재적 추리력을 치켜세우며 다소 우스꽝스러운 연설을 끝맺고, 뒤팽에게 파격적인 금액을 제시하며 도움을 요청했다. 정확한 액수는 내가 밝힐 입장도 아니고 이 이야기와 직접 관련된 사항도 아니니 넘어가겠다.

뒤팽은 자신을 향한 칭찬은 한사코 사양했지만 제안은 기꺼이 받아들였다. 사건을 해결해야 받을 수 있는 돈이긴 했지만. 어쨌든 제안을 받아들이기로 합의하자 경찰 국장은 사건에 대해 자기 관점대로의 설명을 폭풍처럼 쏟아붓고, 중간중간 우리는 아직 보지도 못한 증거에 관한 해설도 장황하게 늘어놓았다. 한 번 쏟아진 이야기는 그칠 줄 몰랐고 범죄 전문가라는 자신의 의견을 피력하기 바빴다.

밤이 꽤 늦었기에 나는 경찰 국장에게 넌지시 언질을 주었다. 뒤팽은 늘 앉는 안락의자에서 아주 침착하게 공손히 이야기를 경청했다. 이야기를 듣는 내내 뒤팽은 안경을 쓰고 있었다. 초록색 안경 너머를 힐끗 보니 뒤팽은 국장이 떠나기 전까지 따분하기 그지없는 예닐곱 시간을 곤히 자고 있었다.

다음 날 아침, 나는 경찰 국장으로부터 모든 증거를 수록한 보고서를 받고 여러 신문사를 돌아다니며 중요하다 싶은 기사를 모조리 구했다. 확실히 관련이 없는 정보를 제외하고 사건의 전말을 요약하면 이러하다.

18XX년 6월 22일 일요일 오전 9시, 마리 로제는 파베 생 앙드레가에 있는 어머니 집을 나섰다. 마리는 자크 생 외스타슈라는 남자에게, 오직 그에게만 드로메가에 있는 이모 댁에서 종일 지낼 거라고 말했다. 드로메가는 비좁지만 사람이 많이 다니고 강변에서 멀지 않으며 로제 부인의 하숙집에서 가장 가까운 길로 계산하면 3킬로미터 거리에 있다.

생 외스타슈는 마리의 약혼자로 로제 부인 집에서 하숙하고 있었다. 외스타슈는 저녁에 마리를 데려올 생각이었다. 그런데 오후에 비가 억수같이 쏟아지자 마리가 이모 댁에서 자고 올 것이라 생각하고(예전에도 비슷한 경우가 있었으므로) 마리를 데리러 가지 않았다. 나이 일흔의 병약한 로제 부인은 밤이 되자 '이제 두 번 다시 마리를 못 볼 거야'라고 탄식했지만 당시에는 아무도 이 말에 귀를 기울이지 않았다.

월요일이 되어서야 마리가 드로메가에 가지 않았다는 사실이 밝혀졌다. 하루가 지나도록 아무 소식이 없자 사람들은 시내 곳곳과 외곽까지 마리를 찾아다녔다. 그러나 마리의 소식은 실종 후 나흘 만에 들을 수 있었다. 6월 25일 수요일, 마리를 찾던 사람 중 보베라는 인물이 룰 관문 근처이자 파베 생 앙드레가 맞은편 센 강에서 한 어부가 물에 떠다니는 시체 한 구를 건졌다는 소식을 들었다. 한참 시체를 살펴보던 보베는 그 시체가 향수 가게 아가씨 마리라고 증언했다. 함께 수색하던 보베의 친구 역시 한눈에 마리를 알아보았다.

얼굴은 시커먼 피로 범벅이었고 입에서도 피가 흘러나왔던 것 같다. 단순 익사체에서 발견되는 거품은 보이지 않았다. 세포 조직의 변색도 없었다. 목은 멍이 들고 손자국이 선명했다. 팔은 가슴으로 모인 채 굳었다. 오른손은 꽉 쥐고 있었고 왼손은 반쯤 벌어졌다. 왼손 손목에 두 줄로 감았거나 한 줄로 두 번 감아 생긴 상처가 보였다. 오른손 손목과 등 전체의 피부가 쓸린 듯 벗겨졌다. 특히 어깨뼈 부근이 심하게 벗겨졌다. 어부가 시체를 강가로 건질 때 밧줄을 쓰긴 했으나 그때 생긴 상처는 아니었다.

목이 심하게 부어 있었고, 베이거나 구타당한 흔적은 없었다. 레이스 조각이 목에 감겨 목을 바짝 조르고 있었지만 살 속에 완전히 파묻힌 탓에 눈에 잘 띄지 않았다. 왼쪽 귀 아랫부분에 레이스의 양 끄트머리를 서로 묶어두었다. 이것만으로도 죽음에 이르기 충분했다.

의학적 소견에 따르면 피해자는 난폭하게 강간을 당했다고 한다. 시체가 발견되었을 당시의 상태는 친구들이 신원을 알아보기에 큰 어려움이 없었다.

원피스는 여기저기 찢겨 있었다. 치마 밑자락에서 허리까지 30센티미터가량 찢겼는데 완전히 떨어져 나가지 않은 그 치맛자락을 허리에 세 번 감아 등 뒤로 묶었다. 원피스 안에 입은 속치마는 부드러운 모슬린이었다. 누군가가 조심스럽게 뜯어낸 듯 가로 45센티미터의 조각이 모슬린 속치마에서 고르게 뜯겨 나갔다. 그 조각을 목에 헐렁하게 두르고 양 끝을 서로 단단히 묶었다. 모슬린 조각과 레이스 조각 위로 보닛(옛날 여자들이 쓰던 모자로 끈을 턱 밑으로 묶게 되어 있음 – 옮긴이) 끈이 둘려 있었다. 보닛 끈의 매듭은 여자의 솜씨가 아니라 남자나 뱃사람이 사용하는 방식이었다.

시체의 신원을 확인한 후 관례대로 시체 안치소에 보관하지 않고(이러한 형식적인 절차가 불필요하다고 여겼으므로) 시체가 발견된 강변 근처에 급히 매장했다. 보베의 노력으로 사건은 조용히 마무리되는 듯했으나 며칠이 지나지 않아 크게 사람들의 관심을 끌었다.

한 주간신문이 이 일을 폭로한 것이다. 결국 시체를 다시 파내 부검을 실시했다. 그러나 이미 알려진 점 이외에 더 밝혀진 사실은 없었다. 다만 시신의 옷이 마리가 집을 나갈 때 입었던 옷이라고 어머니와 친구들이 증언했다.

사람들의 흥분은 시시각각 고조되었다. 몇 명이 체포되고 풀려났다. 생 외스타슈가 가장 큰 의심을 받았다. 처음에 외스타슈는 마리가 집을 나간 일요일에 어디서 무엇을 했는지 제대로 설명하지 못했다. 하지만 나중에 경찰 국장 G에게 시간 단위로 자신의 행방을 기술한 진술서를 제출했다. 시간이 흘러도 이렇다 할 단서를 찾지 못하자 말도 안 되는 갖가지 소문이 돌고, 신문사는 앞다투어 저마다의 추측을 기사로 내놓았다.

이 가운데 가장 주목받은 기사는 마리 로제가 아직 살아 있고, 센 강에 발견된 시체는 불운을 맞이한 다른 누군가의 시신이라는 내용이었다. 이 내용을 소개하겠다. 다음은 요즘 잘 나가는 〈에투알〉 신문에 소개된 내용이다.

18XX년 6월 22일 일요일 아침 마리 로제는 드로메가에 있는 이모나 다른 친척을 만난다는 이유를 둘러대고 집을 나섰다. 그 시간 이후 아무도 마리를 본 사람이 없다. 마리에 대한 흔적도 소식도 전혀 없다. 마리가 어머니 집을 나선 이후부터 지금까지 마리를 봤다고 말하는 사람은 나오지 않았다. 마리 로제가 6월 22일 일요일 오전 9시 이후에 멀쩡히 살아서 땅 위를 돌아다녔다는 증거는 없지만 적어도 오전 9시까지는 멀쩡히 살아 있었다.

수요일 낮 12시 룰 관문 근처에서 강 위를 둥둥 떠다니는 한 여성의 시체가 발견되었다. 마리가 어머니 집을 나선 후 세 시간 만에 살해되어 강물에 던져졌다 하더라도 3일, 정확히는 2일 23시간 후였다. 그런데 범인이 마리를 살해했다면 한밤중이 되기 전에 시체를 강물에 던져야 할 만큼 빨리 죽였을 리 없다. 이런 끔찍한 범죄를 저지르는 사람들은 낮보다 밤을 선호한다. 그러므로 강에서 발견된 시체가 마리 로제라면 시체는 기껏해야 이틀 반이나 사흘 정도 물속에 있었을 것이다.

익사체나 구타로 사망한 직후 물속에 던져진 시체가 부패하여 물 위에 떠오르려면 6일에서 10일이 걸린다는 것은 경험을 통해 모두가 알고 있는 사실이다. 가라앉은 시체 위에 대포를 쏘아도 5~6일이 지나야 떠오르고 내버려 두면 다시 가라앉는다. 그런데 왜 이번 일은 이러한 순리를 따르지 않았을까? 만약 살해 후 화요일 밤까지 강변에 시체를 방치했다면 강변 근처에서 분명히 살인자의 흔적이 발견되었을 것이다. 물론 살해되고 이틀 후 강물에 던져졌다 하더라도 그렇게 빨리 떠오를 수 있는지 의심스럽다. 그리고 시체가 떠오르지 않도록 돌덩어리를 매다는 방법을 쉽게 생각해낼 수 있는데 살인을 저지를 정도로 고약한 인간이 그런 자구책도 쓰지 않고 시체를 강물에 던진다는 것이 말이 될까?

기자는 시체가 심하게 부패해서 보베가 알아보기 어려울 정도였으므로 시체는 '단 3일이 아니라 최소한 2주 이상' 물속에 있었다고 주장했다. 그러나 부패에 대한 주장은 완전히 잘못되었음이 드러났다. 이어진 내용은 다음과 같다.

그렇다면 보베는 어떤 근거로 그 시체가 마리 로제라고 증언한 것일까? 보베는 소매를 찢어 마리임을 확인할 수 있는 특징을 찾았다고 말한다. 그 특징이란 흉터 같은 것이리라 사람들은 생각했다. 보베는 팔을 문질러 거기 난 털을 보았다고 한다. 마치 소매를 열어보니 팔이 있더라고 말하는 것만큼이나 무의미하고 뜬구름 잡는 소리다.

그날 밤 보베는 계속 현장에 머물렀다. 저녁 7시경 로제 부인에게 딸에 관한 조사가 진행 중이라는 말을 전했다. 부인의 연세도 연세거니와 부인이 얼마나 큰 상심에 빠졌을지 헤아리면 현장에 갈 수 없었겠다 싶지만, 시체가 마리라고 생각한다면 누구라도 조사가 진행되는 현장에 가봤어야 정상 아닌가. 하지만 아무도 그곳에 가지 않았다.

파베 생 앙드레가에서 그 이야기를 하거나 들은 이가 아무도 없었고 같은 건물 입주자들조차 몰랐다. 마리네 집에서 하숙하는 마리의 약혼자 생 외스타슈조차 다음 날 아침 보베가 자기 방으로 찾아와 소식을 전할 때까지 시체가 발견되었다는 사실을 듣지 못했다고 한다. 이런 소식을 어떻게 그토록 무덤덤하게 받아들일 수 있는지 놀라울 따름이다.

이렇게 신문 기사는 시체를 마리라고 여기는 가족들이 사실과는 상반되게 무관심한 태도를 보여준다는 인상을 심어주려 애썼다. 기사가 전하는 속뜻은 이러하다. 마리의 방탕한 생활을 보다 못해 친지들이 마리를 도시에서 쫓아냈는데 때마침 센강에서 마리와 닮은 시체가 발견되어 마리가 죽은 척하기로 했다는 것이다.

하지만 〈에투알〉은 너무 성급했다. 기사의 내용처럼 무관심한 태도는 없었다. 연로한 로제 부인은 파리하게 여윈데다 정신적 충격이 커 일상생활조차 불가능했고, 생 외스타슈 역시 무덤덤하기는커녕 너무 큰 슬픔에 빠져 제정신이 아닌 상태였다. 그래서 보베는 친구와 친척에게 외스타슈를 돌봐 달라 부

탁했고 시신을 다시 파내어 조사할 때도 외스타슈가 현장에 가
지 못하도록 조치했다.

〈에투알〉은 여기서 그치지 않고 시신을 다시 매장할 때 공공
비용을 사용했다는 둥, 마리를 위해 묘지를 세워주겠다는 근사
한 제안을 마리의 가족들이 거절했다는 둥, 가족 중 누구도 장
례식에 참석하지 않았다는 둥 다양한 내용을 기사로 내세웠다.
이 모든 것이 마리가 살아 있다는 주장을 뒷받침하려고 꾸며낸
말이었다.

〈에투알〉는 다음 호 신문에 보베를 의심하는 기사를 실었다.
내용은 이러하다.

이제 사건은 새로운 양상을 맞았다. B부인이 로제 부인 집을
방문했을 때 막 나가려던 보베가 B부인에게 이렇게 말했다고
한다. '경찰이 오면 자기가 돌아올 때까지 아무 말도 하지 마라.
자기가 알아서 다 하겠다'고. 현재 상황을 보면 보베는 모든 일
을 꼭꼭 숨기고 있는 것 같다. 보베 없이는 한 발자국도 전진할
수 없다. 어느 길로 가든 보베와 부딪히게 된다. 무슨 이유에서
인지 보베는 자신 이외에 누구도 사건에 끼어들지 못하게 막
고 남자 친척들을 멀리하는데 그 태도가 아주 이상했다고 주
변인들이 전했다. 친척들이 시신을 보는 것도 아주 싫어하는
것 같다.

보베를 더욱 의심쩍게 만드는 진술이 나왔다. 마리가 사라지
기 며칠 전 보베의 사무실을 찾아간 사람이 아무도 없는 사무

실 열쇠 구멍에 장미 한 송이가 꽂혀 있고 그 옆에 '마리'라고 적힌 이름표가 매달려 있는 모습을 보았다고 했다.

그러나 모든 신문의 일반적인 의견은 마리가 불량배들에게 당했다, 불량배들이 마리를 강 건너편으로 끌고 가 욕보이고 살해했다는 것이다. 그러나 영향력 높은 〈르 코메르시엘〉 신문은 전혀 새로운 의견을 내놓았다. 기사의 내용은 이러하다.

룰 관문 근처만 조사한 지금까지의 수사는 방향을 잘못 잡았다. 많은 사람에게 얼굴이 알려진 이 여성이 어떻게 누구의 눈에도 띄지 않고 세 구역이나 지나갈 수 있단 말인가. 마리 로제는 자기를 아는 사람에게 아는 체를 했을 테니 누군가가 마리를 보았다면 분명 그 사실을 기억하고 있을 것이다.

마리가 외출한 시간은 거리에 사람들이 붐비는 때였다. 마리가 룰 관문으로 갔든, 드로메가로 갔든 열 명은 마리를 알아봤어야 한다. 그런데 마리를 밖에서 보았다는 사람은 아무도 없다. 사실 외출하겠다는 마리의 말 이외에 밖으로 나갔다는 증거도 없다.

마리의 몸은 찢어진 옷으로 둘둘 말려 있었다. 아마 그것을 손잡이 삼아 짐처럼 옮긴 듯하다. 룰 관문에서 살해했다면 손잡이를 만들 필요가 없었으리라. 룰 관문 근처에서 시신이 발견되었다고 거기서 시신을 던졌으리라는 보장은 없다. 불쌍한 희생양의 속치마가 가로 30센티미터, 세로 60센티미터로 뜯겨 목에 둘려진 이유는 아마도 비명을 지르지 못하게 하려던 시도일 것이다. 이로 미루어보면 손수건을 가지지 않은 자의 짓이 틀림없다.

그러나 경찰 국장이 우리를 방문하기 하루나 이틀 전에 〈르 코메르시엘〉의 주장을 뒤엎을 만한 신고가 경찰에 들어왔다.

드뤄크 부인의 두 아들이 룰 관문 근처 숲을 돌아다니다가 한 수풀을 비집고 들어갔더니 수풀 너머에 서너 개의 큰 돌이 등받이와 다리를 갖춘 의자 모양으로 놓여 있었다. 윗돌에는 하얀 속치마가 놓여 있고 바로 아랫돌에는 비단 손수건이 놓여 있었다. 양산과 장갑, 손수건도 있었는데 손수건에는 '마리 로제'라는 이름이 적혀 있었다. 옷에서 찢겨 나온 천 조각이 가시덤불 주위에 흩어져 있었다. 땅은 여기저기 짓밟히고 덤불 가지가 부러진 것으로 보아 몸싸움의 흔적이 역력했다. 수풀과 강 사이에 있던 울타리가 치워져 있고 땅바닥에 무거운 짐을 끌고 간 흔적이 보였다.

주간신문 〈르 솔레이〉는 이 발견에 대해 다음과 같이 평했다. 파리의 모든 신문의 의견을 재탕한 것에 불과하지만 내용은 이러하다.

발견된 물건은 적어도 3, 4주간 버려져 있었던 게 틀림없다. 물건들은 모두 비를 맞아 곰팡이가 지독히 슬고 곰팡이와 함께 바닥에 엉겨 붙었다. 물건들 주위로 풀이 무성하게 자랐다. 양산은 튼튼했지만 안쪽 실밥이 늘어졌다. 양산 위쪽 접힌 부분은 모조리 곰팡이가 피고 썩어서 양산을 펼치자 찢어졌다. 가시덤불에 찢긴 원피스 천 조각들은 대략 가로 7센티미터, 세로 15센티미터 크기였다. 하나는 꿰맨 자국으로 보아 옷단에서 찢긴 것 같고 나머지는 옷단이 아닌 치맛자락 일부인 것 같다. 천 조각들은 마치 긴 끈처럼 바닥에서 위로 30센티미터 부근에 매달려 있었다. 무시무시한 살해 현장을 드디어 찾았다.

이 현장이 발견되면서 새로운 증거들도 속속 나타났다. 드뤼크 부인은 룰 관문 맞은편 강변에서 술집을 운영했다. 그 술집은 인적이 아주 드문 곳에 있었다. 일요일이면 시내에서 강을 건너온 불량배들의 휴식처가 되곤 했다. 마리가 집을 나선 바로 그 일요일 오후 3시경, 젊은 아가씨 한 명이 얼굴이 가무잡잡한 청년과 함께 술집으로 들어왔다. 잠시 머무르던 두 사람은 인근 우거진 숲을 향해 떠났다. 그 아가씨의 옷이 죽은 친척의 옷과 비슷해서 기억에 남았다고 드뤼크 부인이 말했다. 특히 스카프가 가장 눈에 띄었다고 한다. 두 사람이 떠난 직후 불량배 한 무리가 들이닥쳐 떠들썩하게 먹고 마시고는 돈도 내지 않고 두 남녀가 떠난 방향으로 뒤따라갔다가 해 질 무렵 술집으로 돌아와 서둘러 강을 건넜다.

그날 저녁, 밤이 찾아오고 얼마 지나지 않아 드뤼크 부인과 부인의 큰아들은 술집 근처에서 어떤 여자의 비명을 들었다. 짧고 날카로운 비명이었다. 드뤼크 부인은 수풀에서 발견된 스카프와 시신이 입고 있던 원피스가 그날 보았던 여자의 것이라고 했다. 마부 발랑스도 같은 일요일, 마리 로제가 얼굴이 가무잡잡한 청년과 센 강을 건너는 모습을 보았다고 진술했다. 발랑스는 마리를 잘 알고 있어서 잘못 보았을 리 없었다. 마리의 친척들은 수풀에서 발견된 물건이 마리의 것이 맞다고 확인해 주었다.

뒤팽의 지시대로 신문에서 여러 정보와 증거를 모으다가 자못 놀라운 기사를 찾아냈다. 수풀에서 옷가지가 발견된 직후 죽은, 아니 다 죽어가는 마리의 약혼자 생 외스타슈를 그 수풀 현장 근처에서 발견했다. 옆에는 '아편 팅크'라고 적힌 유리병이 굴러다녔다. 느릿한 호흡으로 보아 중독된 게 분명했다. 외스타슈는 한마디 말도 없이 죽었다. 마리를 향한 사랑과 자살 계획이 적힌 짤막한 유서를 남긴 채.

내가 정리한 보고서를 꼼꼼히 살핀 뒤팽이 입을 열었다.

"두말할 나위도 없이 이건 모르그가의 살인보다 훨씬 어렵군. 한 가지만 빼고 말이지. 잔인하기는 해도 아주 평범한 사건이야. 유별나게 까다로운 내용은 없어. 그래서 쉽게 해결되리라 생각했겠지만 사실 그렇기 때문에 해결이 어려웠던 거야. 그래서 처음에 현상금을 걸 필요도 못 느꼈던 거고. 경찰들은 이런 범죄쯤은 어떻게 진행되고 왜 발생하는지 한눈에 파악하겠지. 동기나 방법도 머릿속에 훤히 그릴 수 있을 테고. 그렇게 떠올린 다양한 방법 중에는 이 범행에 작용한 원인도 있지 않겠나. 당연히 그럴 거라고 굳게 믿었겠지. 그런데 경우의 수가 많기 때문에 더 어려운 법이고, 있을 법하기에 더욱 쉽지 않아.

이성이 진실을 추구한다면 평범함보다 비범함을 통해 그 길에 이를 수 있다네. 그러므로 이 사건의 경우, 올바른 질문은

'무슨 일이 일어났나?'가 아니라 '일찍이 본 적 없던 일이 무엇인가?' 하는 점이야. 모르그가에서 레스파나예 부인의 살인 사건을 조사할 때는 상식적으로 이해하기 어려울 만큼 상황이 특이해서 해결 방법을 못 찾고 우왕좌왕하지 않았나. 사실 그 특이한 상황이 가장 확실한 단서였는데 말이지. 그런데 이번 향수 가게 아가씨 사건은 너무 평범해서 실망스러울 정도라 경찰들은 금방 범인을 잡을 거라고 큰소리를 땅땅 쳐댄 거야.

레스파나예 모녀 살인 사건은 수사 초기부터 살해당한 게 분명했어. 처음부터 자살의 가능성은 배제되었지. 이번 사건도 마찬가지로 처음부터 자살의 가능성은 없었어. 룰 관문 근처에서 발견된 시체는 누가 봐도 타살의 흔적이 역력했으니까. 그런데 발견된 시신이 마리 로제가 아니라는 주장이 제기되고, 살인범 또는 살인범들을 잡기 위해 현상금이 걸리고, 경찰 국장이 마리를 죽인 범인을 잡아달라고 나에게 개인적으로 보수까지 제안하게 되었네. 자네나 나나 이 점잖은 친구를 잘 알고 있잖나. 경찰 국장을 너무 믿어선 안 돼. 시체 조사부터 시작해서 살인범을 추적하다가 시체가 마리가 아닌 다른 사람으로 밝혀진다고 생각해봐. 아니면 마리가 살아 있던 시절부터 추적해 갔더니 죽지 않은 마리를 찾아내면? 어느 쪽이든 우리는 고생한 보람이 없어져. 우리가 거래한 사람은 경찰 국장 G니까. 정의의 실현도 좋지만 우리의 목적을 생각하면 가장 먼저 할 일은 그 시체가 실종된 마리가 맞는지 확인하는 거야.

〈에투알〉의 주장은 사람들에게 큰 공감을 샀어. 자기들이 얼마나 영향력 있는지 신문사도 잘 알고 있는 것 같아. 그 기사 첫 머리를 보면 '오늘 많은 조간신문들이 〈에투알〉이 월요일에 다룬 결정적 기사를 내보냈다'라고 적혀 있거든. 내 눈에 결정적인 것이라곤 기자의 열정밖에 없는데 말이야. 대개 신문의 목적은 이슈를 일으켜 선풍적인 인기를 끄는 것이지 진실을 추구하는 것이 아니라는 점을 명심하게. 진실도 인기를 끌 만해야 신문에 오를 수 있거든. 아무리 근거가 확실해도 단조로운 이야기는 독자들이 믿지 않아. 신랄하게 비판해줘야 무언가가 있다고 생각하거든. 추리에서도, 문학에서도 경구야말로 사람들을 가장 빠르고 쉽게 사로잡는 방법이지. 가장 형편없는 방법이기도 하지만.

그러니까 내 말은 타당성과 상관없이 '마리 로제는 아직 살아 있다!'라는 단 한 줄의 극적인 문장이 〈에투알〉을 부추기고 독자들을 사로잡은 거야. 어디 〈에투알〉 기사 좀 살펴볼까? 논리적으로 모순된 부분도 있지만 일단 그건 접어두고 보자고.

기자는 처음에 마리의 실종과 시체가 발견된 시점 사이의 기간이 짧아 그 시체가 마리일 리 없다는 점을 보여주고 싶었나 보군. 그 기간을 최대한 줄여보려고 애를 썼어. 거기에 몰두한 나머지 처음부터 추측만 잔뜩 늘어놓았어. '그런데 범인이 마리를 살해했다면 한밤중이 되기 전에 시체를 강물에 던져야 할 만큼 빨리 죽였을 리 없다'라고 적혀 있는데 이걸 읽으면 당연히 이런 생각이 떠오르지 않나? 왜? 왜 마리가 출발하자마자 5분 만에 살해됐다고 생각하면 안 되는 거야? 왜 대낮에 죽였다고 생각하면 안 돼? 살인은 어느 시간이든 일어날 수 있어. 일요일 오전 9시와 밤 11시 45분 사이 아무 때나 살인이 일어났어도 '한밤중이 되기 전에 시체를 강물에 던질' 시간은 충분해. 이 추측의 결론은 이렇게 되겠군. 즉 살인은 일요일에 일어나지 않았다.

이런 식의 추측을 허락한다면 〈에투알〉이 무슨 소리를 한들 다 받아들여야 할걸. 〈에투알〉 기사에는 '범인이 마리를 살해했다면 한밤중이 되기 전에 시체를 강물에 던져야 할 만큼 빨리 죽였을 리 없다'라고 적혀 있지만 실제로 기자의 머릿속에는 이런 문장이 있었겠지. '범인이 한밤중이 되기 전에 마리를 살해하고 시체를 강물에 던졌을 리 없다. 동시에 한밤중이 될 때까지 시체를 던지지 않았을 리도 없다.' 이 생각은 비논리적으로 보이지만 보도된 기사처럼 아주 터무니없는 말은 아니야.

내 목적이 단지 〈에투알〉의 주장을 반박하는 거라면 이렇게 깊이 파고들지 않았겠지. 그런데 우리의 목적은 〈에투알〉이 아니라 진실이야. 아까 언급한 그 문장은 표면적으로는 내가 지금껏 설명한 한 가지 사실만 전하고 있어. 하지만 중요한 건 표면적 내용 너머 그 문장이 전하는 숨은 의미를 파악하는 거야.

살인이 일어난 때가 일요일 밤이든 낮이든 살인범이 한밤중이 되기 전에 시체를 강으로 옮기는 위험한 짓은 할 수 없다고 기사는 전하고 싶었겠지. 그리고 바로 그 부분에 내가 정말 인정할 수 없는 추측이 들어 있어. 강까지 끌고 가야 하는 그런 장소와 상황에서 살인이 일어났다고 추측하고 있지 않나. 살인은 강변에서 일어났을 수도 있고, 바로 강 위에서 벌어졌을 수도 있어. 그러면 밤낮 언제든 물속에 시체를 던지는 게 가장 빠르고 확실하게 시체를 처리하는 방법이 되지. 물론 정말 일이 그렇게 되었다고 말하는 건 아니야, 내가 그렇게 생각한다는 것도 아니고. 지금까지의 내 생각은 사건의 진실과 아무 상관 없어.

난 단지 자네에게 〈에투알〉의 모든 분위기가 처음부터 지나치게 편향적이라는 점을 알려주고 싶었네. 〈에투알〉은 자기 선입견에 맞추어 판을 다 짜놓고서는 이 시체가 마리라면 시체가 물속에 있었던 시간이 너무 짧다고 주장하고 있다는 거야. 이 부분을 보게.

'익사체나 구타로 사망한 직후 물속에 던져진 시체가 부패하여 물 위에 떠오르려면 6일에서 10일이 걸린다는 것은 경험을 통해 모두 알고 있는 사실이다. 가라앉은 시체 위에 대포를 쏘아도 5~6일이 지나야 떠오르고 내버려 두면 다시 가라앉는다.'

〈르 모니퇴르〉 신문 말고는 파리의 어느 신문도 이 부분에 이의를 제기하지 않았어. 〈르 모니퇴르〉는 물에 빠진 시체가 〈에투알〉이 주장한 시간보다 짧은 시간에 떠오른 예를 대여섯 개 언급하면서 기사의 내용 중 이것 하나는 반박하려고 노력했지. 하지만 일부 예외적인 사례로 일반적 사실을 반박하기에는 무리가 있어. 일반적 사실 그 자체를 파헤쳐 반박하지 않는 한은 2~3일 만에 시체가 떠오른 예를 다섯 개를 가져오든 오십 개를 가져오든 모두 예외 사항으로 여겨질 뿐이야.

〈르 모니퇴르〉 역시 예외 사항만 언급했을 뿐 그 사실 자체를 부정한 건 아니네. 6일에서 10일이 지나야 시체가 물 위에 떠오른다는 점을 일반적 사실로 인정하면 〈에투알〉의 주장은 여전히 유효해. 〈에투알〉의 주장이 올바른가 하는 점은 시체가

3일 내에 물 위에 떠오를 수 없다는 일반적 사실, 오로지 여기에만 달려 있거든. 반대 사례가 무궁무진하게 제시되어 새로운 일반적 법칙이 생기기 전까지는 〈에투알〉이 유리할 거야.

자, 그러니 우리는 이제 〈에투알〉이 주장하는 일반적 사실 그 것 자체를 한번 검토해보자고. 먼저 그 일반적 사실의 근거를 따져볼까? 보통 인체는 물보다 무겁지도 가볍지도 않아. 다시 말해 평범한 상태에서 인체의 비중(비중은 표준물질 질량과 이와 동일한 부피의 다른 물질 질량과의 비율이다. 물보다 비중이 크면 물 속에 가라앉고 물보다 비중이 작으면 물 위에 뜬다. - 옮긴이)은 같은 부피의 민물과 거의 비슷해. 살찌고 뼈가 가는 인체, 즉 주로 여자가 마르고 뼈가 굵은 인체인 남자보다 비중이 더 작아 물에 잘 뜨지.

그리고 강물의 비중은 바닷물이 흘러들어 오고 나갈 때마다 조금씩 변해. 하지만 이 영향을 무시하고 강물을 순수한 민물로 가정해도 인체 질량만으로 물에 가라앉는 사람은 없어. 강에 빠져도 물과 인체의 비중이 잘 맞아떨어지면, 그러니까 온몸을 물에 푹 담그면 사람은 대부분 물에 뜰 수 있지. 수영을 못하는 사람은 땅에서 걷듯 서서 머리를 뒤로 젖힌 채 잠기면 돼. 입과 콧구멍만 물 밖으로 내놓고 말이지. 그렇게 하면 힘들게 허우적대지 않아도 쉽게 물에 뜬다고. 그런데 인체와 물은 비중이 아주 엇비슷하기 때문에 사소한 차이로도 쉽게 균형이 깨져. 이를테면 물 밖으로 팔 하나만 들어 올려도 머리가 물속에 가라앉고, 아주 작은 나뭇가지 하나를 잡고도 머리를 들 수 있지.

그런데 수영을 못하는 사람은 허우적댈 때 꼭 팔을 위로 올리고 고개를 치켜든단 말이야. 그럼 당연히 코와 입이 물에 잠길 수밖에 없고 거기서 숨을 쉬다가 폐에 물이 들어가지. 위에도 물이 차고. 원래 공기가 있던 곳에 물이 들어갔으니 몸 전체가 무거워지겠지. 이것만으로도 사람의 몸은 충분히 가라앉을 수 있어. 물론 뼈가 아주 가늘고 살이 지나치게 연약한 사람 혹은 지방이 많은 사람은 폐와 위에 물이 차도 가라앉지 않을 수 있어. 이런 사람들은 익사한 후에 가라앉지 않기도 해.

강바닥에 가라앉은 시체는 계속 바닥에 있다가 비중이 다시 물보다 작아지면 물 위로 떠오르게 돼. 부패한다든가 다른 원인으로 비중이 작아질 수 있거든. 시체가 부패하면 기체가 생기고 세포 조직과 신체의 모든 구멍이 팽창해서 으레 그 끔찍한 모습이 되는 거야. 계속 팽창하면 질량 또는 무게는 그대로인데 부피만 커지니까 물보다 비중이 작아져서 시체는 물 위로 모습을 드러낼 수 있어.

그런데 부패라는 건 굉장히 다양한 요인에 영향을 받아. 여러 가지 원인으로 부패가 빨라지기도 하고 느려지기도 해. 기온, 무기질 함유량, 수질, 수심, 물살, 죽은 사람의 체질, 질병이나 감염 경력 등이 부패에 영향을 줄 수 있어. 그러므로 시체가 부패해서 떠오르는 시기는 정확히 예측할 수 없는 거라네. 상황에 따라 한 시간 만에 떠오르기도 하고 아예 떠오르지 않기도 하거든. 염화제2수은처럼 아예 부패하지 않도록 하는 화학물질도 있잖아? 그리고 부패와 상관없이 위에서 초산 발효가 일어나(또는 신체의 다른 장기에서 다른 원인으로) 기체가 생기고 부피가 팽창해서 물 위로 떠오르는 일도 흔해.

강물에 대포를 쏘았을 때 얻는 효과는 진동밖에 없어. 이미 부피가 상당히 커졌는데 시체가 부드러운 흙이나 진흙 속에 박혀 있다면 대포의 진동 덕분에 시체가 수월하게 빠져나올 수 있겠지. 아니면 대포의 충격으로 부패가 진행 중인 살점들이 헐거워지고, 그러면 보글보글 올라온 기체가 신체의 갖가지 구멍에 옹기종기 모여들어 구멍을 점점 키우기가 수월할 거야.

이제 이 과학적 지식으로 〈에투알〉의 주장을 검토해볼까? 신문 기사에 이렇게 적혀 있었지. '익사체나 구타로 사망한 직후 물속에 던져진 시체가 부패하여 물 위에 떠오르려면 6일에서 10일이 걸린다는 것은 경험을 통해 모두 알고 있는 사실이다. 가라앉은 시체 위에 대포를 쏘아도 5~6일이 지나야 떠오르고 내버려 두면 다시 가라앉는'라고. 이 문장 모조리 얼토당토 않은 소리야. 익사체가 부패하여 물 위에 떠오르는 데는 6일에서 10일까지 걸리지 않아. 시체가 물에 떠오르는 시기를 전혀 예측할 수 없다는 사실은 과학으로도 경험으로도 명백하게 알 수 있어. 대포를 쏘아서 시체가 물 위에 떠올랐는데 '내버려 두면 다시 가라앉는' 일도 없어. 부패가 아주 심해서 시체에서 발생한 기체가 전부 빠져나가지 않는 한 말이야.

그런데 '익사체'와 '구타로 사망한 직후 물속에 던져진 시체'를 구분한 건 주목할 만해. 구분하고도 기자는 둘을 같은 범주로 취급하지만. 내가 아까 설명했지? 팔을 물 밖으로 뻗으면서 허우적대지 않으면, 물속에서 숨을 들이쉬다가 폐에 공기 대신 물을 집어넣지 않으면, 물에 빠진 사람이 물보다 비중이 커져 가라앉을 일은 없어. 그리고 '구타로 사망한 직후 물속에 던져진 시체'가 허우적대거나 물속에서 숨을 쉬는 일은 없지. 그러니까 시체는 당연히 가라앉지 않아. 〈에투알〉은 이 점을 전혀 몰랐어. 시체는 부패가 아주 심하게 진행되어 뼈에 살점이 붙어 있지 않을 때가 되어야 마침내 가라앉는다고.

그러면 마리 로제가 사라진 지 사흘 만에 강에서 시체로 발견되었으므로 그 시체는 마리가 아니라는 주장은 그럼 타당한가? 물에 빠져 죽었다면 여자니까 처음부터 가라앉지 않을 수 있지. 또 가라앉았더라도 스물네 시간 안에 다시 떠오를 수 있고. 하지만 아무도 마리가 익사했다고 생각하지는 않아. 강에 던져지기 전에 죽었고, 이후 물에 뜬 채 발견되었다고 생각하지.

〈에투알〉이 이렇게 말한 부분이 있지. '만약 살해 후 화요일 밤까지 강변에 시체를 방치했다면 강변 근처에서 분명히 살인자의 흔적이 발견되었을 것이다.' 처음에는 이걸 왜 썼는지 이해하기 어려웠네. 아마 기자는 시체를 강변에 이틀 동안 방치한다면 물속보다 훨씬 빠르게 부패가 진행된다는 반대 의견을 예상하고 쓴 것 같아. 오직 그런 경우에만 시체가 수요일에 떠오를 수 있다고 생각했겠지. 그래서 기자는 재빨리 강변에 아무 흔적이 없었다고 알린 거야. 시체를 방치했다면 '강변 근처에서 분명히 살인자의 흔적이 발견되었을' 테니까.

자네도 이 추리가 웃기지? 단지 강변에 시체를 방치했다고 살인범의 흔적이 마구 늘어날까? 나도 우스워. 뒤이어 이렇게 적혀 있어. '그리고 시체가 떠오르지 않도록 돌덩어리를 매다는 방법을 쉽게 생각해낼 수 있는데 살인을 저지를 정도로 고약한 인간이 그런 자구책도 쓰지 않고 시체를 강물에 던진다는 것이 말이 될까?' 보라고, 이제 막 정신없이 헷갈리고 있구면! 누구도, 〈에투알〉조차도 그 시체가 살해된 게 아니라고 생각하지 않아. 살해한 흔적이 역력하니까.

기자의 목적은 오직 이 시체가 마리가 아니라는 점만 증명하는 거였어. 마리가 살해되지 않았다는 점을 증명하고 싶어 했지, 시체가 살해되지 않았다는 게 아니고. 그런데 기자의 논증은 시체가 살해되지 않았다는 사실만 증명하고 있잖아. 여기 무거운 돌을 매달지 않은 시체가 있다. 살인자들은 보통 시체를 물속에 던질 때 무거운 돌을 매단다. 그러므로 이 시체는 살인자가 살해해서 던진 게 아니다. 기자의 논증이 증명한 것이라곤 그게 다야. 뭐 증명한 게 있다고 치면 말이지.

정작 시체의 신원 확인은 전혀 못 하고, 〈에투알〉은 바로 좀 전에 '우리는 발견된 그 시체가 살해당한 여자라고 전적으로 확신한다'라며 인정한 사실을 이제 부인하고 있다네.

기사 내용에서 기자가 자기도 모르게 자신의 의견을 반대하는 추리를 펼친 건 이뿐만이 아니야. 이미 말했듯이 기자의 목적은 최대한 마리의 실종과 시체의 발견 사이의 기간을 줄이는 거야. 그런데 기사는 마리가 어머니 집을 떠난 후 그 누구도 마리를 보지 못했다는 점을 강조하고 있어.

여길 보게. '마리 로제가 6월 22일 일요일 오전 9시 이후에 멀쩡히 살아서 땅 위를 돌아다녔다는 증거는 없지만…' 마리가 살아 있다고 주장하려면 이 부분은 얘기하지 말았어야지. 월요일이나 화요일에 마리를 본 사람이 있어야 마리의 실종과 시체의 발견 사이의 기간이 줄어들 테고 기자의 생각대로 시체가 마리일 가능성이 적어지지 않겠나. 그런데도 〈에투알〉은 원래 주장과 동떨어진 내용을 강조하고 있으니 참 재미있구면.

　이제 보베가 시체의 신원을 확인하는 과정을 살펴보자고. 팔에 난 털에 관해서 〈에투알〉은 정말 솔직하지 못했어. 보베가 바보인가? 그냥 팔에 털이 났다고 시체를 마리라고 하게? 팔에 털이 없는 사람이 어디 있어? 〈에투알〉은 분명 증인의 말을 왜곡했을 거야. 보베는 팔에 난 어떤 특별한 털을 말했을 거야. 털의 색깔이나 양, 길이, 위치처럼 특별한 털의 모습을 말한 거겠지.

　이런 내용도 있었지. '마리는 발이 작았다. 발이 작은 사람은 수천 명이나 된다. 가터벨트(스타킹이나 양말이 흘러내리지 않게 매는 띠 – 옮긴이) 역시 시체가 마리라는 증거가 되지 못한다. 신발도 그렇다. 똑같은 신발과 가터벨트가 다발로 팔리고 있으니까. 모자에 달린 꽃도 마찬가지다. 보베가 유난히 강조한 사실은 가터벨트를 조이는 갈고리 걸쇠가 있다는 점이다. 이것도 증거가 될 수 없다. 여성 대부분이 가터벨트를 살 때 가게에서 굳이 착용하지 않고 집에 가져왔다가, 벨트가 크면 조여서 사용하기 때문이다.' 아니, 진심으로 이렇게 생각하는 건가?

　자, 보베가 마리를 열심히 찾고 다니는데 마리와 크기도 비슷하고 외모도 비슷한 시체를 찾았어. 옷은 둘째치고라도 당연히 마리라고 생각하지 않겠나? 크기도 비슷하고 외모도 비슷한데 거기다 마리에게서 봤던 특이한 털까지 있으면 진짜 마리라고 확신하겠지.

　털 모양이 특이하면 특이할수록 시체가 마리일 가능성은 더 커질 거야. 거기에다 마리의 발이 작은데 시체의 발도 작아, 이 건 마리일 가능성을 조금 더 높여주는 게 아니라 확실히 높여 주는 거야. 그리고 신발까지 마리가 실종된 그날 신었던 신발 이라면 그 신발이 아무리 '다발로 팔리고' 있더라도 시체는 마 리일 가능성을 넘어 마리가 확실한 거야. 물건 하나만으로 신 원 확인의 증거가 될 수 없겠지만 특정한 곳에 위치한 물건이 라면 훌륭한 증거가 될 수 있다네. 모자에 달린 꽃이 실종된 마 리의 것과 같다면 굳이 더 증거를 찾을 필요가 있겠나? 꽃 하나 만으로도 충분한 증거가 되는데 그 외에도 증거가 두 개, 세 개 계속 나온다면? 증거가 하나하나 쌓일 때마다 가능성은 수백 배, 수천 배로 늘어나.

마리가 차던 것과 똑같은 가터벨트가 시체에서 발견됐는데 더 조사하는 건 바보 같은 짓이지. 더군다나 실종 당일 마리가 집을 출발하기 전에 해둔 방식과 똑같이 벨트가 갈고리 걸쇠로 죄어 있다는데. 그래도 계속 의심하면 정상이 아니거나 거짓말 쟁이겠지. 가터벨트를 줄여서 사용하는 일이 흔하다는 〈에투 알〉의 말은 쓸데없는 고집만 보여줄 뿐 사실이 아니야. 가터벨 트는 신축성 있는 고무 밴드라 조여서 사용하는 일은 드물거 든. 알아서 조절되는데 또 조일 필요가 있나? 마리가 가터벨트 를 줄인 건 정확히 말하면 우연히 생긴 일이야.

이 모든 것들로도 충분히 시체가 마리임을 증명할 수 있어. 시체는 마리의 가터벨트, 마리의 신발, 마리의 모자나 모자에 달린 꽃, 마리처럼 작은 발, 팔에 난 특이한 털, 마리와 비슷한 신체나 외모, 이들 중 하나만 가진 게 아니라 전부 다 가졌으니까. 이런데도 〈에투알〉 기자가 계속 의심한다면 그가 정상이 아니란 걸 특별히 검사해보지 않아도 알겠지?

기자는 법원에서 네모난 판결문이나 읊어대는 판사의 말을 그대로 따라 하는 게 현명하다고 생각했겠지. 그러나 법원에서 증거로 채택되지 않은 것들이 결정적 증거인 경우가 아주 많다네. 법원은 원칙에 따라 증거를 채택하고 예외 사항을 만들고 싶어 하지 않아. 장기적으로 보면 원칙을 지키고 원칙에 맞지 않는 증거는 무시하는 게 진실을 얻는 가장 좋을 방법일 거야. 하지만 그 방법대로 하다가 틀리는 경우도 제법 많아.

보베를 범인으로 몰아가다니 참 어이가 없구먼. 보베가 얼마나 좋은 사람인데. 그리 똑똑하지 않아도 감상적이고 오지랖이 넓어 사람들을 곧잘 챙겨. 이런 사람은 쉽사리 흥분하기 때문에 예민하거나 나쁜 사람으로 오해받기 쉽다네. 자네 보고서에 쓰인 대로 보베는 인터뷰할 때 기자가 뭐라고 말하든 무조건 그 시체가 마리라고 내세워 기자를 화나게 했나 봐.

기사에 '보베는 그 시체가 확실히 마리라고 주장했지만 이미 언급한 사실 이외에 다른 사람이 믿을 만한 어떤 근거도 대지 못한다'라고 나와 있잖아. '다른 사람이 믿을 만한' 근거를 대지 못하더라도 남을 설득시킬 말주변이 부족해도 자신만은 확신하는 상황이 있어.

사람을 알아본다는 건 설명하기가 모호하잖아. 사람은 저마다 이웃을 알아보지만 어떻게 알아보는지 근거를 댈 수 있는 사람이 얼마나 되겠어. 〈에투알〉 기자가 보베의 믿음이 근거 없다고 화내는 건 옳지 않아.

보베를 의심스럽게 하는 모든 상황은 기자의 의견처럼 그가 범인이어서가 아니라 내 추측대로 감상적이고 오지랖이 넓어서 나타난 결과일 거야. 열쇠 구멍에 꽂힌 장미, '마리'라고 적힌 이름표, 남자 친척들을 멀리하는 태도, 친척들이 시신을 보는 것도 아주 싫어했던 점, 자기가 돌아올 때까지 아무 말도 하지 말라고 B부인에게 말한 사실, 자신 이외에 누구도 사건에 끼어들지 못하게 막은 이유, 전부 열린 마음으로 보면 쉽게 이해할 수 있어.

보베는 마리를 좋아했어. 마리도 관심을 보였던 것 같아. 보베는 마리가 가장 신뢰할 수 있는 사람, 마리와 가장 친밀한 사람이 되고 싶었겠지. 이제 더 말하지 않아도 알겠지? 또, 시체가 마리인 줄 알면서도 마리의 어머니와 친척들이 무덤덤하게 반응했다는 〈에투알〉의 주장 역시 거짓으로 드러났으니 시체 신원에 관한 모든 의문은 다 해소됐어. 다음 문제로 넘어가자고."

"그럼 〈르 코메르시엘〉의 주장은 어떻게 생각하나?"

내가 문자 뒤팽이 말을 이었다.

"이 사건을 다룬 수많은 기사 중에 가장 볼만하네. 전제에서 도출된 결론이 과학적이고 예리해. 그런데 그 전제에 최소한 두 가지 문제가 있어.

그 신문 기사는 마리가 어머니 집과 가까운 장소에서 불량배에게 끌려갔다고 말하고 싶었던 것 같아. 그래서 '많은 사람에게 얼굴이 알려진 이 여성이 어떻게 누구의 눈에도 띄지 않고 세 구역이나 지나갈 수 있단 말인가'라고 쓴 거겠지. 하지만 이건 파리에 오랫동안 거주하면서 파리 시내 관공서만 왔다 갔다하는 공무원에게나 적합한 이야기지. 이런 사람은 자기 사무실에서 열두 걸음만 나가도 아는 사람을 만나고 인사를 받는다네.

기자는 자신이 알고 있는 사람이 몇 명인지, 자신을 알아볼 사람이 얼마나 많은지 인식하고 있어. 향수 가게 아가씨와 기자의 인지도가 똑같을 리 없는데 비슷하다고 여기고 마리가 걸어갈 때 자신처럼 아는 사람을 만나게 될 거라 단정한 거야. 그건 마리가 기자처럼 한정된 지역에서 규칙적으로 일정한 거리를 지날 때 가능해. 기자들이야 정해진 장소에서 정해진 시간에, 그것도 서로 기자여서 아는 체를 하는 장소를 다니잖아. 하지만 마리는 아무 데나 자유롭게 다녔을 거야. 이번에는 특히 항상 다니는 길이 아닌 새로운 길을 선택했을 가능성이 커.

〈르 코메르시엘〉 기자가 상상한 것처럼 두 사람이 길을 가다가 아는 사람을 만날 확률이 비슷하려면 파리 전 시내를 돌아다녀야지. 그것도 아는 사람의 수가 같아야 아는 사람을 만날 확률도 같아져. 마리가 언제 출발했든, 이모 댁까지 가는 길 중 어느 길을 선택했든 마리가 아는 사람 또는 마리를 아는 사람을 만나지 않고 얼마든지 돌아다닐 수 있어.

파리에서 가장 유명한 사람이 알고 있는 지인의 숫자도 파리 전체 인구와 비교하면 아주 소수에 불과해. 이 점을 미루어보면 내 말을 완전히 이해할 수 있을 거야.

마리가 외출한 시간까지 고려하면 그래도 아직 남아 있는 〈르 코메르시엘〉 주장의 신빙성이 아주 떨어져버린다네. 기사는 '마리가 외출한 시간은 거리에 사람들이 붐비는 때였다'라고 말하지만 이건 사실이 아니야. 마리가 외출한 시간은 오전 9시였어. 일요일을 제외한 매일 오전 9시에는 거리가 사람들로 가득하지. 하지만 일요일 오전 9시는 대부분이 집에서 교회 갈 준비를 하는 시간이지. 매주 일요일 오전 8시에서 10시 사이에는 유난히 거리가 한산해. 오전 10시에서 11시 정도는 되어야 사람들이 많아지는데 그보다 일찍 거리가 붐비지는 않아.

〈르 코메르시엘〉 기사 내용에 문제가 하나 더 있어. '불쌍한 희생양의 속치마가 가로 30센티미터, 세로 60센티미터로 뜯겨 목에 둘려진 이유는 아마도 비명을 지르지 못하게 하려던 시도일 것이다. 이로 미루어보면 손수건을 가지지 않은 자의 짓이 틀림없다.' 바로 이 부분이야. 일단 이 내용이 올바른지 아닌지는 나중에 확인하기로 하지. '손수건을 가지지 않은 자'란 불량배들을 가리키는 말 아니겠나? 그런데 이런 사람들이야말로 셔츠는 안 입을망정 손수건은 항상 가지고 다녀. 요즘은 손수건이 불량배들에게 필수품이라고."

"그렇다면 〈르 솔레이〉 기사는 어때?"

"〈르 솔레이〉 기자는 앵무새로 태어났어야 했어. 그럼 따라 말하기로는 세계 최고의 앵무새가 됐을걸? 이 신문은 이미 발표된 기사 내용을 그대로 베끼기만 했거든. 여기저기서 잘도 긁어모았더라고. '발견된 물건은 적어도 3, 4주간 버려져 있던 게 틀림없다. 무시무시한 살해 현장을 드디어 찾았다'라니. 〈르 솔레이〉가 긁어모은 내용은 내가 문제를 해결하는 데 전혀 도움이 안 돼. 일단 이 기사는 나중에 다른 문제를 살필 때 같이 보자고.

먼저 검토해야 하는 부분이 있어. 자네도 알다시피 시체 부검이 정말 형편없이 이루어졌지 않나? 물론 시체의 신원 확인은 어렵지 않았어, 아니 그건 당연히 손쉽게 해결해야지. 그런데 신원 말고도 확인할 사항이 많았어. 뭔가 사라진 물건은 없을까? 마리가 집에서 떠날 때 보석 같은 귀중품을 갖고 나갔나? 그럼 발견된 시체에 귀중품이 그대로 있었나? 이런 중요한 사항들이 전혀 밝혀지지 않았어. 그것 말고도 많은데 아무도 주의를 기울이지 않았지. 우리가 직접 조사하는 수밖에. 생 외스타슈의 자살도 반드시 다시 조사해봐야 해. 외스타슈를 의심하진 않지만 그래도 꼼꼼하게 살펴보게.

일요일의 행방을 기록한 진술서가 믿을 만한지 확실히 해두자고. 이런 종류의 진술서는 사람을 잘 헷갈리게 하거든. 진술서에 별문제가 없다면 외스타슈는 사건에서 빼도 좋아. 진술서가 조금이라도 수상하면 외스타슈의 자살도 수상하겠지만 그렇지 않다면 왜 자살했는지 충분히 이해할 수 있으니까.

이제 이 비극적 사건의 내부는 그만 파헤치고 바깥으로 눈을 돌려보세. 이런 사건을 조사할 때 흔히 하는 실수는 부수적이거나 주변적인 상황을 완전히 무시하는 태도라네. 사건과 직접 관련 있는 증거와 진술만 다루는 건 법원의 잘못된 관행이야. 그러나 이전의 경험이 보여주었고 앞으로 과학이 입증하듯이 진실은 그것과 무관한 곳에서 모습을 드러내는 경우가 많아. 현대 과학이 예측할 수 없는 것을 예측해낼 수 있었던 이유는 그 학문적 연구 덕분이기도 하지만 내가 말한 이 원칙을 따랐기 때문이야.

아직 자넨 이해하기 어렵겠지. 인류의 학문이 발전한 역사를 살펴보면 별로 중요하지 않았던 부수적 사건, 우연한 사건에서 정말 많은 것들, 가장 값진 것들을 발견했고 그 발견이 앞으로 발전하는 데, 예기치 못한 뛰어난 발명을 이루는 데 꼭 필요한 자산이 되었다는 사실을 수없이 찾을 수 있을 거야.

'지금껏 이러저러했으므로 이번에도 이러저러할 것이다'라는 생각은 더 이상 과학적이지 않아. 우연은 세계의 근본 바탕의 일부라네. 우리는 완벽한 예상이라는 가능성을 만들고 있어. 우리의 수학 공식으로 '예상치 못함', '상상도 하지 못함'이란 걸 휘어잡는 거야.

다시 말하지만 진실은 부수적 사건에서 모습을 드러낸다네. 이 원칙에 따라 아무 소득이 없는 사건 내부에서 눈을 돌려 주변 상황을 살펴보세. 자네는 생 외스타슈 진술서를 살펴보도록 하고 나는 신문 기사를 좀 더 넓게 조사해야겠어. 지금까지는 수사 내용만 검토했을 뿐이니까. 신문 기사를 모조리 훑었는데 작은 단서 하나 나오지 않으면 그게 오히려 이상하겠지?"

뒤팽의 말대로 나는 외스타슈 진술서를 자세히 검토했다. 진술서의 내용은 충실하고 신빙성이 높았기 때문에 생 외스타슈는 결백하다고 보아도 무방했다. 그동안 내 친구 뒤팽은 저렇게까지 할 필요가 있을까 싶을 정도로 갖가지 신문을 전부 뒤적거리며 꼼꼼히 살폈다. 일주일 후 뒤팽은 기사 몇 꼭지를 내게 보여주었다.

대략 3년 반 전에도 마리 로제가 르블랑이 운영하는 팔레 루아얄 향수 가게에서 갑자기 사라져 지금처럼 소동이 났다. 그

때 마리는 일주일 만에 다친 데 없이 건강한 모습으로, 그러나 자못 어두운 표정으로 늘 자리하던 향수 가게 계산대에 모습을 드러냈다.

르블랑과 마리의 어머니는 마리가 시골 친척 집에 있었다고 전했고 소동은 금방 잠잠해졌다. 이번 실종도 그때와 비슷한 해프닝이라 여겨진다. 아마 일주일이나 한 달 뒤에 마리를 볼 수 있을 것이다.

— 6월 23일 월요일 〈이브닝 페이퍼〉

어제 한 석간신문에서 오래전 있었던 수수께끼 같은 마리의 실종 사건을 언급했다.

르블랑의 향수 가게에 나타나지 않은 일주일 동안 마리 로제가 바람둥이로 소문난 젊은 해군 장교와 함께 지냈다는 사실은 이미 밝혀졌다. 마리는 남자와 다투게 되어 집으로 돌아온 것 같다. 현재 파리에서 근무 중인 그 해군 장교의 이름은 신원 보호상 밝힐 수 없다.

— 6월 24일 화요일 조간지 〈르 메르퀴리〉

엊그제 파리 교외에서 끔찍한 사건이 일어났다. 해 질 무렵 한 신사가 아내와 딸을 데리고 센 강을 건너기 위해 근처에 할 일 없이 배를 타던 남자 여섯 명에게 돈을 주고 배를 탔다. 건너편 강변에 내려서 한참을 걸어 배가 보이지 않을 때쯤 신사의 딸이 배에 양산을 두고 내린 것을 알게 되었다. 딸이 되돌아오자 남자들은 딸을 배에 태우고 강 한가운데로 데려가서 입을 막고 폭행한 후 원래 배를 탔던 장소 근처에 버렸다. 이 불량배들은 도주했지만 경찰이 추적 중이므로 조만간 잡힐 것으로 보인다.

─ 6월 25일 수요일 〈모닝 페이퍼〉

최근에 일어난 잔인한 사건의 범인이 '므네'라고 주장하는 편지가 우리 측에 들어왔다. 그러나 조사 결과 그는 무죄임이 밝혀졌고 편지의 내용 또한 열만 올렸을 뿐 근거가 없으므로 자세한 내용은 공개하지 않도록 하겠다.

─ 6월 28일 토요일 〈모닝 페이퍼〉

우리 신문사는 불쌍한 마리 로제가 일요일에 시내 변두리로 모이는 불량배들에게 희생됐다고 강력하게 주장하는 편지를 여러 사람에게서 받았다. 우리도 이 의견에 동감한다. 앞으로 이 내용을 집중적으로 보도할 예정이다.

─ 6월 31일 화요일 〈이브닝 페이퍼〉

월요일에 세무 관청에서 일하는 바지선 선원이 센 강에 떠다니는 빈 배를 보았다고 한다. 돛은 바닥에 놓여 있었다. 선원은 배를 바지선 사무실에 갖다 놓았다. 그런데 다음 날 배가 감쪽같이 사라졌다. 현재 배의 열쇠만 사무실에 보관 중이다.

─ 6월 26일 목요일 〈르 딜리장스〉

뒤팽이 내게 준 기사를 읽어보아도 사건과 어떤 관련이 있는지 전혀 알 수 없었다. 뒤팽의 설명을 기다리는 수밖에.

"첫 번째와 두 번째 기사는 자세히 말하지 않겠어. 내가 이것들을 보여준 이유는 경찰들이 얼마나 허술한지 알려주기 위한 거니까. 경찰 국장 말을 들어보니 경찰은 이 해군 장교를 조사할 생각도 안 한 것 같더군. 어떻게 첫 번째 실종과 두 번째 실종 사이에 관계가 있다고 생각하지 못한 걸까?

첫 번째 가출은 두 연인이 다투다가 배신당한 사람이 집으로 되돌아간 사건이라 쳐. 그럼 두 번째 가출은(두 번째도 마찬가지로 가출이었다면) 새로운 남자가 유혹했다기보다 배신한 연인이 다시 유혹했을 가능성이 크지. 새로운 사랑의 시작이 아니라 못다 한 옛사랑의 완성이지. 한 번 사랑의 도피를 시도했던 마리가 새로운 남자를 꼬드겼을 가능성보다 한 번 마리와 도망쳤던 남자가 다시 마리를 유혹했을 가능성이 압도적으로 높아. 또 하나 자네에게 말하고 싶은 건 첫 번째 가출과 두 번째 가출이라고 여겨지는 실종 사이의 기간이 우리 군함이 순양하는 기간과 비슷하다는 거야. 그보다 몇 달 더 길거나. 남자가 출항해야 했기 때문에 어쩔 수 없이 음흉한 계획을 포기했고, 그래서 돌아오자마자 이루지 못한 계획을 다시 시도한 게 아닐까? 글쎄, 아무도 모를 일이지.

자넨 아마 두 번째 사랑의 도피는 우리의 상상일 뿐, 그런 일은 없었다고 말하고 싶겠지. 물론 없었을 거야. 그런데 그저 계획이 틀어진 거라면? 외스타슈와 보베 외에는 마리를 좋다고 쫓아다닌 사람은 없잖아. 그런 소문도 없었고. 그렇다면 친척도 모르는(적어도 대부분의 친척들이 모르는) 사람, 그런데 일요일 오전에 만나 저녁 어둠이 내리깔릴 때까지 룰 관문의 외진 숲 속을 거닐 만큼 믿을 수 있는 사람, 그 비밀의 연인은 대체 누구일까? 친척에게조차 숨기고 만난 사람이 누구지? 또 로제 부인이 마리가 집을 나간 일요일 아침 '이제 두 번 다시 마리를 못 볼 거야'라고 말한 건 무슨 뜻일까?

로제 부인이 가출 계획을 알고 있진 않았겠지만 적어도 짐작은 하고 있지 않았을까? 집을 나가면서 마리는 드로메가에 있는 이모 댁에 가겠다고 말하고 생 외스타슈에게 저녁에 데리러 와 달라고 부탁까지 했어. 얼른 생각하기에 이 부분이 가출이라는 내 짐작과 상반돼 보이겠지. 하지만 잘 생각해봐.

마리는 누군가를 만나 강을 건넜고 오후 3시가 되어 룰 관문에 도착했어. 무슨 목적으로 갔는지, 어머니에게 알렸는지 알 수 없지만 마리는 어떤 남자와 떠나려고 결심했을 때 이모 댁에 간다는 거짓말을 계획했을 것이고, 나중에 약혼자 외스타슈가 데리러 왔을 때 자기가 없으니 얼마나 놀랄지, 하숙집에 되돌아갔을 때도 얼마나 난리가 날지 알고 있었을 거야. 이 모든 것들을 충분히 짐작했을 거야. 외스타슈가 얼마나 걱정할지 사람들이 얼마나 수상하게 생각할지도 다 예상했을 테고. 그런 상황 속에 어떻게 집으로 돌아가겠나? 하지만 처음부터 돌아갈 생각이 없었다면 그런 일이 있든 말든 신경 쓰지 않았겠지.

마리는 아마도 이렇게 생각했을 거야. '나는 사랑의 도피를 하려고 또는 나만 아는 이러저러한 이유로 그 사람을 만날 거야. 방해를 받아선 안 돼. 사람들을 따돌릴 시간이 필요해. 드로메가의 이모 댁에 가서 온종일 있다 온다고 말하자. 외스타슈에게 저녁에 데리러 오라고 말하자. 그러면 집을 오래 비워도 의심하거나 걱정하는 사람이 없을 것이고 시간도 많이 벌 수 있어. 저녁에 오라고 하면 그 전에 찾아오는 일은 없을 거야. 데리러 오라고 말하지 않으면 외스타슈는 내가 빨리 돌아오리라 여기고, 오지 않으면 일찍부터 걱정할 테니 도망갈 시간이 부족할지도 몰라. 산책이나 하다가 집에 돌아갈 생각이면 데리러 오라고 말할 필요가 없지. 외스타슈가 이모 댁에 가면 내 거짓말이 다 들통 나니까. 집으로 돌아갈 거라면 아무도 몰래 나갔다가 어둡기 전에 돌아와서 드로메가의 이모 댁에 다녀왔노라 하면 돼. 그런데 난 당분간은 또는 자리 잡기 전에는 절대 돌아가지 않을 거니까. 내게 지금 가장 중요한 건 시간을 버는 거야.'

자네가 준 보고서에 나와 있듯 사람들은 처음부터 이 안타까운 살인 사건을 불량배 짓으로 보고 있어. 어떤 때는 여론을 무시할 수 없어. 여론이 형성되면, 물론 자연스럽게 형성되었을 때 여론은 천재적 직관과 비슷하다고 볼 수 있어. 나도 백 개 중 아흔아홉 개는 여론을 따라. 하지만 중요한 건 여론이 조금이라도 조작되어선 안 된다는 점이야.

여론은 철저히 대중 그들만의 생각이어야 해. 그런데 대중만의 생각인지 조작인지 구분하기 몹시 어렵고 대중만의 생각으로 유지하기도 어려워. 불량배 짓이라는 이번 '여론'은 내가 찾은 세 번째 기사에서 영향을 받은 것 같군. 어리고 예쁘고 유명한 숙녀가 시체가 되어 발견되었으니 파리 전체가 발칵 뒤집혔지. 폭행당한 흔적을 지니고 강물에 뜬 채 발견되었어. 그런데 마리가 살해된 바로 그 시점에, 적어도 대략 그즈음에 강도는 덜하지만 또 다른 소녀가 불량배들에게 마리와 비슷한 폭행을 당했다고 해봐. 이미 밝혀진 범죄가 아직 밝혀지지 않은 범죄를 판단하는 데 영향을 끼치다니 놀랍지 않나?

사람들이 갈피를 못 잡고 있는데 때마침 밝혀진 범죄가 길을 찾아준 거야! 마리는 강에서 발견되었어. 바로 그 강에서 폭행 사건이 또 일어났지. 두 사건의 공통점이 이렇게 많은데 사람들이 그걸 못 깨달으면 바보지. 그런데 이미 밝혀진 범죄는 똑같은 범죄가 비슷한 시기에 또 일어날 리 없다는 사실을 입증해. 불량배 한 무리가 어떤 장소에서 몹시 나쁜 짓을 저질렀는데 또 다른 불량배들이 같은 도시, 같은 장소, 같은 상황, 같은 장비와 같은 수단으로 정확히 같은 시기에 정확히 같은 범죄를 저지르면 이건 기적이 아닌가! 우연히 조작된 여론이 우리더러 믿으라고 요구한 게 기적이 아니면 대체 뭐란 말인가?

더 깊이 파고들기 전에 먼저 살해 현장으로 지목된 룰 관문의 숲을 생각해보세. 나무가 빽빽하긴 했어도 사람들이 많이 다니는 대로와 가까운 곳이었어. 서너 개의 큰 돌이 등받이와 다리를 갖춘 의자 모양으로 놓여 있었다고 했지. 윗돌에는 하얀 속치마가 놓여 있고 바로 아랫돌에는 비단 손수건이 놓여 있었고. 양산과 장갑, 손수건도 있었는데 손수건에는 '마리 로제'라는 이름이 적혀 있었다고 했어. 옷에서 찢겨 나온 천 조각이 가시덤불 주위에 흩어져 있고, 땅은 여기저기 짓밟히고 덤불 가지가 부러지고 몸싸움의 흔적이 있었어.

모든 신문이 이 발견을 환호하면서 여기가 바로 살해 현장이라고 한목소리로 주장했지만 그래도 수상한 점이 한둘이 아니야. 그곳이 살해 현장이라 믿고 안 믿고를 떠나 몇 가지 사항을 보면 의심을 하지 않을 수가 없거든. 〈르 코메르시엘〉 주장대로 진짜 살해 현장이 파베 생 앙드레가 근처이고 범인이 아직 파리 어딘가에 있다면 범인은 사람들의 이목이 진짜 살해 현장으로 향하는 게 가장 두려웠을 거야. 사람들의 이목을 다른 곳으로 끌어야겠다는 생각은 조금만 머리를 굴려봐도 할 수 있다네. 이미 룰 관문 근처 숲을 의심하고 있으니 물건들을 수풀 속에 갖다 놓으면 되겠다고 얼마든지 생각할 수 있지.

물건들이 수풀 속에 몇 주 이상 방치되었다고 〈르 솔레이〉가 추측했지만 실제로 그렇게 볼 만한 진짜 증거는 없어. 그렇지만 사건이 발생한 일요일부터 아이들이 물건은 찾은 날 오후까지 약 3주 동안 물건이 그대로 방치되었다면 그사이 물건은 반드시 눈에 띌 수밖에 없다는 정황 증거는 아주 많아.

'물건들은 모두 비를 맞아 곰팡이가 지독히 슬고 곰팡이와 함께 바닥에 엉겨 붙었다. 물건들 주위로 풀이 무성하게 자랐다. 양산은 튼튼했지만 안쪽 실밥이 늘어졌다. 양산 위쪽 접힌 부분은 모조리 곰팡이가 피고 썩어서 양산을 펼치자 찢어졌다.' 이게 〈르 솔레이〉의 주장이었네. '물건들 주위로 풀이 무성하게 자랐다'는 의견은 아이들의 말이고, 아이들의 기억이 틀림없어. 아이들이 다른 사람이 보기 전에 물건을 집에 가져갔거든. 또 풀은 특히 무덥고 습한 날씨, 살인이 있었던 그와 같은 날씨에는 하루에도 5~6센티미터씩 쑥쑥 자란다네. 잔디를 새로 깔고 양산을 놓아두어도 일주일이면 풀이 쑥쑥 자라 양산을 덮어버릴 거야. 그리고 〈르 솔레이〉 기자가 이 짧은 글 속에서 자그마치 세 번이나 언급하면서 계속 강조한 곰팡이 말인데, 이 사람은 곰팡이 성질을 정말 알고나 있는 걸까? 곰팡이는 대개 발생 후 스물네 시간 내에 말라죽는데 이 사실까지 가르쳐줘야 하나?

그런 얘기들로 자신만만하게 물건이 '적어도 3, 4주간' 수풀에 버려져 있었다고 주장하다니 전혀 믿음이 안 가. 솔직히 물건들이 일주일 이상, 그러니까 일요일이 두 번이나 지나도록 수풀 속에 버려졌다고 생각되지 않아.

파리 외곽 사정을 아는 사람들은, 아주 멀리 나가지 않는 한 변두리 근방에서는 사람이 없는 곳을 찾기가 어렵다는 사실을 잘 알 걸세. 숲이든 수풀이든 사람의 발길이 아예 닿지 않은 곳은 물론 사람이 적은 곳조차 찾기 어려워.

마음속에 언제나 자연의 향수를 간직하고 있지만 일 때문에 거대한 도시의 먼지와 더위 속에 갇힌 사람이 있다고 생각해봐. 그가 주말이 아닌 평일에 우리를 둘러싼 아름다운 자연 속에서 혼자만의 시간을 즐기려고 파리 외곽으로 갔어. 하지만 발을 내디딜 때마다 불량배들이 나타나고, 떠들고, 행패를 부리는 바람에 산통이 다 깨질 거야. 헛되게도 숲 속 더 깊이 들어가 보겠지. 빈민들이 우글대는 두멧골로, 판잣집이 가득한 바로 그곳으로 말이지. 결국 마음에 상처만 안은 채 그나마 덜 불쾌한 먼지투성이 파리로 되돌아올 거야.

파리 변두리는 평일에도 이렇게 사람이 많은데 일요일에는 오죽하겠나! 특히 요즘은 일도 없고 나쁜 짓을 할 기회도 빼앗

긴 시내 불량배들이 자연에는 신경도 쓰지 않고 순전히 규칙과 통제를 벗어나려고 변두리를 빈번히 찾는다네. 신선한 공기와 푸른 숲이 아니라 멋대로 행동할 시골을 찾는 거지. 같은 불량배 말고는 신경 쓸 시선도 없으니 길거리 술집이나 나무 아래 모여 자유로움과 술에 젖어 광란에 빠져들겠지. 그러니 아이들이 발견한 그 물건들이 파리 변두리 숲 속에서 일요일을 두 번 보내도록 발견되지 않았다면 그건 기적이라니까.

원래 살해 현장에서 다른 곳으로 시선을 돌리기 위해 그 물건을 숲 속에 갖다 놓았다고 추측할 만한 근거가 있어. 일단 그 물건이 발견된 날짜를 생각해보게. 물건이 발견된 날짜와 내가 보여준 기사 중 다섯 번째 기사의 날짜를 비교해봐. 그 신문사에 편지가 도착한 직후 물건이 발견되었다네. 여러 사람에게서 온 편지들이지만 하나같이 같은 말을 하고 있어. 살인범은 불량배들이고 살해 현장은 룰 근처라고 했지. 물론 그 편지 때문에, 또는 사람들이 룰 숲에 집중한 덕에 아이들이 물건을 찾게 되었다는 말은 아니야. 하지만 아이들이 물건을 발견하기 전에는 숲에는 물건이 없었고, 범인이 편지를 보내면서 혹은 편지를 보내기 직전에 숲 속에 갖다 놓은 건 아닐까 추측할 수 있지.

그 수풀은 아주 특이해. 수풀이 빽빽하게 모여서 자연스럽게 벽을 만들었고, 그 안에 돌 서너 개가 등받이와 다리를 갖춘 의자처럼 놓여 있어 마치 하나의 예술품 같아. 이 수풀은 드뤼크 부인 집 근처에 있었지. 드뤼크 부인의 아이들은 사사프라스 나무껍질을 찾아 매일 수풀을 구석구석 뒤지곤 했어. 아이들이 날마다 이 넓은 공터를 찾아가 거기 놓인 자연의 왕좌에 앉아

놀았다는 사실에 내기를 걸면 무모한 짓일까? 이런 내기가 꺼려진다면 그 사람은 어린 시절이 없거나 개구쟁이 어린 시절을 잊어버린 사람일 거야. 물건이 하루나 이틀이 지나도록 발견되지 않았다는 점은 납득하기 힘들어. 〈르 솔레이〉는 전혀 눈치채지 못했지만 물건이 뒤늦게 그 장소에 이동되었다고 생각할 근거는 아주 많아.

내가 설명한 것보다 더욱 강력한 증거가 또 있어. 그 물건들이 어떻게 놓여 있었는지 생각해보게. 윗돌에는 하얀 속치마가 놓여 있고 바로 아랫돌에는 비단 손수건이 놓여 있었지. 그 주변에 양산과 장갑, '마리 로제'라고 적힌 손수건이 흩어져 있었어. 두뇌 회전이 썩 좋지 못한 사람이 자연스럽게 보이려고 할 법한 배치 아닌가? 그런데 전혀 자연스럽게 보이지 않아. 물건들이 발에 밟혀서 여기저기 흩어져 있어야 정상이지. 그 공터 안에서 엎치락뒤치락 몸싸움을 벌였다면 속치마나 손수건이 어떻게 돌 위에 얌전하게 놓여 있겠나?

'땅은 여기저기 짓밟히고 덤불 가지가 부러진 것으로 보아 몸싸움의 흔적이 역력했다'라고 신문에 적혀 있었잖아. 그런데 속치마와 손수건은 선반 위 물건처럼 바르게 놓여 있었네. '가시덤불에 찢긴 원피스 천 조각들은 대략 가로 7센티미터, 세로 15센티미터 크기였다. 하나는 꿰맨 자국으로 보아 옷단에서 찢긴 것 같고 나머지는 옷단이 아닌 치맛자락 일부인 것 같다.'

여기서 〈르 솔레이〉는 말도 안 되는 표현을 썼어. 가시에 걸려 천 조각이 '옷단에서 찢긴 것' 같다고 했지만 사실 그건 손으로 찢은 거야. 이런 종류의 원피스가 가시덤불에 찢기는 일은 없어. 옷감의 특성상 가시나 못에 걸리면 직각으로 찢기거든. 가시 끝을 꼭짓점으로 두 줄이 직각을 이루며 찢겨 나간다고. 가시덤불에 걸려 천 조각이 아예 떨어져 나갈 수 없다는 말이지. 난 한 번도 그런 걸 본 적이 없어. 자네도 마찬가지일 거야.

이런 옷감에서 천 조각을 뜯어내려면 대부분 반대 방향의 두 힘이 필요해. 손수건처럼 가장자리가 두 개인 천이라면 하나의 힘으로도 조각을 뜯어낼 수 있어. 그런데 이 원피스는 가장자리가 하나밖에 없어. 가시 하나로 어떻게 가장자리가 아닌 안쪽에서 조각을 뜯어내지? 가장자리 쪽이더라도 반대로 끌어당기는 가시가 하나 더 있어야 조각을 뜯어낼 수 있어.

물론 이것도 가장자리에 옷단이 없을 때 가능해. 옷단이 있다면 정말 안 되지. 그런데 그저 가시에 걸려 천 조각이 찢겨 나갔다니 우습군. 게다가 그렇게 찢긴 천 조각이 하나가 아니라 여러 개야. 이걸 어떻게 믿나? 천 조각 중 '하나는 꿰맨 자국으로 보아 옷단에서 찢긴 것 같고 나머지는 옷단이 아닌 치맛자락 일부인 것 같다'라고 하네. 가장자리가 아닌 안쪽 치맛자락이 가시 하나에 완전히 찢겨 떨어졌다고? 정말이지 믿을 수 없군.

하지만 더 수상한 건 시체를 옮길 만큼 용의주도한 범인이 숲 속에 물건을 남기고 갔다는 사실이야. 그렇다고 내가 이 숲 속이 살해 현장이 아니라고 말하는 건 아니야. 이곳에서 정말 살인이 일어났을 수 있지. 드뤼크 부인의 집일 가능성도 있어. 사실 어디가 살해 현장인지 중요하지 않아. 우리는 살해 현장이 아니라 범인을 찾아야 하니까. 지나치게 자세히 설명한 것 같은데 〈르 솔레이〉의 성급한 결론에 실수가 있다는 점을 보여주고 싶었고, 이게 정말 불량배들 짓인지 자네가 직접 추리하도록 자연스럽게 이끌어주고 싶었네.

이제 부검을 집도한 의사가 얼마나 형편없는지 말해볼까? 범인이 여러 명일 것이라는 그 의사의 추측을 파리에서 유명한 해부학자 모두 말도 안 되는 소리라고 비웃었어. 실제 범인이 여러 명이 아니라고 말하는 게 아니야. 그 추측 자체에 근거가 없다는 거지. 없는 게 또 뭐가 있을까?

'몸싸움의 흔적'도 생각해보자고. 이 흔적은 무엇을 의미할까? 불량배들? 아니 오히려 불량배들이 아니라는 뜻이라면? 불량배 여러 명이 연약한 아가씨와 격렬한 몸싸움을 벌이며 여기저기 흔적을 남길까? 여럿이서 억센 팔로 붙잡으면 그만일 텐데? 피해자는 불량배들 사이에서 꼼짝도 못 했을 거라고. 불량배 여러 명이 범인이라면 그 수풀은 범행 현장일 리가 없지. 범인이 한 명이어야 '흔적'을 남길 정도로 몸싸움할 테니까.

숲 속의 물건이 그대로 방치된 건 정말 의심스러워. 명확한 범죄의 증거가 우연히 거기 남아 있을 리 없어. 시체를 운반할 정도로 치밀한 범인이, 얼굴을 알아보지 못할 만큼 썩은 시체보다 더 결정적 증거인 이름 적힌 손수건을 살해 현장에 남겨 놓았어. 만약 이게 실수라면 여러 명의 불량배가 저지른 실수는 아니야. 한 명이 저지른 실수지.

생각해봐. 한 사람이 살인을 저질렀어. 그는 죽은 사람의 영혼을 자기 혼자 마주해야 할 거야. 눈앞에 미동도 하지 않는 시체를 보고 있노라면 얼마나 무섭겠나? 살기등등한 기세는 사라지고 두려움이 생길 거야. 여럿이었다면 좀 더 배짱이 있었겠지. 하지만 시체와 단둘이 있어. 당황해서 어쩔 줄 모르겠지. 어쨌든 시체를 치워야 해. 시체를 혼자서 강으로 옮겼겠지. 하지만 다른 증거물은 그대로 두었어. 시체와 함께 다른 물건까지 옮기기가 불편하고 나중에 다시 찾으러 와도 되니까.

하지만 시체를 강변으로 끌고 가면서 두려움은 더욱 커졌겠지. 일상적인 소리들이 그를 불안하게 만들어. 저 발소리는 누군가가 나를 보고 따라오는 소리가 아닐까 수십 번을 상상하게 되지. 도시 불빛만 보아도 깜짝 놀라게 되고. 그렇게 가슴 졸이며 걸음을 간간이 멈추다 강변에 이르러서 그 소름 끼치는 짐을 처리했겠지. 배를 이용했을 수도 있고. 그렇지만 아무리 값진 보물이 있다 해도 또는 어떠한 위협을 받아도 범인 혼자 그 고난의 길을 다시 걸어서 무시무시한 추억의 장소로 되돌아가고 싶지 않을 거야. 절대 안 갈 거야. 뒷일은 중요하지 않았을 거야. 돌아가고 싶어도 못 돌아갔을 테니. 유일하게 떠오른 생각은 당장 도망쳐야 한다는 것이겠지. 그 무서운 수풀을 영원히 등지고, 천벌을 피하듯 도망쳤을 거야.

하지만 불량배 무리였다면 어땠을까? 사람이 많으니 배짱이 생겼겠지. 자신 없는 일이라도 사람이 많으면 혼자일 때보다 두려움이 덜하기 마련이야. 한두 명이 실수를 해도, 세 번째 사람까지 실수를 저지르더라도 네 번째 사람이 바로잡았을 거야. 물건을 남겨놓는 일 따윈 없을 거라고. 사람이 많아서 전부 가져갈 수 있으니까. 그럼 돌아올 필요도 없지.

이번에는 시체가 발견되었을 때 '치마 밑자락에서 허리까지 30센티미터가량 찢겼는데 완전히 떨어져 나가지 않은 그 치맛자락을 허리에 세 번 감아 등 뒤로 묶었다'는 말을 검토해보세. 이건 분명 시체를 운반하려고 만든 손잡이일 거야. 사람이 여 럿이라면 굳이 이런 방법을 쓸 필요가 없지. 서너 명이 각각 시 체의 팔다리를 잡으면 되니까. 이 살인은 한 명이 저지른 거야. 그래서 '수풀과 강 사이에 있던 울타리가 치워져 있고 땅바닥 에 무거운 짐을 끌고 간 흔적이 보였던' 거야. 여러 명이라면 시 체를 울타리 위로 올리면 그만인데 시체를 끌려고 울타리를 치 우는 번거로운 짓을 왜 하겠나? 여럿이서 시체를 가져가면서 굳이 질질 끈 흔적을 남길까?

이미 설명했지만 〈르 코메르시엘〉 기사를 다시 읽어보자고. '불쌍한 희생양의 속치마가 가로 30센티미터, 세로 60센티미 터로 뜯겨 목에 둘려진 이유는 아마도 비명을 지르지 못하게 하려던 시도일 것이다. 이로 미루어보면 손수건을 가지지 않은 자의 짓이 틀림없다.'

불량배들은 손수건을 항상 가지고 다닌다고 내가 말했었지. 하지만 이제부터 말하려는 건 다른 거라네. 속치마를 뜯은 이 유는 〈르 코메르시엘〉 말대로 입을 막을 손수건이 없어서가 아 니야. 숲 속에 손수건이 버려져 있던 것만 봐도 알 수 있지. 속 치마 역시 비명을 지르지 못하게 하려고 뜯은 것이 아니야. 비 명을 못 지르게 하려면 손수건이 제격인데 그건 놔두고 속치마 를 굳이 뜯었잖아. 속치마의 '조각을 목에 헐렁하게 두르고 양 끝을 서로 단단히 묶었다'고 했지. 좀 애매하긴 하지만 이 모습 은 〈르 코메르시엘〉이 주장한 용도와는 많이 달라. 이 천 조각 은 가로 45센티미터이니 힘 없는 모슬린 천이어도 접거나 꼬면 튼튼한 끈이 돼. 실제로 그런 모습으로 발견되었지.

내 추리는 이렇다네. 혼자인 살인범은 시체 허리에 묶은 끈을 잡고 시체를 들어서 이동하다가 힘에 부치게 된 거야. 그래서 시체를 끌고 가기로 한 거지. 시체에 끌린 흔적이 있거든. 끌고 가려면 머리나 발에 줄을 걸어야 하지 않겠나? 목에 줄을 감으면 머리에 걸려 줄이 빠지지 않을 테니 그게 편했겠지.

처음에는 허리에 감긴 천을 사용하려고 했을 거야. 그런데 그게 단단히 묶여 있고 옷에 붙어 떨어지지 않아 사용할 수 없었겠지. 속치마를 새로 뜯어 줄을 만드는 게 나았을 거야. 그래서 속치마로 만든 끈을 목에 걸고 시체를 끌고 갔어. 찢기 어렵고, 만드는 데 시간 걸리고, 쓸모없어 보이는 속치마 천 조각을 사용했다는 건 손수건을 사용하기 늦어버린 시점 즉 수풀을 떠나(살해 현장이 수풀이었다면) 강변으로 가는 도중에 새 끈이 필요했다는 뜻이겠지.

그렇다면 살인이 일어난 당일 드뤼크 부인이 숲 속에서 불량배 한 무리를 보았다는 점은 어떻게 설명해야 할까? 불량배들이 있었다는 건 나도 인정해. 이 비극적 사건이 발생했을 때, 또는 그 이전이나 이후에도 룰 관문 근처에 불량배가 못해도 열두 명은 있었다고 생각해. 그런데 썩 믿음이 가지 않는, 때늦은 드뤼크 부인의 진술에 의하면 부인의 술집에서 떠들썩하게 먹고 마시고 돈도 내지 않은 불량배들이 의심스럽다고 했어. 혹시 드뤼크 부인은 화가 난 게 아닐까?

드뤼크 부인이 뭐라고 말했었나? '불량배 한 무리가 들이닥쳐 떠들썩하게 먹고 마시고는 돈도 내지 않고 두 남녀가 떠난 방향으로 뒤따라갔다가 해 질 무렵 술집으로 돌아와 서둘러 강을 건넜다'라고 했지? 드뤼크 부인에게는 정말 서둘렀던 것처럼 보였을 거야. 불량배들이 돈도 내지 않고 먹고 마신 빵이나 술값을 행여나 계산해주지 않을까 기대했을 테니까. 그렇지 않으면 이미 해가 지는 마당에 뭐하러 서둘렀다고 강조했겠나? 폭우가 쏟아질 것 같고, 밤이 다가오고, 작은 배로 넓은 강을 건너야 하는데 불량배들도 빨리 집에 가야 하지 않겠나?

내가 밤이 다가온다고 말했지. 왜냐하면 아직 밤이 된 건 아니니까. 드뤼크 부인이 허둥대는 불량배들을 본 건 해 질 무렵이었어. 그리고 그날 저녁 드뤼크 부인과 큰아들이 술집 근처에서 어떤 여자의 비명을 들었지. 비명을 들었던 그 시간을 드뤼크 부인이 뭐라고 표현했는지 기억하나? '밤이 찾아오고 얼마 지나지 않아서'라 했어. '밤이 찾아오고 얼마 지나지 않은' 때는 캄캄한 밤을 가리키잖아? '해 질 무렵'은 아직 해가 비치는 때이지. 그러니까 드뤼크 부인이 비명을 듣기 전에 불량배들은 이미 룰 관문을 떠난 거야. 사건을 다룬 기사나 보고서에 이러한 상대적 표현이 명확히 적혀 있는데도 기자나 경찰들은 이 차이를 구분하지 못하더군.

불량배가 범인이 아니라는 근거를 하나 더 덧붙이겠네. 사실 난 이 하나가 가장 확실한 증거라 생각해. 비싼 현상금이 걸렸고, 범행을 도운 사람이라도 가담자를 알려주면 일반 사면을 약속한다는 공고까지 나돌았는데 불량배 중에, 아니 다른 집단이더라도 그중 누군가가 다른 공범을 신고하지 않을 리 없어. 이런 상황이면 누군가가 배신할까 봐 모두 두려워하게 될 것이고 배신당하기 전에 먼저 선수를 치겠지. 비밀이 새지 않았다는 건 비밀을 공유한 자가 없다는 뜻이야. 이 음울한 공포를 알고 있는 자는 오직 한 명 또는 두 존재, 즉 살아 있는 인간 한 명과 신뿐인 거지.

아직 완벽하지 않지만 지금까지 나온 분석을 종합해보세. 사건은 드뤼크 부인의 집이나 룰 관문 근처 수풀에서 일어났고, 범인은 피해자의 애인이거나 남몰래 친분이 있던 자라고 결론 내렸지. 남자는 얼굴이 가무잡잡했어. 가무잡잡한 얼굴, 천 조각의 '매듭', '뱃사람'의 매듭 방식으로 미루어 그 남자가 선원이라 짐작할 수 있어. 바람기가 있지만 천한 신분이 아닌 아가씨와 사귀었으니 낮은 신분의 선원은 아니겠지. 신문사에 보낸 편지의 글 솜씨도 이 점을 뒷받침해주네. 〈르 메르퀴리〉에 언급한 첫 번째 가출 내용을 보면 그 비밀의 선원은 불쌍한 마리를 나쁜 길로 인도한 그 '해군 장교'인 것 같군.

그리고 얼굴이 가무잡잡한 그 남자가 왜 어디에도 모습을 드러내지 않을까 궁금해지는군. 얼굴이 가무잡잡하다는 걸 특히 주의하게. 발랑스와 드뤼크 부인 모두 이 점을 유독 인상 깊게 기억하다니 보통 검은빛이 아니었나 봐. 그런데 왜 나타나지 않을까? 불량배에게 살해됐을까? 그러면 왜 여자의 살해 흔적만 남아 있지? 범행 장소는 같을 텐데. 그리고 남자의 시체는 어디 있을까? 살인범은 두 구의 시체를 같은 방법으로 처리했을 텐데. 아니면 이 남자는 살았는데 범인으로 몰릴까 두려워 나서지 못하는 것일까? 마리와 함께 있던 모습을 본 사람이 있으니 그 때문에 몸을 사릴 수도 있지.

하지만 살해 당시 범인으로 몰릴 거란 생각은 안 했을 거야. 결백하다면 먼저 사건을 알리고 불량배를 찾으려고 노력했겠지. 마리와 함께 있는 모습을 사람들이 봤어. 마리와 함께 배를 타고 강도 건넜지. 범인으로 몰리지 않으려면 범인을 신고하는 길밖에 없다는 걸 바보라도 알 거야. 사건이 벌어진 일요일 밤 남자가 사건을 전혀 몰랐다는 건 말이 안 되잖아. 살아 있으면서도 범인을 신고하지 않는다면 바로 그런 경우겠지만 말이지.

그럼 어떻게 진실을 알 수 있을까? 조사를 계속하다 보면 알게 되겠지. 먼저 마리의 첫 번째 가출을 자세히 조사해보세. 그 '해군 장교'의 경력, 현재 상황, 살인이 있었던 날 어디서 무엇을 했는지 살펴봐야 해. 불량배에게 죄를 뒤집어씌우는 편지들을 서로 대조하고, 끝나면 범인이 므네라고 주장한 편지 필체와 문체를 비교하세. 모든 편지의 대조가 끝나면 마지막으로 해군 장교의 필체와 비교해보면 되겠지.

드뤼크 부인과 부인의 아이들, 마부 발랑스에게 '얼굴이 가무잡잡한 청년'의 모습과 행동을 다시 자세히 물어봐야 해. 다시 물어보면 미처 깨닫지 못한 정보를 끄집어낼 수 있을 거야. 6월 23일 월요일 아침 바지선 선원이 사무실에 끌고 온 배가, 시체 발견 전 열쇠만 남겨둔 채 어디론가 사라져버렸지. 이 배가 어디로 사라졌는지 꼭 조사해야 해. 주의 깊게 조사하면 반드시 찾을 수 있을 거야. 배를 발견한 선원이 배의 모습을 알고 있고 배의 열쇠도 갖고 있으니까. 아무 거리낌 없는 사람이 열쇠를 버려두고 내뺄 리 없지.

여기 의문점이 하나 있어. 이 배를 찾는 공고가 어디에도 없었어. 배는 아무도 모르게 사무실에 왔다가 역시 아무도 모르게 사라졌어. 배 주인은 어떻게 공고도 내지 않고 월요일에 가져온 배의 위치를 화요일 오전에 알아냈을까? 해군의 세세한 소식까지 알 수 있는 사람, 해군과 관계된 사람이 아니겠나?

범인이 한 명이고 그가 시체를 강변까지 끌고 갔을 때 배를 이용했을지도 모른다고 내가 말했었지. 그럼 마리 로제는 배에서 강물로 던져졌겠지. 그래야 했을 거야. 시체를 얕은 강변에 놔둘 수 없을 테니. 시체의 등과 어깨가 벗겨진 까닭은 배 바닥에 긁혔기 때문일 거야. 시체에 돌이 매달려 있지 않은 점 역시 배를 이용했을 거란 추측을 뒷받침한다네.

강변에 던졌다면 돌을 매달았겠지. 미처 생각하지 못했다가 강 한가운데 와서 시체를 던질 때 자기 실수를 깨달았겠지만 그땐 이미 늦었지. 다시 되돌아가는 것보다 더 위험한 짓은 없을 테니까. 이 소름 끼치는 짐을 던지고 범인은 서둘러 시내로 향했을 거야. 아무 나루터에나 배를 대고 땅으로 올라갔겠지.

배는 어떻게 했을까? 나루터에 잘 묶어두었을까? 그러기엔 너무 다급했을 거야. 게다가 나루터에 배를 묶어둔다는 건 불리한 증거를 묶어놓는 기분이었을 거고. 범행과 관련된 물건은 무엇이든 멀리하고 싶었겠지. 나루터에서 최대한 멀리 도망치고 싶었을 거고 배도 어디론가 사라졌으면 하고 바랐을 거야. 그러니 배가 떠내려가도록 내버려 두었겠지.

계속 상상해보자고. 다음 날 아침, 불쌍한 이 친구가 일 때문에 날마다 가야 하는 사무실에 출근했는데 거기 자기 배가 묶여 있으니 얼마나 놀랐겠나. 그날 밤 열쇠를 찾을 생각도 못 하고 배를 처리했을 거야. 그럼 열쇠 없는 이 배는 어디 있을까? 이 배를 찾는 게 우리의 첫 목표야. 배를 찾으면 성공의 한 줄기 빛을 얻는 거지. 이 배가 우리를 운명의 일요일 밤 배를 빌려 간 사람에게 안내할 거야. 확증에 확증이 쌓여 범인을 찾을 수 있게 되겠지."

나는 다만 우연히 두 사건이 비슷하다고 말하려는 것이지 그 이상의 의도는 없다. 지금껏 했던 이야기로 충분하리라. 나는 초자연현상을 믿지 않는다. 자연이 존재하고 자연을 창조한 신이 존재한다는 사실은 생각할 줄 아는 이라면 누구나 동의할 것이다. 자연을 창조한 신은 신의 의지대로 자연을 통제하거나 바꿀 수 있다. '신의 의지대로'라고 했다. 그것은 의지의 문제이지 어리석은 인간의 사고처럼 능력의 문제가 아니다. 신이 자신의 법칙을 바꿀 줄 몰라서 내버려 두는 것이 아니다. 변화가 필요하다는 인간의 생각 자체가 신을 모독하는 것이다. 미래에 펼쳐질 모든 우연은 자연이 창조될 때부터 신의 법칙 중 하나였다. 신에게 모든 일은 현재일 뿐이다.

다시 말하지만 이 모든 것들은 우연히 같았을 뿐이다. 물론 지금껏 세상에 알려진 메리 세실리아 로저스의 운명과 마리 로제의 운명은 놀랍도록 비슷하다. 그렇게 비춰진다는 사실을 나도 잘 안다. 그렇다고 내가 마리의 슬픈 사연과 그 수수께끼를 끝까지 추적해서 두 사람이 마지막까지 똑같은 운명이라고 암시하거나 파리 사건의 범인 검거 방법과 추리가 다른 사건에서도 똑같은 결과를 보인다고 암시한다고 여겨서는 안 된다.

두 번째의 경우, 아주 사소한 차이로도 두 사건의 방향이 완전히 틀어지고 심각한 오류가 발생할 수 있다. 잘못 계산한 숫자 하나가 처음에는 사소한 차이였지만 계산을 거듭할수록 그 차이가 엄청나게 벌어져 전혀 엉뚱한 답을 얻게 되는 것과 같은 이치다.

첫 번째의 경우, 확률의 법칙에 의하여 똑같은 운명이 계속 이어진다는 것은 불가능하다. 두 사건이 언제까지나 똑같이 진행될 수는 없다. 수학적 사고와 아무 상관 없어 보이겠지만 사실 이것은 수학자만이 이해할 수 있는 확률 법칙이다. 이를테면 주사위를 두 번 던졌는데 두 번 모두 6이 나왔다고 하자. 그러면 세 번째는 6이 나오지 않는다고 내기를 걸어도 좋지만 이를 일반 독자에게 이해시키기는 무척 어렵다. 사람들은 금방 그 의견에 반대한다. 주사위를 두 번 던졌던 사건은 이미 끝났고 과거의 사건인데 앞으로 던져질 주사위에 어떻게 영향을 줄 수 있느냐고 반문할 것이다. 6이 나올 확률은 여느 때와 똑같아 보인다. 즉 6이 나올 확률은 주사위가 가진 여섯 면에 의해 결정된다. 이 의견이 아주 합리적으로 보이므로 반박해봤자 수긍은커녕 비웃음만 살 것 같다.

내게 허락된 지면이 짧으므로 그 의견의 치명적 오류를 여기서 밝히지는 않겠다. 물론 수학에서는 이미 증명된 내용이다. 지금은 이렇게 말하는 것으로 충분하리라. 미시적인 부분에서 진실을 찾으려는 이성의 성향 때문에 이성이 나아가는 길에는 수많은 실수가 따르며 이 또한 그 실수 중 하나라고 말하면 그것으로 충분할 것이다.

도둑맞은 편지

Edgar
A. Poe

도둑맞은 편지

지혜에 가장 해로운 것은 지나친 영리함이다.

— 세네카

파리에 머물던 18XX년, 돌풍이 부는 어느 가을날이었다. 날이 저물자 나는 포부르 생 제르맹의 뒤노가 33번지 3층 뒤편에 있는 작은 서재에서 친구 오귀스트 뒤팽과 함께 명상에 젖어 있었다. 해포석 파이프 담배를 맛보는 사치를 누리면서. 한 시간 남짓 깊은 침묵에 빠진 우리 모습을 누군가 우연히 보았다면 방 안 공기를 우울하게 만드는 담배 연기의 소용돌이에만 완전히 정신이 팔려 있다고 생각했을지도 모르겠다. 하지만 나는 머릿속으로 초저녁에 친구와 나누었던 이야기를 곱씹어보고 있었다. 그 이야기란 모르그가에서 일어난 사건과 마리 로제 양의 살인에 관한 수수께끼였다. 때마침 우리와 오랜 친분이 있는 파리의 경찰 국장 G가 방문을 벌컥 열고 들어온 것은 굉장한 우연의 일치처럼 여겨졌다.

우리는 그를 따뜻하게 맞아주었다. 한심한 면도 있지만 유쾌한 면도 있는 사람이었고, 서로 못 본 지 수년이 지났기 때문이었다. 그때까지 우리는 방 안을 캄캄하게 해놓고 앉아 있던 터라, 뒤팽이 램프에 불을 붙이려고 일어났다. 하지만 G국장이 아주 골치 아픈 공무에 대해 우리와 상의하기 위해, 아니 그보다는 내 친구의 의견을 물으러 들렀다는 말을 듣고는 불을 켜지 않고 다시 자리에 앉았다.

뒤팽이 국장의 얼굴을 뚫어지게 쳐다보며 말을 건넸다.

"깊이 생각해봐야 하는 문제라면 어둠 속에서 검토하는 것이 더욱 효과적일 겁니다."

"그것도 당신의 이상한 생각 중 하나로군."

국장은 이해가 가지 않으면 모두 '이상하다'고 말하곤 했으므로 그가 사는 주변은 온통 '이상한 것들'로 가득했다.

"네, 맞습니다."

뒤팽이 국장에게 담배를 권한 뒤 그가 있는 쪽으로 편안한 의자를 밀어주며 말했다.

"자, 이제 그 골칫거리가 무엇입니까? 또 살인 사건은 아니겠죠?"

내가 물었다.

"아, 아니. 그런 종류는 아닐세. 사실 사건 자체는 아주 단순해서 경찰력만으로 충분히 다룰 수 있다고 보네. 하지만 너무 이상한 일이라서 뒤팽이 자세한 내용을 듣고 싶어 할 것 같더군."

뒤팽이 말을 이었다.

"단순하면서 이상하다."

"그래, 뭐, 정확히 그게 다는 아니지. 실은 사건이 너무 단순해서 놀라기만 했을 뿐 아직 모두 어쩔 줄 모르고 있는 상황이라네."

"사건이 너무 단순하다 보니 경찰이 당황한 모양이군요."

"말도 안 되는 소리!"

국장이 호쾌하게 웃으며 대답했다.

"수수께끼가 지나치게 쉬운가 보네요."

"오, 세상에! 그런 의견도 있나?"

"지나치게 자명하다고 해두죠."

"하하하! 하하하! 허허허!"

국장이 재미있어 죽겠는지 폭소를 터뜨렸다.

"오, 뒤팽. 사람을 잡을 작정인가 보군!"

"맡은 사건이 대체 뭡니까?"

내가 물었다.

"아, 말하겠네."

국장이 멍하니 담배 연기를 길게 내뿜으며 대답하고는 의자에 털썩 앉았다.

"짧게 이야기하지. 하지만 그 전에 이 일이 엄청난 기밀이라는 점과 내가 누군가에게 이 일에 대해 발설했다는 사실이 알려지면 경찰 국장 옷을 벗어야 한다는 점을 명심해주게."

"계속 말씀하시지요."

내가 말했다.

"아니면 말든지요."

뒤팽이 말을 받아쳤다.

"자, 그럼 말하겠네. 왕실 저택에서 매우 중요한 서류를 도난

당했다는 정보를 어떤 지체 높은 분께 직접 전해 들었어. 그것을 훔쳐간 사람이 누구인지는 알고 있네. 확실해. 그자가 서류를 집어가는 것이 목격되었으니까. 서류는 아직 그자의 손에 있지."

"그것을 어떻게 압니까?"

뒤팽이 궁금한 듯 물었다.

"서류의 성격상 그 서류가 도둑의 손을 떠나면, 즉 그자가 계획했던 대로 그것을 사용하면 즉시 어떤 사태가 일어나게 되어 있네. 헌데 아직 아무 일이 없는 것으로 보아 서류는 아직 그자에게 있는 게 확실해."

"좀 더 자세히 설명해보세요."

내가 말했다.

"글쎄, 그 서류를 가진 자는 어떤 분께 엄청나게 중요한 영향력을 행사할 수 있게 된다고만 말해두지."

국장은 이처럼 외교적 말투를 즐겨 사용했다.

"음, 이해가 잘 되지 않는군요."

"그래? 달리 얘기해서 만약 이름 모를 제삼자에게 서류가 공개되면 아주 높은 지위에 있는 인물의 명예에 문제가 생길 거란 말이네. 그리고 그 서류를 가진 자는 이 사실을 이용해 저명인사의 영예롭고 평화로운 삶을 위험에 빠뜨려 우위를 차지하려 들겠지."

내가 끼어들었다.

"하지만 그런 우위를 차지하려면 도둑맞은 사람이 도둑을 알고 있다는 사실을 도둑 자신도 알아야 가능한 것 아닙니까. 대체 누가 감히⋯."

"도둑은 바로, 사람으로서 할 짓 못할 짓 가리지 않고 무엇이든 한다는 D장관일세. 훔친 방법은 대담하면서도 독창적이었어. 솔직히 말해 문제의 서류는 도둑맞은 인물이 왕궁 내실에 혼자 있다가 받은 한 통의 편지였네. 그분은 편지를 읽던 중 고위 인사인 장관이 갑자기 찾아왔다는 보고를 받았고 장관에게만은 특히 편지를 보이고 싶지 않았지. 서랍 안으로 황급히 집어넣으려 했지만 그럴 수 없자 어쩌지 못하고 편지를 펼친 채 책상 위에 두었어. 하지만 주소를 맨 위로 두고 내용은 가려놓아 주의를 끌지 않도록 했네. 그 시점에 D장관이 들어온 거야. 장관은 날카로운 눈으로 편지를 발견해 주소를 쓴 필체를 알아보고 그분의 당황한 모습을 살피며 숨기는 것이 있다고 짐작한 거지. 평소 하던 대로 서둘러 공무에 관한 이야기를 잠깐 나눈 후, 장관은 문제의 편지와 흡사한 편지를 꺼내어 펼치고 읽는 척하다가 문제의 편지 가까이에 나란히 놓아두었네. 그리고는 다시 15분 정도 공무에 대해 대화를 하지. 마침내 자리를 뜰 때 장관은 자신의 것이 아닌 다른 편지를 책상에서 가져가. 편지의 주인도 물론 이 사실을 알았지만 바로 가까이에 제삼자가 있는 상황에서 감히 그 행동에 주의를 줄 수는 없었네. 장관은 전혀 중요하지 않은 자신의 편지를 책상에 놓아둔 채 서둘러 그곳을 빠져나갔지."

뒤팽이 나를 쳐다보며 말했다.

"그렇다면 완벽히 우위를 차지하려면 도둑맞은 사람이 도둑을 알고 있다는 사실을 도둑 자신도 알아야 한다는 자네의 요구 조건이 충족되는군."

뒤이어 국장이 대답했다.

"그래, 그리고 그자는 그렇게 얻은 영향력을 지난 몇 달 동안 정치적 목적으로 아주 위험한 정도까지 행사해왔어. 도난당한 분은 편지를 되찾아야만 한다는 생각으로 매일매일 애태우고 있다네. 하지만 이 일은 공개적으로 진행할 수 없어. 결국 그분은 절망에 빠져 나에게 사건을 맡기셨지."

"국장님만큼 현명한 수사관을 찾거나 상상하기 어려웠을 테니까요."

회오리바람처럼 생긴 담배 연기에 휩싸인 채 뒤팽이 말했다.

"입에 발린 칭찬인 줄은 알지만 그런 말을 들으니 기분은 좋군. 하하하!"

"국장님께서 관찰한 대로 아직 어떤 식으로든 편지를 이용하지 않고 가지고만 있는 것으로 보아 편지가 아직 장관 손에 있는 것은 확실합니다. 편지를 사용해버리면 권력은 곧바로 사라질 테니까요."

내가 말했다.

"맞아, 이런 확신을 토대로 수사를 진행했지. 첫 번째 관심사는 장관의 저택을 샅샅이 수색하는 것이었어. 여기서 부딪힌 어려운 문제는 장관 몰래 수색해야 한다는 부분이었네. 장관이 우리 계획을 눈치챌 위험이 없도록 하라는 그분의 당부를 받았거든."

"하지만 국장님은 이런 조사에 아주 정통한 분이시죠. 파리 경찰도 이런 사건을 전에 자주 다뤘을 거고요."

"그럼. 그래서 더욱 체념하지 않았네. 장관의 습관도 아주 유리하게 작용했어. 밤새 집을 비우는 경우가 많더라고. 하인들도 적어. 하인들의 숙소는 주인의 방에서 멀리 떨어져 있고 대부분 나폴리인이어서 술에 취해 있기 일쑤였지. 자네들도 알다시피 나는 파리의 모든 방과 캐비닛을 열 수 있는 열쇠를 가지고 있네. 세 달 동안 하루도 빠짐없이 내가 직접 D장관의 집을 밤새 뒤졌어. 이건 내 명예가 걸린 일이고, 비밀이긴 하지만 보상금도 엄청나다네. 따라서 범인이 나보다 더 빈틈없는 자라는 것을 완전히 인정하게 될 때까지 수색을 포기하지 않았지. 편지를 숨길 만한 곳을 찾아 집 안을 구석구석 조사했어."

"장관이 편지를 가진 것이 확실하다고는 해도 집 말고 다른 곳에 숨겼을 수도 있지 않을까요?"

내 질문을 듣고 뒤팽이 대답했다.

"그건 거의 불가능해. 궁정에서 일어난 도난 사건과 D장관이 연루되었다고 알려진 현재의 상황을 볼 때, 편지를 즉각 사용하거나 언제든 꺼낼 수 있는 곳에 두는 것은 편지를 가지고 있는 것만큼이나 중요한 요소가 되네."

"꺼내다니?"

"파기해버릴 수도 있다는 말이지."

"그래, 그렇다면 편지는 확실히 집에 있겠군. 장관의 됨됨이를 봐도 절대 파기했을 리는 없을 것 같네."

"그렇다네. 경찰이 두 차례 노상강도 사건으로 가장해 장관을 불러 세우고 내가 지켜보는 가운데 철저히 몸수색도 해보았다네."

뒤팽이 슬쩍 웃으며 말했다.

"괜한 수고를 하신 것 같네요. 제 생각에 D장관은 바보가 아니니 이런 매복은 당연히 예상했을 겁니다."

"바보가 아니긴, 그자는 시인이잖나. 내 생각에 시인과 바보는 종이 한 장 차이네."

"그런가요? 저도 엉터리 시를 약간 끄적거리기는 합니다만."

담배 파이프에서 길고 신중하게 연기를 뿜어낸 후 뒤팽이 말했다.

"수색 작업에 대해 자세히 말해주셔야죠."

내가 화제를 돌렸다.

"그러지. 우리는 서두르지 않고 모조리 수색했네. 난 이런 일에 오랜 경험을 쌓아왔으니까. 건물 전체에 있는 방을 모두 살폈고 방마다 일주일 밤을 꼬박 들여 수색했어. 먼저 가구를 조사했지. 모든 서랍을 열어보았고 비밀 서랍도 찾아보았지. 제대로 훈련받은 경찰이 비밀 서랍을 그냥 지나칠 리도 없었을 걸세. 이런 종류의 수색에서 비밀 서랍을 발견하지 못해 놓친다면 그건 멍청이지. 일은 아주 단순했어. 각 캐비닛에도 조사할 양과 공간이 상당하더군. 그래서 정확한 규칙을 세워 어느 것 하나 빠져나갈 수 없도록 했지. 캐비닛 다음에는 의자를 살펴봤네. 자네들도 본 적이 있는 가늘고 긴 바늘로 쿠션들을 일일이 찔러보았어. 책상의 상판도 들어냈고."

"왜요?"

"때로는 책상의 상판을 들어내 물건을 숨기려는 사람도 있거든. 그리고 나서 책상 다리에 구멍을 뚫어 물건을 그 안으로 넣은 다음 다시 상판을 덮는 거지. 침대 기둥의 위아래도 같은 식으로 이용되네."

"하지만 그런 공간은 소리로 찾아낼 수 있지 않나요?"

나는 그 방식이 자못 궁금했다.

"만약 물건을 넣어둔 뒤 주변을 솜으로 충분히 메꾼다면 절대 알 수가 없어. 게다가 우리는 소음을 내며 일을 진행해서는 안 되는 경우였으니까."

"그래도 말씀하신 방법으로 물건을 둘 만한 곳을 찾기 위해 가구를 전부 떼어내고 분해할 수는 없을 텐데요. 예를 들면 모양과 부피가 커다란 뜨개질바늘처럼 되도록 편지를 나선형으로 말아서 의자 가로대 속에 끼워 넣을 수도 있고요. 의자를 일일이 분리해본 건 아니겠죠?"

"그럴 리가. 하지만 꼼꼼히 보려고 성능이 뛰어난 확대경을 이용하여 집 안의 의자 가로대와 가구 이음새까지도 전부 조사했네. 최근에 건드린 흔적이 조금이라도 있었다면 바로 알아챌 수 있었을 거야. 그 확대경은 송곳으로 파다가 떨어진 부스러기 하나도 사과처럼 분명하게 보일 정도거든. 엉성하게 접착되었거나 이음새가 이상하게 벌어져 있기만 해도 바로 추적할 수 있었을 거네."

"거울의 유리와 판자 사이도 보셨을 테고 커튼과 양탄자뿐 아니라 침대와 침대보도 꼼꼼히 훑어보셨겠지요."

"물론이네. 가구를 이런 식으로 꼼꼼히 살펴보고 나서 건물 자체도 조사했어. 전체 표면에 구획을 짓고 번호를 붙여서 빠지는 곳이 없도록 했지. 그런 다음 이전 조사와 마찬가지로 확대경을 사용해서 가까이 붙어 있는 옆집 두 채를 포함한 건물 전체를 구획별로 샅샅이 조사했네."

"옆에 붙은 두 집까지요?"

내가 놀라 큰 소리로 물었다.

"고생 많이 했겠군요."

"그렇다마다. 제공된 보상금이 워낙 엄청났으니까."

"집 마당도 보신 건가요?"

"마당은 전부 벽돌로 포장되어 있어서 상대적으로 힘이 덜 들었네. 벽돌 사이에 낀 이끼까지 살펴보았지만 아무런 흔적도 발견하지 못했지."

"장관의 서류와 서재의 책들도 물론 보셨을 테죠?"

"당연하지. 꾸러미와 소포를 일일이 열어보았어. 책을 펼쳐보았을 뿐 아니라 그냥 흔들어보는 것으로 만족하지 못한 경찰 중 일부는 책장까지 일일이 넘겨보았네. 책 표지 두께도 정확히 재어보고 표지마다 확대경으로 들여다보며 세심하게 조사했지. 제본 상태에 최근 손을 댄 흔적이 있었다면 그 사실을 모르고 지나칠 수는 없었을 거야. 제본한 것으로 추정되는 대여섯 권 정도는 바늘을 사용해 세로로 꼼꼼히 조사했네."

"양탄자 아래 마룻바닥은 보셨습니까?"

"우리를 뭘로 보나? 양탄자를 걷어내고 확대경으로 바닥을 살펴보았지."

"벽지는요?"

"보았네."

"지하실도 들어가 보셨어요?"

"그럼."

"그렇다면 경찰이 착각한 것이고 편지는 집에 없다는 얘기가 되겠네요."

내가 추리해보았다.

"그 말이 맞을까 두렵군. 뒤팽, 내가 어떻게 하면 좋겠나?"

"집을 다시 철저히 수색해보세요."

"소용없네. 편지가 집에 없다는 것은 내가 숨을 쉬고 있다는 사실과 마찬가지로 확실하니까."

"더 이상의 조언은 드릴 게 없습니다. 물론 편지가 어떻게 생겼는지는 알고 계시겠죠?"

"아, 당연하지!"

이렇게 답하고 국장은 수첩을 꺼내어 도난당한 편지의 내부와 특히 외부 생김새에 관한 세밀한 설명을 큰 소리로 읽었다. G국장은 메모를 다 읽고 나서 곧바로 자리를 떴다. 내가 전에 알던 유쾌한 신사의 모습은 온데간데없이 완전히 풀이 죽은 모습이었다.

한 달쯤 후 국장이 다시 찾아왔고 그때도 우리는 이전 방문 때와 비슷한 상태로 지내고 있었다. 국장은 파이프 담배를 피워 물고 의자에 앉아 일상적인 대화로 말문을 열었다. 결국 내가 말을 꺼냈다.

"그런데 국장님, 도둑맞은 편지는 어떻게 됐습니까? 장관을 이길 방법이 없다고 결론 내리신 건가요?"

"D장관을 혼란에 빠뜨릴 방법을 묻는 거라면 그렇게 결론 내렸네. 뒤팽이 제안한 대로 재조사를 했지만 내가 예상했듯

인력 낭비에 불과했어."

"제시된 보상금이 얼마라고 하셨죠?"

뒤팽이 물었다.

"엄청나지. 아주 후한 액수야. 정확히 얼마라고 얘기하지는 않겠지만, 한 가지 확실한 것은 내게 그 편지를 가져다주는 사람에게는 기꺼이 개인 수표를 끊어 5만 프랑을 줄 생각이네. 사실 편지를 찾는 일이 하루가 다르게 점점 중요해지고 있거든. 최근 들어 보상금이 두 배로 뛰었어. 하지만 세 배로 올린다고 해도 해볼 수 있는 방법이 없네."

뒤팽이 파이프 담배 연기 사이로 천천히 말했다.

"그렇군요. 국장님, 제 생각엔 국장님께서 이 문제에 최선을 다하지 않으신 것 같습니다. 좀 더 해볼 수도 있을 텐데요, 안 그렇습니까?"

"어떻게 말인가? 무슨 방법으로?"

"글쎄요, 전문가의 조언을 이용하는 건 어떨까요? 애버니이디 의사의 이야기를 기억하십니까?"

"아니, 애버니이디고 뭐고 집어치우게!"

"그러죠. 그자는 집어치우더라도 얘기는 들어보세요. 옛날에 어떤 부유한 구두쇠가 이 애버니이디 의사에게서 의학 소견을 공짜로 받아낼 계획을 품었습니다. 이런 목적을 위해 개인적으로 자리를 마련하여 대화를 시작하고는 의사에게 자신의 증세를 상상 속 인물의 증세에 빗대어 넌지시 말했습니다. 구두쇠 양반이 말했죠. '그자의 증세가 이러저러한 것 같소. 자 이제 의사 선생, 무슨 약을 처방해주시겠소?' 그랬더니 애버니이디가 말했습니다. '글쎄요, 상담부터 받으시지요.'"

국장은 약간 혼란스러워했다.

"하지만 나는 기꺼이 상담을 받고 그에 대한 대가를 지불할 거네. 이 일에 관련해서 나를 도와주는 사람에게는 정말로 5만 프랑을 줄 거라니까."

뒤팽이 서랍을 열고 수표책을 꺼내며 대답했다.

"그렇다면 말씀하신 금액을 수표로 끊어주시지요. 수표에 서명을 마치시면 편지를 건네드리겠습니다."

나는 몹시 놀랐다. 국장도 벼락 맞은 사람처럼 놀랐다. 그는 잠시 말없이 움직이지 않고 입을 벌린 채 눈알이 튀어나올 것처럼 눈을 크게 뜨고 의심에 찬 눈초리로 내 친구를 바라보았다. 그리고는 정신이 들자 펜을 쥐고 몇 번 멈칫하며 멍하니 있다가 마침내 5만 프랑을 수표에 적고 서명을 해서 책상 건너편에 있는 뒤팽에게 내밀었다. 뒤팽은 수표를 꼼꼼히 살펴보고 주머니에 넣은 다음 잠가두었던 책상 서랍을 열었다. 그 안에서 문제의 편지를 꺼내 국장에게 주었다. 국장은 기쁨을 주체하지 못했다. 편지를 잡아채 떨리는 손으로 열어서 내용을 슬쩍 확인하는 눈치였다. 그리고는 허둥지둥 문으로 간 뒤 예의를 차릴 겨를도 없이 곧장 집 밖으로 뛰쳐나갔다. 뒤팽이 국장에게 수표를 써달라고 요청한 이후로 국장은 한마디도 하지 않았다.

국장이 가고 나자 뒤팽은 상황을 설명했다.

"파리 경찰은 자신들이 해오던 방식대로 할 때는 지나치다 싶게 유능하네. 끈기 있고 창의력도 풍부하고 영리하며 임무 수행에 중요하게 쓰일 것 같은 지식은 완벽히 이해하고 있지.

따라서 G국장이 D장관의 저택을 수색하는 방식에 대해 자세히 설명해주었을 때 나는 국장이 경찰력을 최대한 동원하여 완벽한 조사를 했을 거라고 확신했어."

"경찰력을 최대한 동원한다고?"

"그래, 경찰이 할 수 있는 최고의 기술을 사용해서 완벽하게 조사했을 거네. 편지가 수색 범위 내에 보관되어 있었다면 경찰이 반드시 찾아냈을 거야."

나는 그냥 웃어넘겼지만 뒤팽은 자기 말에 신중을 기하는 듯 보였다.

"훌륭한 방법을 잘 활용했지만 그것이 사건과 범인에게는 통하지 않았다는 것이 흠이었지. 뛰어난 경찰 인력 중 일부는 프로크루스테스의 침대(고대 그리스의 강도. 잡은 사람을 쇠침대에 눕혀 키 큰 사람은 다리를 자르고, 작은 사람은 잡아 늘였다고 함 - 옮긴이)와 같이 획일적 체제를 강요하는 국장 밑에서 강제로 그의 계획에 따르고 있어. 그런데다 국장 본인은 맡은 일을 너무 깊게 혹은 너무 얄팍하게 조사해서 실수를 연발했네. 학생들의 추리력이 국장보다 낫지.

나는 홀짝 게임을 잘해서 칭찬이 자자한 여덟 살짜리 소년을 알고 있어. 이 게임은 구슬을 가지고 하는 단순한 게임이네. 한 명이 구슬 몇 개를 손안에 쥐고 상대방에게 그 수가 홀인지 짝인지 맞혀보라고 하지. 상대방의 추측이 맞으면 상대방이 구슬을 따고 틀리면 구슬을 잃는 거야. 내가 말한 소년은 교내의 구슬을 전부 땄어. 당연히 그 아이에겐 추측하는 원칙이 있었네. 그 원칙이란 상대방의 생각을 관찰해서 알아내는 것이었어.

상대가 터무니없는 얼간이라면 구슬을 쥔 손을 내밀며 물을 거야. '홀이게 짝이게?' 소년은 홀이라고 답하고 게임에서 질 걸세. 하지만 두 번째 게임에서는 이렇게 혼잣말을 하지. '저 멍청이가 첫 판에서 짝을 쥐었으니 녀석 머리로는 둘째 판에 홀을 쥐어야겠다고 생각할 게 뻔해. 홀이라고 해봐야지.' 그리고 소년은 홀을 불러 이기는 걸세. 이제 첫 번째 아이보다 좀 더 똑똑한 아이와 붙으며 소년은 이렇게 추론하겠지. '이 녀석은 먼저 게임에서 내가 홀을 부른 걸 알고 있으니 이번 게임에서는 첫 번째 얼간이가 했던 짝에서 홀로 간단히 바꿔보자는 생각이 충동적으로 들겠지. 하지만 다시 생각해보니 이 방법이 너무 단순한 것 같아 결국 전과 똑같이 짝을 내기로 마음먹을 거야. 그럼 난 짝을 불러야겠다.' 소년은 짝을 부르고 이기지. 친구들은 소년의 추리 방법을 '행운'이라고 불렀네만 끝까지 분석해보면 그것은 무엇일까?"

"자신의 생각과 상대방의 생각을 일치시킨 것이네."

내가 대답했다.

"맞아. 그래서 어떤 식으로 상대방의 생각을 읽어 계속 이길 수 있었는지 소년에게 물어보고 이런 대답을 들었네. '누군가가 얼마나 현명한지, 멍청한지, 착한지, 악한지 혹은 그 순간에 무슨 생각을 하는지 알고 싶으면 그 사람의 표정을 최대한 똑같이 지어봐요. 그리고 그 표정과 어울리거나 일치한다고 여겨지는 생각이나 감정을 내 마음속에 갖게 될 때까지 기다리죠.' 소년의 이 답변은 로슈푸코, 라 부기브(원문에 La Bougive로 표기되어 있으나 실제로는 라 브뤼예르La Bruyère를 의미한다 - 옮긴이),

마키아벨리, 캄파넬라에 기인한 거짓에 관한 모든 심오한 논리의 토대가 된다네."

"추론가의 생각과 상대방의 생각을 일치시킬 때는 상대방의 생각을 정확히 추측할 수 있어야 가능하다는 건가. 내가 이해한 것이 맞나?"

"제대로 활용하려면 그렇지. 국장과 수하의 경찰들은 이렇게 일치시켜보지 않았고, 자신들과 관련된 상대방의 생각을 잘못 추측했거나 아예 추측하지 않았기 때문에 번번이 실패한 거네. 자신들이 창의적이라고 여기는 것만 고려하고 숨겨진 것을 수색할 때도 자기들이 숨겼을 만한 방법에만 신경을 쏟아. 그들의 창의적인 생각이 많은 사람을 대표하는 능력인 것은 맞네. 하지만 죄인 각자의 영리함이 성격 면에서 경찰의 영리함과 다르면 그 죄인은 당연히 경찰에게 좌절을 안겨주겠지. 이런 결과는 범인이 경찰보다 한 수 위면 어김없이 일어나고 범인이 경찰보다 한 수 아래여도 심심찮게 생겨. 수사 원칙에 변화가 없고, 특별히 다급해서 재촉을 당한다거나 엄청난 보상금이 걸려도 원칙은 건드리지 않은 채 케케묵은 방법을 확대하거나 과장하는 것이 고작일세.

이번 D장관의 경우도 수사 원칙에 무슨 변화가 있었나? 구멍 뚫고 살피고 소리를 들어보고 확대경으로 관찰하고 건물 표면을 일정한 구획으로 나눠본들 뭐하겠나? 오랜 일상 업무에 젖은 국장이 늘 해오던 대로 인간의 통찰력에 대한 틀에 박힌 생각에 기초해서 수사 원칙을 부풀려 적용한 것뿐이지 않나? 의자 다리에 뚫린 구멍 속에 편지를 숨긴 사람이 있었으니 모든 사람이 마찬가지라고 생각하며, 똑같이 의자 다리에 뚫린 구멍이나 구석에 편지를 숨기는 것이 당연하다고 여긴 국장의 생각을 모르겠나? 그런 희한한 은폐 장소는 평범한 사건에서 나 쓰이는 것이고 평범한 범인에게만 취하는 방식이라는 것쯤은 자네도 알 걸세.

물건을 두는 장소를 이렇게 특이한 방법으로 숨기면 맨 처음 조사에서 얼마든지 추측해 찾아낼 수 있지. 이런 경우, 물건을 찾기 위한 관건은 통찰력이 아니라 단순히 수색하는 사람의 꼼꼼함과 인내심, 투지에 달려 있네. 그리고 사건이 중요하거나 경찰이 보기에 똑같은 사건이라도 엄청난 보상금이 걸려 있을 때 경찰의 그런 능력은 어김없이 발휘되었어. 그러니 만약 도둑맞은 편지가 경찰 국장의 조사 영역 내에 숨겨져 있었다면, 다시 말해 편지를 숨긴 방식을 국장의 원칙 범위 내에서 파악할 수 있었다면 분명히 편지를 찾을 수 있었을 거라는 내 말뜻이 이제 이해가 될 거네. 하지만 국장은 완전히 속았어. 국장이 실패한 간접적인 원인은 장관이 유명한 시인이니 바보일 거라고 넘겨짚은 데 있지. 국장은 바보들은 모두 시인이고 그에 따라 모든 시인은 바보라고 결론짓는 논리상 오류를 범하고 있어."

가만히 친구의 이야기를 듣고 있던 내가 되물었다.

"그런데 장관이 정말로 시인인가? 형제가 둘이고 둘 다 학문적 명성을 얻었다고 알고 있네. 장관이 미분법에 관한 학술적 글을 쓴 사실도 있으니 시인이 아니라 수학자가 맞아."

"자네가 틀렸네. 나는 그자를 잘 알지. 장관은 둘 다야, 시인이면서 수학자이기도 하다네. 그러니 추리를 잘할 걸세. 단순한 수학자였다면 추리를 전혀 할 수 없었을 테고 국장에게도 꼼짝 못했을 거야."

"자네가 수학계의 주장과 맞서는 이런 의견을 내놓다니 놀랍군. 수 세기에 걸쳐 체계화된 지식을 무시하려는 것은 아니겠지? 수학적 추론은 오랫동안 뛰어난 추론이라고 여겨져왔네."

뒤팽이 작가 샹포르의 말을 인용해서 대답했다.

"'그저 다수에게 편리하다는 이유로 널리 인정받는 생각과 관습은 잘못된 것이 분명하다.' 자네 말대로 수학자들은 보편적 오류를 마치 진실인 양 떠들어대느라 열을 올렸네. 수학자들은 예술보다 가치 있다는 명분을 내세우며 '분석Analysis'이라는 용어를 대수학Algebra 응용에 교묘히 집어넣었지. 프랑스인들이 이 독창적 속임수의 창시자들이라네. 하지만 만약 용어가 중요하고 적용 가능성에서 용어의 가치가 나온다면 어떨까? 라틴어로 'Ambitus(순회)', 'Religio(미신)', 'Homines honesti(유명 인사)'가 영어로 'Ambition(야망)', 'Religion(종교)', 'Honorable men(존경할 만한 사람들)'과 다른 뜻인 것처럼 '분석'과 '대수학'도 서로 의미가 다르네."

"자네 파리의 대수학자들과 시비라도 붙을 심산이군. 어쨌든 계속해보게."

"내가 논하고 있는 것은 추상적 논리와 달리 특수하게 형성되는 논리의 효용과 가치일세. 특히 수학적 연구에서 추론된 논리 말이야. 수학은 형식과 수량에 대한 학문이고 수학적 논리는 형식과 수량의 연구에만 적용되지. 순수 수학이라고 불리는 명제들을 추상적 혹은 보편적 진실로 추정하는 것은 큰 오류네. 그리고 이 엄청난 오류가 여태껏 광범위하게 받아들여져 왔다는 사실이 당황스러워. 수학적 원리는 보편적 진리를 나타내는 원리가 아니야. 일례로 형식과 수량의 관계가 참이어도 도덕적 관점에서는 엄청난 거짓일 수 있어. 윤리학에서는 부분의 합이 전체와 같지 않은 경우가 꽤 많네. 화학에서도 원리가 소용없지. 동기를 고려하면 원리가 성립하지 않아. 각각 주어진 두 개의 동기 값이 있을 때 결합된 동기의 값이 각 동기 값의 합과 반드시 일치하지는 않거든. 형식과 수량의 관계에 한해서만 진실로 통하는 수학적 명제들은 그 밖에도 많아.

그런데도 수학자들은 세상 사람들이 실제로 그렇게 상상하듯 자신들의 한정된 진리를 보편적으로 적용할 수 있다고 버릇처럼 주장하지. 브라이언트는 《신화학》에서 비슷한 오류의 원인을 언급하며 '사람들은 이교도의 우화를 믿지 않으면서도 계속해서 그런 자신을 잊은 채 그 우화에서 끌어낸 추론을 기존의 현실로 여긴다'고 말하네. 대수학자도 이교도와 같아서, 사람들이 그 '이교도의 우화'를 믿고 추론을 이끌어내는 것은 이교도의 우화라는 사실을 망각해서라기보다 그 우화가 두뇌에 알 수 없는 혼란을 일으키기 때문이야. 간단히 말해 나는 아직은 등근이 성립되지 않는다고 믿을 수 있는 수학자나 x^2+px가 절대적이고 무조건 q와 같다는 생각을 몰래 의심해본 수학자를 한 번도 만난 적이 없어. 원한다면 시험 삼아 이 수학자들 중 한 명에게 x^2+px가 q와 같지 않은 경우도 있을 수 있다고 말해보게. 그리고 자네의 말뜻을 이해시킨 다음 최대한 빨리 그의 손이 닿지 않는 곳으로 도망쳐야 할 걸세. 그자는 틀림없이 자네를 때려눕히려 할 테니까."

내가 마지막 얘기를 듣고 웃는 동안에도 뒤팽은 멈추지 않고 계속해서 말했다.

"장관이 수학자에 지나지 않았다면 국장이 내게 이 수표를 끊어줄 필요도 없었을 거란 말이지. 하지만 장관이 수학자이면서 시인이란 사실을 알고 있었고, 주변 환경을 참작하여 그가 지닌 능력에 걸맞은 대책을 세웠네.

나는 그자가 아첨꾼이면서 대담한 책략가라는 사실도 알고 있어. 그런 사람이 경찰의 평범한 수사 방식을 알아내지 못했을 리가 없지. 장관은 길에서 불시에 습격을 당할 것도 예상한 게 틀림없어. 그리고 그의 예상은 사실로 증명되었네. 내 생각에 집을 몰래 수색할 것도 미리 알고 있었던 게 분명해. 국장은 편지를 찾는 데 도움이 된다고 기뻐했지만 장관이 밤에 자주 집을 비운 것도 내게는 경찰에게 완벽히 수색할 기회를 주려는 계략으로밖에 보이지 않았어. 그래야 경찰이 편지가 집에 없다고 더 빨리 믿게 될 테니까. 실제로 G국장은 그렇게 믿고 말았지. 숨겨진 물건을 찾기 위한 경찰의 고지식한 수사 원칙에 대해 지금 바로 자네에게 자세하게 설명하기는 어렵지만 사고의 전체적인 맥락에서 장관의 생각을 꿰뚫어 볼 필요는 있을 거네. 장관은 분명히 속으로 흔히 떠올릴 수 있는 은폐 장소들을 피해야겠다고 생각했을 거야. 그는 경찰의 눈과 탐색, 송곳, 확대경 앞에서는 자기 집의 제일 복잡하고 외진 구석도 훤히 드러날 것이란 사실을 모를 만큼 어리석을 리 없어. 일부러 선택해서 단순하기로 마음먹은 게 아니더라도 결국에는 당연히 단순한 방법에 이르게 됐을 거네. 국장이 처음 찾아왔을 때 내가 사건이 너무 자명해서 오히려 당황스러울 수 있겠다고 하자 그가 배꼽 빠지게 웃어대던 모습을 자네도 기억하겠지?"

"그래, 국장의 명랑한 모습이 똑똑히 기억나네. 정말이지 경련이라도 일으키는 줄 알았다니까."

"물질세계는 정신세계와 유사한 점이 아주 많아. 따라서 과장된 학설이나 은유, 직유에 약간의 진실이 들어 있으면 그 진실은 설명을 미화시킬 뿐 아니라 주장에 힘을 실어주게 되지.

관성의 원리는 물리학에서나 형이상학에서나 똑같은 것 같네. 물리학에서 부피가 큰 물체는 작은 물체보다 움직일 때 받는 저항이 더 크므로 뒤이어 붙는 가속도는 이 저항력과 같은 값이 돼. 이와 마찬가지로 형이상학에서는 지적 능력이 높은 사람이 낮은 사람보다 더 설득력 있고 단호하며 뛰어나다고 해. 하지만 사고의 처음 몇 단계에서는 오히려 쉽게 움직이지 못하고 당황하며 망설이는 법일세. 새로 묻겠네. 자네는 상점 입구 위에 달린 간판을 볼 때 무엇이 제일 눈에 띄는지 생각해본 적 있나?"

"생각해본 적 없네그려."

뒤팽이 다시 말을 이었다.

"지도를 보며 하는 퍼즐 놀이가 있네. 한편이 상대편으로 하여금 주어진 단어를 찾도록 하는 걸세. 즉 지도의 얼룩덜룩하고 뒤얽힌 표면에서 도시, 강, 주州, 나라, 아무 단어나 제시하는 거지. 이 게임을 처음 하는 사람은 보통 상대편을 당황하게 하려고 아주 미세한 글자로 적힌 이름을 찾네. 하지만 게임을 많이 해본 사람은 지도의 이 끝에서 저 끝까지 큰 글자로 펼쳐진 단어를 선택해. 거리에 대문짝만 한 글씨로 써놓은 간판과 벽보처럼 이 단어들도 지나치게 뚜렷해서 오히려 눈에 띄지 않거든. 이런 물리적 간과는 지나치게 두드러지고 명백한 생각을 놓치고 지나쳐버리는 어이없는 실수와 매우 닮아 있어. 하지만 국장은 이것을 제대로 이해하지 못하는 것 같아. 그러니까 D장관이 세상 그 누구도 알아챌 수 없는 방법으로, 사람들의 바로 코밑에 편지를 두었을지도 모른다는, 또는 그럴 수 있을 거라는 생각을 한 번도 해보지 않았겠지.

D장관의 대담하고 독특한 창의력, 편지를 제대로 이용하려면 늘 손에 닿는 곳에 두어야 한다는 사실, 편지가 국장의 틀에 박힌 수색 범위 내에 숨겨져 있지 않은 것이 확실하다는 국장 본인의 확신에 대해 생각하면 할수록 오히려 장관이 편지를 감추지 않는 철저하고 현명한 책략을 써서 편지를 숨겼을 거라는 확신을 하게 되었네.

이런 생각에 몰두한 끝에, 어느 맑은 날 아침 초록색 안경을 준비해서 우연을 가장하고 장관의 저택을 방문했어. D장관은 집에서 늘 그렇듯 하품을 하고 빈둥빈둥 게으름을 피워대며 지루해 죽겠다는 척하고 있더군. 아마 그자는 현재 살아 있는 인간 중 가장 기운이 넘치는 사람일 걸세. 단, 아무도 보는 사람이 없을 때만 그렇지.

그가 과거에 그랬듯이 나도 시력이 나빠 안경을 써야 한다고 투덜댔네. 그러고 나서 대화에 열심히 빠져든 척하며 안경에 가려진 눈으로는 방 전체를 빠짐없이 신중하게 살펴보았어. 특히 장관이 앉아 있는 커다란 책상과 그 위에 뒤죽박죽 놓여 있는 잡다한 편지와 서류, 악보 한두 개, 책 몇 권을 관찰했지. 하지만 오랫동안 찬찬히 살펴봐도 여기서는 특별히 의심할 만한 것이 보이지 않더군.

그런데 방을 둘러보던 중 두꺼운 종이로 만들어진, 섬세한 무늬로 장식된 싸구려 편지꽂이가 눈길을 끌었어. 벽난로 중앙 바로 밑의 작은 놋쇠 장식에 지저분한 푸른색 리본으로 묶여 매달려 있었지. 서너 칸으로 나뉘어 있는 편지꽂이 속에는 대여섯 장의 방문 카드와 편지 한 통이 들어 있었네. 편지는 무척 더럽혀졌고 구겨져 있었지. 가운데가 거의 두 부분으로 찢겨 있었어. 마치 처음에는 필요 없어 모두 찢어버리려다가 다시 마음이 바뀌었거나 일단 보류하기로 한 것처럼 말일세. D장관의 이름 첫 글자로 된 커다란 검은 인장이 눈에 띄었고 섬세한 필체로 보아 여성이 장관 앞으로 보낸 편지더군. 편지는 아무렇게나 꽂혀 있었고 심지어 제일 위에 대충 둔 것처럼 보였네.

편지를 보자마자 그것이 바로 내가 찾던 편지라고 결론 내렸지. 분명히 언뜻 보기엔 국장이 우리에게 자세히 읽어주었던 모양과 완전히 달랐어. 여기에 찍힌 인장은 D장관의 이름 첫 글자로 크고 검은색이었지만 원래 편지의 인장은 S공작 가문의 문장으로 작고 붉은색이라고 했네. 이 편지는 장관 앞으로 온 것이고 섬세한 여성의 필체였지만 원래 편지는 왕실 인물 앞으로 보내진 것이고 매우 힘차고 뚜렷한 필체라고 했지. 편지의 크기만 일치했어. 하지만 두 편지의 차이가 너무 뚜렷하고 극단적이라는 점, 더러움, 편지지의 얼룩지고 찢긴 상태가

D장관의 꼼꼼한 평소 습관과 일치하지 않았지. 누군가 그 편지를 보면 하찮은 것으로 여기도록 속이려는 의도를 읽을 수 있었네.

이에 더해 모든 방문객이 볼 수 있는 곳에 편지를 두었다는 사실로 미루어 모든 정황이 내가 미리 내린 결론과 정확히 맞아떨어지더군. 이 정황들은 의심하기로 작정하고 찾아온 사람에게 그 의심을 분명히 확증해준 셈이었어.

나는 가능한 시간을 오래 끌었지. 장관이 틀림없이 관심을 갖고 좋아할 만한 주제를 제시해 활발한 논의를 계속 이어가는 동안에도 실제로 내 신경은 줄곧 편지에 꽂혀 있었네. 편지를 관찰하며 겉모습과 꽂힌 위치를 기억해두었지. 별것은 아니지만 내가 신경 쓰던 의문도 결국 풀어냈어. 관찰하다 보니 편지 가장자리가 필요 이상으로 쓸려 있더군. 한 번 접어 종이 집게로 집어놓았던 딱딱한 종이를 원래 접혀 있던 대로 금이나 가장자리를 똑같이 맞추어 반대 방향으로 다시 접었을 때 생기는 찢긴 모양이 보였거든. 이 발견으로 충분했네. 편지를 장갑처럼 안에서 밖으로 뒤집어 접고 인장도 다시 찍은 것이 확실했어. 난 장관에게 인사하고 책상에 금으로 만든 코담배 상자를 남겨둔 채 즉시 그곳을 나왔지.

다음 날 아침 나는 코담배 상자를 찾으러 갔고 기다렸다는 듯이 전날 나누던 대화를 다시 시작했네. 그렇게 대화에 몰두해 있는 사이 저택 창문 바로 아래에서 권총을 쏘는 것 같은 폭발음이 나더니 사람들의 겁에 질린 비명과 외침이 들렸어. D장관이 창 쪽으로 달려가 창문을 열어젖히고 밖을 보더군. 그사이 나는 편지꽂이로 걸어가 편지를 꺼내어 주머니에 넣고(적어도 겉은 똑같은) 복사본을 그 자리에 두었지. 복사본에 찍힌 인장은 내가 집에서 식빵으로 만들었지. D장관의 이름 첫 글자를 그대로 본떠서 정성 들여 말이야.

길에서 난 소동은 소총을 든 사내가 벌인 정신 나간 행동이었어. 그자는 여인들과 아이들이 몰려 있는 곳에서 총을 쐈지. 하지만 탄환이 들어 있지 않은 것으로 밝혀졌어. 그자는 미치광이거나 주정뱅이로 취급되어 풀려났다네. 그자가 사라지고 나자 D장관이 창에서 돌아왔고 그때 나는 이미 편지를 잘 보이게 둔 뒤 즉시 장관을 뒤따라가 있었네. 잠깐 더 머물다가 그와 헤어졌어. 그 미치광이인 척한 사내는 내가 고용한 자였지."

"여보게 친구, 왜 복사본을 대신 놓아둔 건가? 처음 방문했을 때 편지를 집어 나왔으면 더 좋았을 텐데."

"장관은 위험하고 대담한 자야. 집에도 자신이 유리하게 부릴 수 있는 하인들을 두었겠지. 섣불리 행동했다면 난 그 집에서 살아 나올 수 없었을지도 모르네. 파리의 선량한 시민들은 나에 대한 이야기를 들을 수 없었을 거야. 하지만 이런 생각 외에 또 다른 목적이 있었어. 자네는 내 정치적 입장을 알고 있지. 이 사건에서 난 그분의 지지자로 행동한 거네. 1년 반 동안 장관은 그분을 자기 손아귀에 쥐고 있었지만 이제 그분이 장관을 제압할 수 있게 되었어. 편지가 자기 손에 없다는 것을 모르니 장관은 계속 그분을 압박하려 들겠지. 그러다가 순식간에 정치적 파멸을 자초하게 될 것이 분명해. 장관 자신도 꼴사납게 곤두박질쳐 몰락하고 말 걸세.

지옥으로 떨어지기는 쉽다고들 말하지. 하지만 무엇을 올라가든지, 카탈라니(이탈리아의 오페라 작곡가—옮긴이)가 성악에 대해 한 말처럼 내려가는 것보다 올라가는 것이 훨씬 더 쉬운 거라네. 이번 경우에 나는 내려가는 자에 대해 일말의 동정심이나 애석함도 없어. 그자는 바로 끔찍한 괴물, 파렴치한 천재일 뿐이니까. 하지만 국장이 '어떤 저명인사'라고 부른 그분에게 장관 자신의 요구를 묵살당해 편지꽂이에 두고 온 내 편지를 열어보게 되었을 때, 그가 정확히 어떤 생각을 할지 몹시 궁금하긴 하군."

"왜? 무슨 특별한 말이라도 적어놓았나?"

"글쎄, 내용을 비워두는 것이 옳지 않겠다 싶기도 하고 예의가 아닐 것도 같아서 말이야. 예전에 D장관이 빈에서 내게 몹쓸 짓을 한 적이 있네. 그때 장관에게 그 일을 기억해두겠노라고 점잖게 말했었지. 그리고 장관이 자기를 이겨먹은 자가 누구인지 궁금해할 것 같아 실마리라도 남겨주지 않으면 섭섭하겠다 싶었네. 장관은 내 필체를 잘 알고 있으니 편지지 중간에 이런 문장을 옮겨 적었지. '그런 사악한 계략은 아트레우스에게는 맞지 않고 티에스테스에게 어울린다.' 크레비용의 희곡 〈아트레우스와 티에스테스(동생 티에스테스가 형 아트레우스의 왕좌를 빼앗고 파멸시키려는 음모를 꾸미나, 결국 자신이 형의 책략에 빠져 파멸한다는 내용의 비극—옮긴이)〉에 나오는 구절이네."

황금 벌레

Edgar
A. Poe

황금 벌레

허허! 참! 이 녀석 미친 듯이 춤추는구먼!

타란툴라에 물린 게야.

— 아서 머리, 〈모든 것이 잘못되었다〉 [1]

　몇 년 전 나는 윌리엄 르그랑이라는 친구를 알게 되었다. 르그랑은 오래된 위그노 교도의 일원으로 한때는 부유했으나 불행한 일을 여러 번 당해 재산을 몽땅 잃었다. 몰락한 자의 굴욕을 감당하기 어려웠던 르그랑은 조상의 도시 뉴올리언스를 버리고 사우스캐롤라이나의 찰스턴 근처에 자리한 설리번 섬에 터를 잡았다.

　설리번 섬은 아주 독특한 섬이다. 대부분 바닷모래로 이루어졌고 지름은 5킬로미터에, 섬의 가장 넓은 곳의 폭도 400미터를 넘지 않는다. 뜸부기가 좋아하는 휴양지인 갈대밭과 늪지대

---

1) 실제 이 구절은 아서 머리의 작품 〈모든 것이 잘못되었다〉가 아니라 프레더릭 레놀드의 〈극작가〉에서 찾을 수 있다 – 옮긴이

에서 졸졸 흘러나오는 작은 개천이 설리번 섬을 큰 섬과 작은 섬으로 나누었다. 개천 근처 벌판에는 난쟁이처럼 다닥다닥 붙은 식물이 이따금 보일 뿐 초목을 찾아보기 어렵다. 나무다운 나무는 어디에도 보이지 않는다.

서쪽 맨 끝에는 몰트리 요새가 우뚝 서 있고, 여름에 찰스턴의 먼지와 열을 피해 놀러 온 사람들이 빌려 쓰는 초라한 목조 건물이 늘어선 곳에는 잎을 마구 뻗친 야자나무를 볼 수 있다. 그러나 서쪽의 이 지역과 해변에 한 줄로 펼쳐진 하얀 모래사장을 제외하면 섬 전체가 영국 원예가의 사랑을 듬뿍 받는 향기로운 도금양 덤불로 빽빽이 덮여 있다. 5~6미터나 되는 덤불이 바람에 향기를 실어 보내며 안으로 뚫고 들어가기 어려운 덤불숲을 이루고 있다.

내가 르그랑을 처음 우연히 만났을 때, 그는 섬에서 가장 외진 덤불숲 깊숙한 곳이자 동쪽에서 멀지 않은 곳에 작은 오두막을 지어 살고 있었다. 그 은둔자의 삶 속에 흥미와 존경을 자아내는 것들이 많았던 덕분에 우리는 금방 친해졌다. 르그랑은 고등교육을 받았고 인간에 대한 혐오로 찌들긴 했으나 비범한 정신의 소유자였다. 열정과 우울함이 교차하는 변덕스러운 자아를 지니고 있었다. 상당한 양의 책을 소장하고 있었지만 좀처럼 읽지 않았다. 르그랑의 가장 큰 즐거움은 사냥, 낚시, 도금양 숲과 해변을 따라 산책하면서 곤충 표본과 조개껍데기를 수집하는 일이었다. 곤충 표본 수집품은 스바메르담(네덜란드의 곤충학자 – 옮긴이)이 부러워할 정도로 훌륭했다.

르그랑은 주피터라는 나이 많은 흑인을 하인으로 두었다. 산책하러 갈 때마다 그 하인을 데리고 다녔다. 주피터는 르그랑 가족이 몰락하기 전에 노예에서 해방되었지만 누가 협박하거나 약속한 것이 아닌데도 젊은 주인님이 내려준 자유를 따르지 않고 르그랑 곁에 남았다. 르그랑의 분별력을 믿지 못하는 친척들이 이 떠돌이를 감독하고 보호할 요량으로 주피터에게 그러한 고집을 심어준 듯했다.

설리번 섬의 겨울은 혹독하지 않다. 가을엔 불을 때야 하는 경우가 드물다. 그러나 10월 중순, 18일쯤 깜짝 놀랄 정도로 날씨가 추워졌다. 나는 해가 지기 직전에 상록수를 지나 몇 주간 방문하지 않았던 친구네 오두막으로 급히 발걸음을 재촉했다. 그때 나는 섬에서 15킬로미터 정도 떨어진 찰스턴에 살고 있었고, 친구 집까지 가는 길은 오늘날의 포장된 길과 사뭇 달랐기에 거친 길 위를 빨리 걷는 것은 무척 힘든 일이었다.

오두막에 도착하자마자 습관대로 문을 쾅쾅 두드렸지만 응답이 없었다. 이미 알고 있던 비밀 장소에서 열쇠를 꺼내 문을 열고 안으로 들어갔다. 난로에 따뜻한 불꽃이 활활 타오르고 있었다. 어찌나 반가운지 여기까지 고생스럽게 찾아온 것이 헛수고가 아니라며 기뻐했다. 나는 외투를 벗고 의자 다리가 우지끈하도록 안락의자에 털썩 주저앉아 집주인이 돌아오기를 기다렸다.

어두워지자 르그랑과 주피터가 돌아와 내 방문을 환영해주었다. 함박웃음을 지은 주피터는 저녁 식사로 서둘러 뜸부기 요리를 준비했다. 르그랑은 열광의 도가니에(이 말 외에 달리 표현할 방법이 없었다) 빠져 있었다. 처음 보는 새로운 조개를 발견한 사실보다 그를 흥분하게 만든 것은 주피터의 도움까지 받아 열심히 뒤쫓아 간신히 손에 넣은 풍뎅이였다. 그 풍뎅이가 완전히 새로운 종류라 믿는 르그랑은 내일 내 의견을 물어보려고 벼르고 있었다고 흥분을 가라앉히지 못한 채 말했다.

"왜 오늘 밤이 아니고?"

완전히 새로운 종류라는 말에 기대를 품은 내가 불꽃에 손을 비비며 물었다.

"아, 자네가 여기 올 줄 알았으면 오늘 물어봤겠지! 그런데 안 본 지 한참 됐으니 말이지. 그 많은 날 중에 바로 오늘 자네가 방문할지 내가 어떻게 알았겠나? 바보같이 오는 길에 몰트리 요새에서 G중위한테 벌레를 빌려줬지 뭔가. 그러니 어차피 내일 아침까지 못 보는 거야. 오늘 밤은 여기서 주무시게. 내일 해가 뜨는 대로 주피터를 중위에게 보낼 테니. 정말 세상에서 가장 환상적인 장면이야!"

"뭐가? 해 뜨는 장면이?"

"뭐라는 거야? 해 말고! 벌레 말이야. 아주 눈부신 황금색에, 크기는 호두만 하고, 등 한쪽 끝에 새카만 점이 두 개 있고, 다른 쪽 끝에 조금 긴 점 하나가 박혀 있지. 더듬이는…."

"더듬이 같은 건 없습니다요, 주인님. 몇 번이나 말했는데요."

주피터가 끼어들었다.

"날개 빼고 안팎까지 모두 단단한 황금으로 된 벌레구먼요. 그렇게 무거운 놈은 난생처음 봅니다."

"주피터, 뜸부기 다 타게 내버려 둘 참인가?"

내가 보기에 그리 심각할 주제는 아닌데 르그랑은 정색하며 대답했다. 르그랑이 다시 내게 고개를 돌리고 말을 이었다.

"색깔이 어찌나 황금빛인지 주피터가 황금 벌레라고 생각하는 것도 무리가 아니야. 금속판처럼 번쩍거리고 윤기가 촬촬 흐르는데 자네 아마 그만한 광택은 본 적이 없을 게야. 어차피 내일 보기 전까지는 자네가 할 말이 없겠군. 그렇다면 내가 그림을 그려주지."

르그랑은 작은 탁자 앞에 앉아 펜과 잉크를 꺼내 들었지만 종이가 없었다. 서랍도 뒤졌으나 보이지 않았다.

"안 되겠구먼. 아, 참! 이게 있었지."

르그랑은 조끼 주머니에서 더러운 종잇조각을 꺼내 펜으로 대충 풍뎅이 모양을 그렸다. 여전히 추웠던 나는 르그랑이 그림을 그리는 동안 난롯불 옆을 떠나지 않았다. 그림이 완성되자 르그랑이 앉은 채로 나에게 종이를 건넸다. 종이를 받아 든 순간 무언가 문을 긁으면서 크게 으르렁거리는 소리가 들렸다. 주피터가 문을 열자 르그랑이 키우는 커다란 뉴펀들랜드(크고 털이 긴 개의 한 품종 – 옮긴이)가 뛰어들어와 앞발을 내 어깨까지 번쩍 들어 올리고 반가움을 표시했다. 전에 방문했을 때 내가 많이 예뻐했더니 아는 체를 한 것이다. 개를 쓰다듬고 나서야 친구가 그린 그림을 보았는데 정말 당황하지 않을 수 없었다.

나는 잠깐 고민하다 말문을 텄다.

"오! 정말 괴상한 풍뎅이구먼. 솔직히 고백하면 난생처음 보는 놈이야. 두개골이나 해골을 그린 게 아니라면 이런 풍뎅이는 전혀 본 기억이 없네만. 영락없이 해골이잖아."

"해골이라니!"

르그랑이 말을 이었다.

"그래, 그렇게 보이기도 하겠지. 해골같이 생기긴 했어. 위쪽에 까만 점 두 개는 눈 같고, 밑에 긴 점은 입 같고, 그리고 전체 모양이 타원이니까. 그렇지?"

"그런 것 같아. 뭐, 자네가 화가는 아니지 않나. 직접 보면 어떻게 생겼는지 알 수 있겠지."

"그렇지 않아, 좋은 선생님께 배워서 나도 웬만큼 그릴 줄 안다고. 내가 그리 멍청이도 아니고 말이야."

르그랑은 살짝 언짢아했다.

"그럼 당연히 아니지. 봐봐, 제법 그럴듯하게 그렸잖아. 생리학 표본의 대중적 시각에 비춰보면 아주 뛰어난 두개골이라고 할 수 있지. 그리고 풍뎅이가 정말 두개골을 닮았다면 그건 세상에서 가장 신비한 영물이나 다름없어. 신전 하나 세워서 거기 모셔도 될걸. 거기다 인간 머리 풍뎅이라든가 뭐 비슷한 이름을 붙여주면 잘 어울리겠네. 박물학에 비슷한 이름 많잖아. 자네가 말한 더듬이는 어디 있지?"

"더듬이가 어디 있느냐고?"

더듬이 질문에 르그랑은 알 수 없이 열을 올리기 시작했다.

"더듬이! 내가 얼마나 선명하게 그려놨는데. 보통 곤충 더듬이처럼 쉽게 찾을 수 있다고. 그 정도면 충분히 보일 텐데."

"아 그래, 그래. 잘 그렸을 것 같네만 난 어디 있는지 여전히 모르겠네."

더 이상 대꾸하지 않고 종이를 되돌려주며 르그랑이 불쾌해하지 않기를 바랐다. 상황이 갑자기 이상하게 돌아가 무척 놀랐다. 르그랑이 갑자기 불쾌해하니 나도 당혹스러웠지만 그림 어디에도 더듬이는 보이지 않고 평범한 해골만 보이는데 나더러 어쩌란 말인가.

언짢게 종이를 받아들고 구겨서 불 속에 던지기 직전 무심코 그림을 보던 르그랑이 갑자기 종이에서 눈을 떼지 못했다. 르그랑의 얼굴이 순식간에 벌게졌다가 다시 새하얘졌다. 앉아서 그림을 한참 살피더니 탁자에서 양초를 가져와 구석진 곳에 놓인 의자로 가서 다시 앉았다. 그리고 거기서 종이를 사방으로 돌려가며 자세히 관찰했다. 말없이 저러고만 있으니 당황한 나는 괜히 말을 걸어 르그랑의 성질을 돋우지 않는 편이 좋겠다고 생각했다.

르그랑은 외투 주머니에서 지갑을 꺼내 종이를 조심스럽게 지갑 안에 넣고 종이가 든 지갑을 책상 서랍 속에 보관하고 자물쇠를 채웠다. 르그랑의 모습은 훨씬 안정되었지만 조금 전까지 타오르던 열의는 온데간데없이 사라졌다. 언짢던 모습은 어디 가고 얼이 빠져버렸다. 농담을 던져보아도 제정신을 차리기는커녕 시간이 흐를수록 점점 공상에 빠져들었다. 늘 그랬던 것처럼 오두막에서 하룻밤 자고 가려 했지만, 오두막집 주인의 분위기를 보니 떠나는 편이 낫겠다 싶었다. 르그랑은 나를 붙잡지는 않았으나 내가 출발할 때 유달리 손을 꼭 쥐고 애틋하게 악수를 했다.

르그랑을 보지 못한 채 한 달이 지난 어느 날, 주피터가 찰스턴에 있는 우리 집으로 찾아왔다. 이 충실한 하인이 그렇게 풀이 죽은 모습은 본 적이 없기에 나는 르그랑에게 심각한 일이라도 생겼는지 걱정되기 시작했다.

"왜 그러나, 주피터? 무슨 일 있나? 르그랑은 잘 지내나?"

"저기, 솔직히 주인님은 잘 못 지내는구먼요."

"잘 못 지낸다고? 어떡하나. 그래, 뭐가 문제인가?"

"아, 내 말이 그 말이에요. 뭐가 문젠지 도통 모르겠어요. 그런데 진짜 많이 아프시다니깐요."

"아프다고? 주피터, 왜 나한테 바로 얘기하지 않았나? 그럼 르그랑은 누워 있는 건가?"

"아니요! 안 누워 계세요. 어디 자꾸 돌아다녀요. 그래서 더 걱정이라니까요. 불쌍한 주인님! 마음이 너무 아파요."

"주피터, 무슨 말을 하는지 도무지 모르겠네. 르그랑이 아프다며. 어디가 아픈지 말을 안 해?"

"저한테 화내도 소용없구먼요. 주인님은 괜찮다고만 하세요. 그럼 대체 뭐 때문에 유령처럼 얼굴이 허옇게 질려서 고개 처박고 어깨 힘주고 돌아다니느냔 말입니다. 온종일 암혼가 뭔가만 들고 다니고…."

"뭘 들고 다닌다고?"

"암호요, 암호. 석판에 숫자 같은 거 쓴 거. 내 참 살다 그리 괴상한 숫자 처음 봐요. 진짜 이상해요. 내가 주인님을 계속 쳐다보고 있어야겠어요. 엊그제는 해 뜨기 전에 나가서 종일 안 들어왔어요. 들어오면 때려눕혀서라도 집에 있게 하려고 몽둥이를 준비했는데 내가 바보 같아서 그러지도 못하고. 주인님 얼굴이 영 말이 아니라서요."

"뭐? 몽둥이를? 그래, 그렇게 심하게 대하면 안 되지. 때리지 말게, 주피터. 그 친구가 그걸 어찌 견디겠나. 뭐 때문에 그러는지, 왜 아픈지 짐작 가는 데라도 없나? 내가 다녀간 이후로 안 좋은 일이라도 있었나?"

"아니요, 나리께서 다녀가신 후로 안 좋은 일은 없었습니다요. 그게 아니고 그 전인 것 같은데요. 주인님이 거기 간 날, 바로 그날이요."

"뭐라고? 그건 또 무슨 말이야?"

"그러니까 제 말은, 그 벌레 때문에. 그날 그 벌레요."

"벌레라고?"

"그 벌레가 확실합니다요. 황금 벌레가 주인님 머리 어디를 물어서 그럴 거예요."

"왜 그렇게 생각하는 거지? 주피터?"

"그 발톱하며, 얼마나 끔찍한데요. 입도 그렇고요. 그리 기분 나쁜, 망할 놈의 벌레 처음 봐요. 그놈이 자기 근처에 오는 건 전부 다 덤비고 물고 그래요. 주인님이 처음에 그놈을 잡았는데 잡자마자 놓쳤어요. 그때 물린 게 틀림없습니다요. 난 그 벌레 주둥이가 꼴 보기 싫어서 내 손가락 안 쓰고 근처에 종이가 있길래 그걸로 잡았죠. 그놈 종이에 싸서 주둥이에 종이쪼가리 쑤셔 넣고 했어요. 그날 그랬습니다요."

"아, 그래서 르그랑이 풍뎅이한테 물려서 아프다고 생각한 것이로군?"

"그거 말고 도통 다른 이유가 없어요. 틀림없다니깐요. 황금 벌레에 물린 게 아니면 뭐 때문에 황금 꿈을 그리 꿉니까? 황금 벌레한테 물리면 그런 꿈 꾼다고 들었어요."

"황금 꿈을 꾸는지 자네가 어떻게 알아?"

"내가 어떻게 아느냐고요? 자면서 잠꼬대 막 하는데, 그럼 알죠. 모를 리가 있나요."

"그래 주피터, 아마 자네 말이 맞겠지. 오늘은 어떤 일로 이렇게 행차해주셨나?"

"네? 행, 뭐, 뭐라고요?"

"아니네. 르그랑이 무슨 말이라도 전해달라던가?"

"아아, 편지 갖고 왔습니다요."

나는 주피터에게 받은 편지를 펼쳐 보았다.

친구에게

자네 안 본 지 한참 되었네. 저번에 내가 시큰둥하게 굴어서 계속 기분 상해 있는 건 아닌지 걱정되는군. 아닐 거라 믿네. 자네가 다녀간 후로 내 정신을 쏙 빼놓은 일이 생겼어. 자네에게 할 말이 있는데 어떻게 말을 꺼내야 할지 모르겠군. 사실 말해야 하나, 말아야 하나 그것도 모르겠어.

지난 며칠 동안 그리 잘 지내지 못했다네. 날 챙겨주려는 건 알겠지만, 그래도 주피터가 얼마나 성가시게 하는지 내 인내심을 시험하는 것도 아니고 정말 도가 지나쳤어. 내가 이 이야기를 하면 안 믿을걸? 하루는 주피터 몰래 집에서 나가 온종일 야산을 돌아다니다 들어갔는데 아 글쎄, 주피터가 커다란 몽둥이를 들고 기다리는 거야. 내 얼굴이 힘들어 죽을 것 같지 않았다면 난 몽둥이질을 피할 수 없었을 게야. 그렇지만 자네가 우리 집을 다녀간 후로 진열장에 새로운 수집품을 올려놓진 않았다네.

자세한 건 만나서 이야기하고, 괜찮다면 주피터와 함께 와주지 않겠나? 꼭 와주게! 정말 중요한 일을 해야 하니 오늘 밤 봤으면 좋겠군. 날 믿으시게. 정말로 세상에서 가장 중요한 일이라네.

윌리엄 르그랑 보냄

편지 속에 담긴 말투가 나를 아주 불안하게 만들었다. 평소에 르그랑이 보여준 모습과 완전히 딴판이었다. 르그랑은 어떤 꿈을 꾸는 것일까? 또 어떤 유별난 생각이 쉽게 흥분하는 르그랑의 두뇌를 사로잡은 것인가? 어떤 '세상에서 가장 중요한 일'을 해야 하는가? 주피터의 설명으로 미루어보면 상황이 좋지 않은 것 같았다. 불행이 겹쳐 찾아오자 그 중압감에 못 이겨 정신을 놓은 것은 아닌지 두려웠다. 나는 한순간도 지체하지 않고 주피터를 따라나섰다.

부두에 도착해서 배에 올라타는데 바닥에 새것으로 보이는 낫 하나와 삽 세 자루가 놓여 있었다.

"주피터, 이게 다 뭔가?"

"낫이랑 삽입니다요."

"누가 그걸 몰라서 묻나, 이게 여기 왜 있느냐고?"

"주인님이 읍내에 가서 사 오라고 시켰습니다요. 이 망할 것을 사느라 돈이 얼마나 많이 들었는지…."

"아니 주피터 이 친구, 지금 나랑 수수께끼 놀이를 하나. 대체 자네의 주인님은 낫과 삽으로 뭘 하려는 거지?"

"전들 알겠습니까! 주인님도 모른다에 내 손모가지를 걸겠구먼요. 이게 전부 다 그 망할 놈의 벌레 때문이에요."

모든 사고력이 '그 망할 놈의 벌레'에 흡수당한 주피터에게 만족스러운 대답을 얻기란 그른 듯했다. 나는 배에 올라타 섬으로 향했다. 배는 순풍을 타고 순조롭게 몰트리 요새 북쪽 작은 해안에 닿았고 우리는 해안에서 3킬로미터를 걸어 오두막에 도착했다. 시계가 오후 3시를 가리키고 있었다. 르그랑은 부푼 기대를 안고 우리를 기다렸다. 나를 보자마자 손을 꼭 잡고 어찌나 격하게 반기는지 내심 품었던 불안과 의혹이 더욱 커졌다. 죽은 사람처럼 안색이 창백한데다 눈은 움푹 꺼지고, 무언가를 갈망하듯 번득이는 눈빛도 정상이 아니었다. 그의 몸 상태를 진찰하면서 G중위에게 풍뎅이를 아직 받지 못했다면 어떻게 말해야 할까 고민하며 조심스럽게 말을 꺼냈다.

"그 벌레는 어떻게 되었나? 돌려받았나?"

"아, 받았지."

르그랑이 억센 말투로 대답했다.

"다음 날 아침에 받았다네. 내가 풍뎅이를 G중위에게 줄 이유는 없지 않은가. 참, 주피터 말이 사실이란 거 알고 있나?"

"어떤 말?"

슬픈 예감을 억누르며 물었다.

"그 풍뎅이가 진짜 황금 벌레라는 것 말일세."

자못 진지한 친구의 태도 때문에 내가 받은 충격은 말로 다 표현할 수가 없다. 그는 의기양양한 미소를 지으며 말을 이었다.

"이 벌레가 나에게 행운을 가져다줄 거야. 우리 집안의 부를 회복시켜줄 거야. 내가 이놈을 잡았다니 정말 놀랍지 않나? 행운의 여신이 내게 부를 하사하기로 마음먹었으니 황금의 지표, 이 풍뎅이만 올바르게 사용하면 나는 황금 밭에 도착할 수 있을 걸세. 주피터, 풍뎅이를 가져오게!"

"뭐라고요! 그 벌레 말입니까, 주인님? 싫습니다요, 그 골칫덩어리를 벌레를…. 주인님이 직접 갖고 오세요."

르그랑이 과장된 몸짓으로 일어나더니 유리병에서 벌레를 꺼내 나에게 가져왔다. 정말 눈부시게 멋진 풍뎅이였다. 지금까지 곤충학자에게 알려지지 않은 종류이니 과학적 관점에서는 대단한 수확임이 틀림없었다. 등 한쪽 끝에 둥글고 까만 점 두 개가 있고 다른 쪽 끝에 긴 점이 하나 있었다. 껍데기는 금빛으로 반질반질 윤이 나고 무게도 대단히 무거워 주피터가 진짜 황금으로 된 벌레라 말한 것도 무리가 아니었다. 아무리 그래도 르그랑까지 주피터의 의견에 동조하다니 도무지 이해가 되지 않는 노릇이었다.

풍뎅이 관찰을 끝내자 르그랑의 허풍이 계속되었다.

"운명의 여신이 내게 예비해준 길을 어떻게 성공적으로 수행할 것인가! 자네 조언을 듣고 도움을 받고자 연락했다네. 그리고 그 벌레…."

친구의 말을 끊으며 애원하듯 말했다.

"이, 친구야. 자네 몸이 많이 불편한 것 같아. 쉬는 게 낫겠네. 좀 누워 있으시게. 자네가 회복될 때까지 내가 여기 머물겠네. 아무래도 열이 있는 것 같아. 그리고…."

"자, 여기 맥 짚어보게."

르그랑이 손을 내밀었다. 열은 전혀 없었다. 맥박도 정상이었다.

"열은 없지만 많이 아픈 것 같아. 이번에는 내 말을 좀 따르게. 일단 눕고⋯."

"아냐, 자네가 잘못 판단했어. 난 멀쩡해, 단지 너무 흥분되어 어쩔 줄 모르겠다고. 내가 정말 편안하기 바란다면 이 흥분을 좀 가라앉혀 주게."

"어떻게 하면 되나?"

"아주 쉽지. 난 주피터와 야산에 올라가 할 일이 있어. 그런데 믿을 만한 사람이 날 좀 도와줘야 해. 자네야말로 우리가 믿을 수 있는 유일한 사람 아닌가. 성공하든 실패하든 그렇게 하면 내 흥분이 좀 가라앉을 거야."

"그래, 정말이지 자네를 돕고 싶어. 그러니까 자네 말은 이 망할 놈의 풍뎅이가 야산에서 할 작업과 관련이 있다, 이거지?"

"그렇지."

"르그랑, 그런 말도 안 되는 일에 끼어들고 싶지 않아."

"미안하네, 정말 미안해. 우리끼리 가도 된다네."

"그래, 자네들끼리 가! 이 사람, 정말 미친 게 틀림없어! 잠깐만, 얼마나 있다가 올 거지?"

"아마 밤새 있을 것 같아. 지금 바로 출발하면 내일 해가 뜨기 전까지 돌아올 수 있을 거네."

"그 터무니없는 일이 끝나고 벌레 사업이(오! 신이시여!) 흡족하게 마무리되면 집에 돌아와 의사인 내 충고를 무조건 따르겠다고 약속해주겠나?"

"좋아, 약속하지. 이제 우린 출발하겠네. 여기서 허비할 시간이 없거든."

나는 무거운 마음으로 친구를 따라나섰다. 르그랑, 주피터, 르그랑의 애완견 울프와 나 이렇게 넷이서 오후 4시에 집을 나섰다. 주피터가 부득부득 우겨 낫과 삽을 모두 들었는데 근면함과 공손함에서 우러나온 마음이라기보다 미덥지 못한 주인의 손에 연장을 맡길 수 없다는 판단 때문이었다. 가는 내내 고집스럽게 연장을 쥔 주피터의 입에서는 '그 망할 놈의 벌레'가 떠날 줄 몰랐다. 나는 등불 두 개를, 르그랑은 긴 끈으로 묶은 벌레를 들었다. 르그랑은 무슨 마법사라도 된 것처럼 벌레를 앞뒤로 흔들면서 걸었다. 아, 확실히 미쳤구나! 간신히 눈물을 참았다. 어쨌거나 지금은 친구의 상상에 맞장구쳐주는 것이 최선일 것이다. 적어도 르그랑을 한 번에 제압할 강력한 조치를 취하기 전까지는. 나는 이 도보의 목적을 알아보려 애썼지만 헛수고였다. 내가 하는 모든 질문에 르그랑은 '곧 알게 될 거야!'라는 답변만 되풀이할 뿐, 날 끌어들이는 데 성공한 친구는 사소한 대화조차 꺼렸기 때문이다.

돛단배로 섬 앞쪽에 놓인 개천을 지나 설리번 섬 옆에 있는 큰 섬으로 이동한 우리는 해안의 높은 지대에 올라 사람의 발길이 닿지 않은 적막하고 황량한 벌판을 지나 북서쪽으로 향했다. 미리 익혀둔 지형지물이 맞는지 확인하기 위해 잠깐씩 멈출 뿐 르그랑은 꿋꿋하게 길을 안내했다.

그렇게 두 시간을 걸어 이전보다 수십 배는 더 적막하기 짝이 없는 벌판에 들어섰을 때, 태양이 막 저물고 있었다. 우리가 들어선 고원은 발도 못 댈 험한 산꼭대기가 우뚝 솟아 있고, 아래부터 정상까지 나무가 빽빽이 들어서 금방이라도 계곡으로 굴러떨어질 것 같은 험준한 바위 덩어리를 아슬아슬하게 지탱하고 있었다. 사방으로 난 깊은 골짜기는 고요한 침묵을 더했다.

우리가 도착한 곳은 두꺼운 가시덤불이 무성하게 자라 낫 없이 뚫고 가는 건 힘들어 보였다. 앞쪽에는 떡갈나무 몇 그루와 함께 어마어마하게 커다란 튤립나무가 무성한 잎과 활짝 뻗은 가지를 선보이며 그 웅장함과 아름다움을 뽐냈다. 주인의 명에 따라 주피터가 낫을 휘둘러 튤립나무 아래까지 길을 내기 시작했다. 나무 앞에 도착하자 르그랑이 주피터에게 몸을 돌려 나무에 오를 수 있겠냐고 물었다. 나이 든 하인은 잠시 대답이 없다가 나무둥치로 다가가 둘레를 느릿느릿 돌며 나무를 자세히 관찰하더니 대답했다.

"네, 주인님. 주피터가 못 올라가는 나무는 없구먼요."

"그럼 최대한 빨리 올라가. 좀 있으면 너무 어두워서 우리가 찾는 걸 못 볼 수도 있으니까."

"얼마나 올라갑니까요, 주인님?"

"일단 나무에 올라가. 그러면 얼마나 가야 하는지 알려주지. 아, 그리고 잠깐만! 이 풍뎅이를 가져가게."

"벌레를요, 그 황금 벌레요!"

주피터가 경악하며 뒷걸음질쳤다.

"도대체 나무에 올라가는 데 그 벌레가 왜 필요합니까요? 안 올라갈 겁니다!"

"주피터, 너처럼 덩치 큰 흑인이 작고 무해한 죽은 풍뎅이를 잡는 게 무섭다면 풍뎅이를 묶은 이 끈을 잡아. 뭐 어찌 들고 가 건 다 좋네만 안 가져간다고 계속 우기면 이 삽으로 머리를 박 살 낼 줄 알아."

주피터는 그 말을 듣고 창피해졌는지 주인의 말을 따르기로 했다.

"뭐라고요, 주인님? 항상 이 늙은 흑인에게 까다로운 것만 시 키고. 그냥 농담이라니깐요. 벌레를 무서워하다니요! 내가 벌 레를 왜 무서워합니까요?"

주피터는 벌레가 최대한 자기 몸과 떨어지도록 줄 끝을 살짝 잡고 나무에 오를 준비를 했다.

미국 삼림지의 나무 중 가장 아름다운 튤립나무와 백합 나무 는 어릴 때 옆 가지도 나지 않고 기둥이 아주 매끈하게 높이 솟 는다. 그러다 나이가 들면 짧은 가지가 줄기에서 쑥쑥 뻗어 나 와 나무껍질이 울퉁불퉁하고 거칠어진다. 그래서 겉보기에는 타기가 어려워 보이지만 실제로 까다롭지 않다. 주피터는 팔과 무릎으로 나무 기둥을 바짝 껴안고 두 손으로는 잔가지를 붙잡 고 맨발을 다른 가지에 올리며 어기적어기적 기어올랐다. 한두 번 떨어질 뻔했지만 무사히 첫 번째 큰 가지에 도착했다. 이로 써 나무 타기는 성공한 것과 다름없었다. 비록 땅에서 2미터 높 이에 오른 것이지만 큰 고비는 넘겼다.

"이제 어디로 갑니까요, 주인님?"

"이쪽에 난 가지로 올라가게."

르그랑이 대답하자 하인은 큰 어려움 없이 가지를 죽죽 타고 올라갔다. 무성한 나뭇잎에 가려 앉은 모습이 보이지 않게 되었다. 고함치는 듯한 주피터의 목소리가 들렸다.

"얼마나 더 올라갑니까요?"

"네가 얼마나 높이 올라갔는데?"

르그랑이 되물었다.

"아주 높은데요. 나무 꼭대기 사이로 하늘이 보입니다요."

"하늘은 됐고, 내 말에 집중하게. 아래 굵은 나뭇가지 보이지? 자네 아래, 이쪽 부분 가지가 몇 개인지 세어봐. 가지를 몇 개 지났나?"

"하나, 둘, 셋, 넷, 다섯 개요. 큰 가지 다섯 개를 지났습니다요. 주인님, 이쪽 부분요."

"그럼 가지 하나만 더 올라가."

몇 분 후 일곱 번째 가지에 도착했다는 목소리가 들렸다.

"그럼 이제, 주피터."

르그랑은 눈에 띄게 흥분해 소리쳤다.

"네가 갈 수 있는 만큼 최대한 가지 바깥으로 가봐. 뭔가 이상한 게 보이면 나한테 말해주게."

이제 이 불쌍한 친구가 미친 게 아닐 수도 있다는 한 줌의 희망마저 완전히 사라졌다. 친구가 광기에 시달리고 있다고 결론을 내릴 수밖에 없었다. 아, 이 친구를 어떻게 집에 데려간단 말인가! 좋은 방법을 고민하는 동안 주피터의 목소리가 다시 들렸다.

"멀리까지 가기 좀 어려운데요. 가지가 죽었다고요."

"가지가 죽었다고, 주피터?"

르그랑의 목소리가 떨렸다.

"네, 주인님, 완전히 죽었구먼요, 확실히 맛이 가버리셨어요, 벌써 이 세상 놈이 아니라니깐요."

"이런! 이제 어떡하지?"

르그랑이 아주 난처해하자 기회다 싶어 재빨리 끼어들었다.

"이렇게 하세. 이제 집에 가는 거야. 그리고 누워 있게. 지금 가자고! 그래야 좋은 친구지. 많이 늦지 않았나, 나랑 한 약속 기억하고 있지?"

"주피터, 내 말 들리나?"

르그랑은 내 말에 조금도 귀 기울이지 않고 하늘에다 소리쳤다.

"네, 주인님. 아주 잘 들립니다."

"칼로 나무를 잘라 안이 어느 정도 썩었는지 보게."

잠시 후 주피터의 대답이 돌아왔다.

"썩었습니다요, 주인님. 생각보다 그리 많이 썩진 않았네요. 나 혼자면 딱 갈 수 있는 정도인데요."

"혼자라니! 그게 무슨 말이야?"

"벌레 때문에요. 벌레가 좀 무거워야지요. 벌레를 떨어뜨리면 나 혼자 무게로 가지가 부러질 것 같진 않거든요."

얼굴에는 한시름 놓은 듯한 안도감이 묻어났지만 르그랑은 다시 고래고래 소리를 질렀다.

"이 사기꾼 날강도야! 그런 허튼수작에 내가 넘어갈 줄 알아? 떨어뜨리기만 해봐. 목을 분질러놓을 테니. 알겠어? 주피터, 내 말 들려?"

"네, 주인님, 아주 잘 들립니다요. 생각만 해도 끔찍하네요."

"자, 이제 잘 들어! 벌레 버리지 말고 버틸 만한 곳까지 최대한 멀리 가게. 내려오면 은화 한 닢을 선물로 주지."

"가고 있습니다요, 주인님. 열심히 가고 있습니다요. 이제 거의 끝입니다요."

"끝이라고! 아니 진짜 끝이야?"

르그랑이 꽥 소리를 질렀다.

"아니, 그러니까 조금만 더 가면 끝입니다요. 아아아아아악! 이게 뭐야! 아니, 나무에 대체 왜 이런 게 있는 거야?"

"그게 뭔데?"

주피터의 비명에 르그랑이 아주 기뻐하며 물었다.

"해골인데요. 누가 나무 위에 머리를 매달았어요. 까마귀들이 살점을 다 뜯어먹었어요."

"해골이란 말이지! 그래, 좋아! 그게 가지에 어떻게 묶여 있나? 무엇으로 고정해놨지?"

"고정해놓긴 했는데요, 주인님, 좀 더 봐야겠어요. 참 신기하네요. 해골 안에 큰 못으로 고정해놨어요."

"자, 그럼 주피터, 내가 말한 그대로 하게. 지금 내 말 잘 듣고 있나?"

"네, 주인님."

"집중해야 해! 해골의 왼쪽 눈을 찾아봐."

"알겠구먼요! 아, 그런데 눈이 하나도 없습니다요."

"이 바보야! 오른손이랑 왼손은 구분할 줄 아나?"

"알죠, 당연히 알죠. 장작 패는 손이 왼손이잖아요."

"그렇지! 자넨 왼손잡이니까. 왼손과 같은 방향에 있는 게 왼쪽 눈이야. 이제 해골의 왼쪽 눈, 아니 왼쪽 눈이 있던 자리를 찾을 수 있겠지? 찾았나?"

한참 조용하더니 주피터가 다시 물었다.

"해골 왼쪽 눈도 해골 왼손과 같은 방향입니까요? 해골한테 손이 없어서요. 아, 걱정 마세요! 지금 찾았구먼요. 여기가 왼쪽 눈이네요! 이제 왼쪽 눈하고 뭘 합니까요?"

"그 안으로 풍뎅이를 넣어보게, 줄을 최대한 내려서. 줄은 절대 놓치면 안 돼."

"그리 했습니다요, 주인님. 눈구멍에 벌레 넣기는 쉽지요. 밑에서 벌레 찾아보세요!"

대화가 오가는 동안 주피터의 모습은 전혀 보이지 않았다. 이제 막 내려온 풍뎅이는 언덕 위를 희미하게 스치며 저무는 햇빛을 반사해 금빛 공처럼 반짝였다. 풍뎅이는 나뭇가지가 없는 곳에 대롱대롱 매달려, 떨어진다면 우리 발아래 착지할 것이다. 르그랑은 낫을 들어 곤충 바로 아래 지름 3~4미터의 둥근 자리를 내고, 주피터에게 줄을 놓고 나무에서 내려오라고 지시했다.

풍뎅이가 떨어진 지점에 말뚝을 박은 친구는 이제 줄자를 꺼내더니 줄자 한쪽 끝을 말뚝과 가장 가까운 나무 기둥에 붙이고 말뚝까지 줄자를 펼쳤다. 그 방향 그대로 말뚝에서 15미터 더 뻗어나갔다. 주피터가 낫으로 그곳에 자란 가시덤불을 잘라냈다. 르그랑은 여기에 두 번째 말뚝을 박고 그 말뚝을 중심으로 지름 1미터의 원을 대강 그렸다. 이제 삽 하나를 직접 쥐고 다른 하나는 주피터에게, 세 번째 삽은 나에게 준 다음 최대한 빨리 땅을 파라고 요청했다.

솔직히 나는 이런 놀이에 정말 취미가 없는데다, 밤은 오고 지금껏 한 운동만으로도 엄청나게 피곤한 상태라 르그랑의 요청을 극구 사양하고 싶었다. 어떻게 빠져나와야 할지 모르기도 했지만 내 거절 때문에 불쌍한 친구가 평정심을 잃을까 염려되었다. 주피터가 도와주기만 한다면 조금도 망설이지 않고 이 미치광이를 강제로 집에 끌고 갔을 것이다. 그러나 내가 르그랑과 다툴 때 그 어떤 상황이라도 늙은 하인이 나를 돕지 않으리란 것을 잘 알고 있었다. 르그랑은 보물섬 같은 남부 지방의 미신에 감염되었는데 풍뎅이를 발견한 덕분에 그 상상에 날개가 돋고, 끊임없이 되뇌는 주피터의 '진짜 금으로 된 벌레' 덕분에 상상이 확신으로 변한 게 분명하다. 광기에 장악당한 마음은 그러한 제안, 특히 자신이 가장 좋아하는 제안에 손쉽게 이끌린다. 아까 풍뎅이를 '황금의 지표'라 말하지 않았던가. 몹시 짜증 나고 난처한 상황이지만 이왕 여기까지 왔으니 너그러운 마음으로 땅을 파주리라. 자신의 공상이 얼마나 허망한지 곧 깨닫게 되겠지.

등불이 밤을 밝혀주는 가운데 우리는 이유도 없이 열정적으로 땅을 팠다. 눈부신 불빛 아래 정신없이 땅을 파대는 우리 모습이 얼마나 강렬하게 보일지, 누가 보면 우리를 얼마나 수상하게 여길지 불을 보듯 뻔했다.

그렇게 두 시간 동안 땅을 팠다. 그 누구도 말하지 않았다. 시끄러운 소리라고는 울프가 관심 끌려고 짖는 소리뿐이었다. 개가 정신없이 날뛰는 바람에 누가 그 소리를 들을까 걱정되었다. 아니 정확히 말하면 르그랑의 걱정일 뿐이었다. 누구라도 작업을 방해해 이 떠돌이를 집에 데려갈 수 있게만 해주면 나로선 아주 기쁠 것이다. 주피터가 울프 곁으로 가 멜빵으로 짐승의 입을 묶고는 흐뭇하고 음흉한 웃음을 띠며 돌아온 덕분에 주위는 다시 조용해졌다.

얼마나 시간이 흘렀을까. 우리는 구덩이를 1.5미터나 파냈지만 보물은 나타날 기미도 보이지 않았다. 모두가 지쳐 삽을 내려놓았다. 나는 드디어 이 우스꽝스러운 짓이 끝나는구나 하고 희망에 부풀었다. 르그랑은 아주 혼란스러워했다. 그런데 이마를 쓱 닦더니 다시 일을 시작했다. 지름 120센티미터였던 구덩이를 조금 더 넓히고 깊이를 60센티미터 더 팠다. 여전히 아무것도 보이지 않았다. 가엾디가여운 우리의 보물 사냥꾼은 온몸에 쓰린 실망을 새기고 구덩이를 기어올라 벗어놓은 외투를 마지못해 느릿느릿 집어 들었다. 나는 아무 말 하지 않았다. 주피터는 주인의 신호에 따라 연장을 모으고 개의 주둥이를 풀었다. 우리는 깊은 침묵 속에 집으로 향했다.

한 열두 걸음 걸었나, 갑자기 르그랑이 욕설을 날리며 주피터 앞으로 날듯이 뛰어가 멱살을 잡았다. 깜짝 놀란 하인은 눈이 있는 대로 커지고 입이 쩍 벌어진 채 삽을 떨어뜨리고 넘어져 무릎을 꿇었다.

"이 천하의 몹쓸 놈!"

르그랑은 앙다문 이 사이로 한 음절, 한 음절을 뱉었다.

"극악무도한 자식! 말해봐! 똑똑히 대답해! 네 왼쪽 눈이 어디야?"

"아이고, 주인님! 왜 이러십니까, 이쪽이 왼쪽 눈이잖아요?"

겁에 질린 주피터가 오른쪽 눈을 가리키며 대답했다. 그리고 주인이 자기 눈을 뽑기라도 할까 봐 얼른 손으로 눈을 가렸다.

"그럼 그렇지! 그럴 줄 알았어. 야호!"

르그랑이 신나게 소리 지르고 폴짝폴짝 뛰며 빙그르르 돌자 어리둥절한 하인은 말없이 일어나 주인을 보다가 나를 한 번 쳐다보고 다시 주인을 바라보았다.

"이리 와! 다시 돌아가야 해. 게임은 아직 끝나지 않았어."

르그랑은 우리를 다시 튤립나무로 이끌었다.

"주피터. 이리 와봐! 해골이 어떻게 박혀 있었지? 얼굴이 나뭇가지 쪽을 향했나, 바깥쪽을 향했나?"

"바깥쪽을 보고 있었습니다요, 주인님. 그러니까 까마귀가 눈을 쉽게 파먹었지요."

"그럼 네가 풍뎅이를 떨어뜨린 눈이 이쪽 눈이야, 저쪽 눈이야?"

르그랑이 주피터의 눈을 가리키며 다시 물었다.

"이쪽 눈입니다요, 주인님. 왼쪽 눈이요. 주인님이 말한 대로요."

주피터가 오른쪽 눈을 가리키며 대답했다.

"그럼 다시 시작해야겠군."

내가 본, 아니 보았다고 생각한 광기 속에 어떤 규칙이 존재하는 듯 내 친구는 풍뎅이가 떨어진 지점에서 말뚝을 빼 서쪽으로 8센티미터 이동하여 다시 박았다. 그리고 예전처럼 말뚝과 가장 가까운 나무 기둥에 줄자를 붙이고 말뚝을 거쳐 일직선으로 15미터 연장했다. 그 지점은 우리가 팠던 곳과 몇 미터 떨어진 곳이었다.

그곳에 전보다 좀 더 큰 원을 그리고 다시 삽을 들어 땅을 팠다. 힘들어 쓰러지기 직전인데 이상하게도 마음속에 알 수 없는 변화가 생겨, 이 노동이 싫지 않았다. 내 심장은 말로 표현하기 어려운 어떤 흥미, 아니 흥분으로 두근댔다. 터무니없이 느껴지는 르그랑의 행동 속에 숨은 신중함이 깊은 인상을 남겼기 때문일까? 열정적으로 땅을 파는 내 모습은 불쌍한 친구를 미치게 만들었던 보물의 환상에 전염된 듯했다.

그렇게 생각이 바뀌어 한 시간 반을 땅을 파냈을 때 또다시 개가 길게 울부짖었다. 그저 놀고 싶어 부리는 일시적 변덕이라 여겼는데 울음이 제법 비장하고 심각한 기색을 띠었다. 주피터가 다시 개의 입을 묶으려 하자 이번에는 개가 맹렬히 저항하더니 구덩이로 뛰어들어 미친 듯이 발톱으로 흙을 파헤쳤다. 몇 초 후, 두 사람은 되어 보이는 인간의 뼈가 금속 단추, 썩은 옷가지와 뒤섞여 모습을 드러냈다. 삽으로 한두 번 더 팠더니 커다란 스페인 칼의 칼날이 나타났고 더 파내니 금화와 은화 서너 개가 보이기 시작했다.

이 광경에 주피터는 기쁨을 감추지 못했지만 르그랑의 얼굴은 실망한 기색이 뚜렷했다. 그래도 르그랑은 땅을 계속 파자고 재촉했다. 르그랑이 말을 하자마자 나는 땅속에 반쯤 묻힌 커다란 쇠고리에 신발이 걸려 앞으로 넘어졌다.

이때 정신없이 땅을 판 시간보다 더 강렬한 흥분의 순간을 보낸 적이 없으리라. 우리는 직사각형의 나무 상자 하나를 파냈다. 완벽한 보존 상태와 견고함으로 볼 때, 승홍(염화제2수은, 독성이 강한 화합물 – 옮긴이) 같은 화학 약품으로 방부처리를 한 것 같았다. 높이 1미터, 폭 90센티미터, 깊이 80센티미터에 연철로 띠를 둘러 못을 박았고 전체에 격자무늬를 새겼다. 나무 상자 옆면의 윗부분에는 쇠고리가 세 개씩 총 여섯 개가 달려 여섯 명이 들게 되어 있었다. 셋이서 젖 먹던 힘까지 다 짜내어 들어봐도 보물 상자는 겨우 들썩일 뿐이어서 우리 힘으로 상자를 나르기는 불가능했다. 다행히 뚜껑의 유일한 잠금장치가 밀어젖힐 수 있는 빗장 두 개로 만들어졌다. 두근거리는 가슴을 억누르고 빗장을 밀어냈다. 환상적인 보석들이 눈앞에 반짝였다. 등불이 구덩이 안으로 흘러들자 현란한 황금과 보석 더미는 눈이 부시도록 휘황찬란한 빛을 번쩍번쩍 반사했다.

보석을 보았을 때 느낌을 어떻게 묘사해야 좋을지 모르겠다. 숨이 막히도록 놀란 것은 말할 것도 없다. 르그랑은 너무 흥분해서 기절한 것 같았다. 말문까지 막혔나 입도 뻥끗하지 못했다. 주피터는 한동안 얼굴이 하얗게 질려 백인으로 변해버리나 싶었다. 충격을 심하게 받아 정신이 나간 듯 서 있다가 이내 털썩 주저앉더니 사치스러운 목욕이라도 즐기듯 두 팔을 황금 속에 묻고 움직일 줄 몰랐다. 그리고 길고 긴 한숨을 쉬더니 독백처럼 소리쳐댔다.

"이게 다 그 황금 벌레 덕분이야! 아이고, 예쁜 놈! 작고 불쌍한 황금 벌레. 그런데 그리 욕만 하다니! 이놈아, 창피한 줄은 아나? 어디 대답을 해보라고!"

보물을 옮기려면 주인과 하인, 두 사람을 제정신으로 돌려놓아야 했다. 밤은 점점 깊어가고 해가 뜨기 전까지 보물을 옮기려면 온 힘을 다해도 모자랄 것 같았다. 무엇을 어떻게 해야 할지 몰라 우왕좌왕 헤매면서 시간을 허비했다. 생각이 뒤죽박죽 얽혔다. 드디어 상자 안의 보석을 3분의 2 정도 덜어내고 구덩이에서 상자를 간신히 끌어올리는 것까지 성공했다. 밖에 꺼낸 보석은 울프가 지키게 하고, 우리가 돌아올 때까지 그 자리를 벗어나지 말고 짖지도 말라고 주피터가 엄명을 내렸다. 우리는 상자를 들고 서둘러 집으로 향했다. 뼈 빠지게 고생한 끝에 무사히 오두막에 도착했다. 새벽 1시가 되었다. 녹초가 된 몸을 당장 또 움직이는 것은 인간의 한계를 벗어나는 일이었다. 2시까지 쉬면서 늦은 저녁을 먹었다. 식사를 마치자마자 집에 있던 튼튼한 자루 세 개를 들고 야산으로 출발했다. 4시가 좀 못되어 구덩이에 도착한 우리는 나머지 보석을 자루에 나누어 담고 구덩이를 그대로 놔둔 채 오두막으로 향했다. 황금을 오두막에 모두 옮겼을 때, 새벽을 깨우는 한 줄기 빛이 동쪽 나무 끝자락에서 희미하게 밝아왔다.

집에 오자 모두 뻗어버렸지만 가슴 뛰는 흥분은 우리에게 잠도 허락하지 않았다. 서너 시간 눈을 붙인 우리 셋은 약속이나 한 듯 깨자마자 보물을 확인하러 갔다.

상자를 가득 채운 보물을 일일이 확인하느라 온종일을 보내고 다음 날 밤까지 보냈다. 보기 좋은 순서 같은 것은 없었다. 보석들은 뒤죽박죽 섞여 있었다. 종류별로 분류해놓고 보니 처음 생각했던 것보다 훨씬 어마어마한 값어치의 보물이었다. 금화만 현 시세로 5만 달러하고도 400달러 남짓 될 것 같았다.

은화는 보이지 않았다. 프랑스 동전부터, 스페인, 독일, 영국의 기니, 생전 처음 보는 동전까지 종류도 다양한 골동품 금화가 수두룩했다. 너무 닳아 새겨진 문양을 알아볼 수 없는, 아주 크고 무거운 금화도 눈에 띄었다. 미국 동전은 없었다.

보석의 값어치는 더욱 계산하기 어려웠다. 작은 놈은 취급도 하지 않은 듯, 크고 멋진 다이아몬드 110개, 눈부신 루비 18개, 아름다운 에메랄드 310개, 사파이어 21개, 오팔 1개가 들어 있었다. 보석은 모두 장식품에서 떼어낸 뒤 상자 속으로 던져진 것 같았다. 황금 속에서 골라낸 장식품은 원래 무엇이었는지 알아보지 못하게 망치로 두들겨놓았다. 이외에도 엄청난 순금 장신구가 가득했다. 반지와 귀걸이 200여 개, 목걸이 30개, 크고 무거운 십자가 83개, 값비싼 황금 향로 5개, 포도 잎사귀와 술 마시는 사람들이 화려하게 새겨진 금 그릇 1개, 아름다운 무늬가 아로새겨진 칼자루 2개, 이외에도 다 기억도 하지 못할 보석들이 수없이 많았다. 그 무게만도 160킬로그램을 넘었다. 멋들어진 황금 시계 197개를 아직 포함하지도 않았는데 말이다. 197개의 시계 속에는 500달러는 족히 되어 보이는 시계도 3개나 들어 있었다. 시계 대부분이 오래되고 부식되어 시계 본래의 기능은 멈췄지만 호화로운 보석으로 장식돼 값어치가 있었다. 상자 속 보석은 전부 150만 달러는 될 것 같았다.

이후에(직접 쓰려고 몇 개만 남겨놓고) 자질구레한 장신구와 보석을 팔았을 때 우리가 보물의 값어치를 한참 과소평가했다는 사실을 깨달았다. 보물을 완전히 정리하고 흥분이 가라앉자 이 수수께끼 같은 일의 전모가 궁금해 죽을 것 같은 나에게 르그랑이 사건을 상세히 설명해주었다.

"내가 자네에게 풍뎅이 그림을 대충 그려서 넘겨준 날을 기억하고 있을 거야. 물론 자네가 그림이 해골을 닮았다고 하는 바람에 내가 불쾌해했었다는 것도 기억할 테지. 자네 말을 듣고 농담을 하는 건가 생각했지. 풍뎅이 위의 점을 생각해보니 뭐 그렇게 생각할 수도 있겠다 싶었어. 그래도 내 그림 실력을 비웃는 것 같아 불쾌했지만 말이야. 나름 내 그림 실력을 자부하고 있었는데! 그래서 자네가 나에게 양피지 조각을 다시 넘겼을 때 구겨서 불 속에 던지려 했었지."

"종잇조각 말이지?"

"아니라네, 종이처럼 생겼지만 종이가 아니야. 사실 나도 처음에 종이라 생각했는데 거기 그림을 그렸을 때 바로 알겠더라고. 아주 얇은 양피지 조각이었어. 자네도 기억하다시피 아주 지저분한 조각이었네. 내가 그걸 구기려는 순간 자네가 본 그림을 나도 보게 된 거야. 풍뎅이를 그린 곳에 해골이 있었으니 내가 얼마나 놀랐을지 상상이 가나? 놀라 자빠져 정신이 나가는 줄 알았다니까. 전체 윤곽이 비슷할지 몰라도 내 그림은 해골과 완전히 달랐어.

난 촛불을 가져와 방 한구석에 앉아서 양피지를 자세히 관찰했다네. 돌려보니까 내 그림은 반대쪽에 그대로 그려져 있더군. 정말 무섭도록 놀라운 우연의 일치였어. 하필 내 풍뎅이 그림 바로 맞은편에 풍뎅이와 윤곽도 비슷하고 크기도 비슷한 해골이 있다니 이 얼마나 기가 막힌 우연이야. 한동안 할 말을 잃었지 뭔가. 그럴 수밖에. 분명히 이 기이한 현상을 설명할 방법이 있을 거라 고민했지만 알 도리가 없었어. 더더욱 온몸이 얼어붙는 것 같았어.

그렇게 얼빠진 상태에서 점점 정신이 드니 이 기막힌 우연보다 더 나를 경악하게 만드는 사실이 떠올랐어. 내가 풍뎅이 그림을 그릴 때 분명히 양피지에 아무 그림도 없었다는 거야. 확실해! 깨끗한 부분을 찾는다고 여기저기 돌려봤거든. 해골 그림이 있었으면 내가 그걸 왜 못 알아봤겠나. 그거야말로 내가 설명할 수 없는 수수께끼였어. 그 순간에도 내 지성의 깊은 비밀의 방에서는 어젯밤과 같은 흥미진진한 모험의 예감이 희미하게 반짝였던 것 같아. 일단 양피지를 잘 보관하고 내가 혼자 있을 때까지 나머지 생각은 미뤄두기로 했지.

자네가 가고 주피터가 잠들었을 때 이 문제를 찬찬히 조사했다네. 먼저 양피지가 어떻게 내 손에 들어오게 됐는지 생각해봤지. 풍뎅이를 찾은 곳은 섬에서 동쪽으로 꽤나 떨어진 큰 섬의 해안가였다네. 만조에 물이 차는 곳에서 별로 멀지 않은 곳이야. 풍뎅이를 잡았을 때 그놈이 나를 물어서 풍뎅이를 떨어뜨렸다네. 풍뎅이가 주피터에게 날아가자 조심스러운 주피터는 그놈을 잡기 전에 나뭇잎 같은 게 없나 둘러보았지. 그때 나랑 주피터의 눈에 동시에 들어온 게 우리가 종이라고 생각했던 그 양피지 조각이었어. 모래에 반쯤 파묻혀 모서리가 튀어나와 있었지. 양피지를 발견한 곳에 부서진 배의 잔해도 보였어. 나무로 된 잔해가 없는 걸로 봐서 난파된 지 아주 오래된 것 같아.

주피터가 양피지를 집어 들어 그것으로 풍뎅이를 감싸서 나에게 주었네. 작은 소동을 치른 뒤 집으로 가는 길에 G중위를 만났지. G중위에게 풍뎅이를 보여주니까 요새로 가져가게 해달라고 조르는 거야. 내가 풍뎅이를 보여줬을 때 G중위가 양피지는 두고 풍뎅이만 쏙 빼서 조끼 주머니에 넣었기 때문에 양피지는 여전히 내 손에 있었어. 아마 내가 마음을 바꿀까 봐 얼른 가져가야겠다고 생각한 것 같아. 그 사람은 박물학과 관련된 것이라면 뭐든지 환장하지 않나. 그리고 아마 나는 별생각 없이 양피지를 주머니 속에 쑤셔 넣었겠지.

내가 풍뎅이를 그리려고 탁자로 갔을 때 그날따라 언제나 놓여 있던 종이가 없었던 걸 기억해. 서랍도 열어봤지만 없었어. 정리 안 한 편지라도 있나 싶어서 주머니를 뒤졌더니 양피지 조각이 걸린 거야. 그렇게 양피지가 내 손에 들어온 거라네. 그것도 참 기가 막힌 우연 같구먼.

자네 또 내가 상상력이 풍부하다 생각할지 모르겠군. 그런데 난 이미 연결 고리를 다 파악했다네. 커다란 퍼즐 조각 두 개를 맞췄다고. 해안에 난파선이 있고 멀지 않은 곳에 종이 아닌 양피지 조각이 발견되었다. 해골이 그려진 양피지 조각 말이지. '연결 고리가 대체 어디 있는데?' 하고 물으신다면 이렇게 대답해주지. 해골은 해적의 상징이지 않나. 해적들은 항상 해골 깃발을 올리고 항해를 하지.

내가 말했지, 그 조각은 종이가 아니라 양피지라고. 양피지는 오랫동안 보존할 수 있잖아. 거의 영구적이야. 그다지 중요하지 않은 내용을 양피지에 남겨놓을 리 없지. 일상적인 글쓰기나 그림을 그리겠다고 양피지를 종이처럼 사용하지는 않아. 여기까지 생각하니 이 해골에 특별한 의미가 들어 있을 거라

쉽게 짐작할 수 있었어. 물론 양피지 모양도 눈여겨보았다네. 모서리 한쪽이 찢기긴 했지만 원래 모양은 직사각형이었어. 비망록으로 쓰인 것처럼 보이지 않나? 반드시 기억하고 보존해야 할 무언가를 기록할 조각처럼 생겼단 말이지."

이야기 중간에 내가 끼어들어 질문했다.

"헌데 자네가 풍뎅이 그림을 그릴 때 양피지에 해골이 없었다며. 자네가 풍뎅이를 그린 다음 누군가가(누군지, 어떻게 그렸는지 신만이 알겠지) 해골을 그려 넣었다면 해골과 배는 아무 관련이 없지 않나?"

"그래, 그게 가장 큰 수수께끼지. 물론 큰 어려움 없이 그 비밀을 풀었지만 말이야. 양피지의 이동 경로는 내가 말한 게 전부야. 따로 샌 적은 절대 없어. 그러니 결론은 하나밖에 없겠지. 이렇게 추리했다네. 내가 풍뎅이를 그릴 때 해골 그림은 양피지 어디에도 없었다. 풍뎅이를 그린 다음 자네에게 양피지를 건넸고 자네가 양피지를 돌려줄 때까지 나는 계속 자네를 지켜보고 있었다. 그러니 자네가 해골을 그렸을 리 없고, 자네 말고 그 누구도 그리지 않았다. 그러므로 해골은 인간의 작품이 아니다. 그런데도 해골이 나타났다.

여기서 당시에 무슨 일이 있었는지, 특별한 사건이 있었는지 자세히 기억을 떠올려 보았지. 좀처럼 드문 일인데 그날은 큰 행운이 따랐어. 그날은 날씨가 몹시 추웠고 난로에 불꽃이 일고 있었어. 나는 운동을 하고 온 덕분에 그리 춥지 않아서 탁자 옆에 앉았지. 하지만 자네는 난로 가까이 의자를 바짝 끌어다가 앉았네. 내가 자네에게 양피지를 건네고 자네가 그것을 자세히 관찰하기 전에 우리 집 개 울프가 들어와 자네 어깨로 뛰어올랐지. 자네가 왼손으로 울프를 쓰다듬는 동안 오른손에 쥐어진 양피지가 자네 무릎으로 떨어져 난로 가까이 닿았다네. 양피지가 탈까 봐 걱정되어 자네에게 말하려던 참인데. 자네가 양피지를 다시 잡고 살펴보더라고.

모든 상황을 헤아려보면 양피지 위에 해골 그림을 불러온 건 바로 '열기'라네. 종이나 피지에 쓴 글씨가 뜨거울 때만 보이도록 하는 화학 물질이 있다는 건 아마 자네도 잘 알 거야. 아득히 먼 옛날부터 사용되었지. 왕수(염산과 질산을 혼합하여 만든 강한 산화제 – 옮긴이)와 혼합한 남색 안료를 물과 섞어 네 배 희석하면 그렇게 사용할 수 있지. 초록빛을 띤 액체가 나올 거야. 질산에 코발트 불순물을 녹이면 붉은빛을 띤 액체를 얻을 수 있고. 이 액체로 차가운 곳에 글씨를 쓰면 이 색깔은 금방 사라져. 그런데 열을 가하면 다시 나타나지.

난 해골을 꼼꼼히 조사했어. 해골 윤곽선 중에 양피지 가장자리와 가까운 선이 다른 선보다 훨씬 뚜렷했지. 양피지에 열이 고르게 전달되지 않았다는 증거야. 그래서 불을 피워 양피지 모든 부분을 골고루 데웠다네. 처음엔 희미했던 해골 모양만 더 선명해졌어. 계속 데우니까 해골 그림에서 대각선으로 맞은편 모서리에 염소 그림이 보이더라고. 자세히 보니까 그냥 염소가 아니라 새끼 염소였어."

나는 여기서 다시 한 번 친구의 말에 이의를 제기했다.

"하하! 이보게! 150만 달러가 웃을 일은 아니지만. 자네, 세 번째 퍼즐 조각은 제대로 맞추지 못할 것 같구먼. 해적과 염소의 연결 고리는 어떻게 찾나? 아무리 생각해도 해적과 염소는 아무 상관 없지 않나. 염소는 농장에서 찾아야지."

"염소가 아니라 새끼 염소라니까."

"염소나 새끼 염소나 그게 그거지."

"아니, 완전히 똑같지는 않지. 키드(새끼 염소를 영어로 키드Kid 라고 한다 – 옮긴이) 선장 들어봤지? 난 그 동물을 언어유희의 한 종류이거나 그림 서명으로 봤다네. 맞아, 서명이었어! 그림이 있는 위치가 딱 서명하는 곳이었거든. 그럼 대각선으로 맞은편 모서리에 있는 해골은 도장이 틀림없어. 결정적으로 내가 기대한 본문이 안 나타나지 뭔가."

"도장과 서명 사이에 있어야 할 글자 말이지?"

"그렇지. 사실 지금 내 앞에 엄청난 행운이 찾아오고 있다는 생각을 떨칠 수가 없었다네. 이유는 나도 몰라. 어쨌든 그건 믿음이라기보다 내 소망에 더 가까웠으니까. 그렇지만 진짜 황금 벌레라는 주피터의 바보 같은 말이 내 상상에 얼마나 불을 지폈는지 아나? 그 우연한 사건의 연속도 생각해봐. 결코 평범하지 않았어. 왜 하필 그 사건이 1년 중 불을 때야 할 만큼 추운 날 일어났을까? 불이 없었다면, 그리고 개가 정확히 그 순간에 끼어들지 않았다면 난 해골을 알지도 못했을 것이고 보물을 얻지도 못했을 거야."

"알았네, 알았다고. 어서 다음 이야기를 해주게, 나 지금 궁금해서 죽어가는 거 안 보이나?"

"뜬구름 같은 이야기지만 키드 선장과 그 부하가 대서양 어딘가에 보물을 묻었다는 소문을 자네도 들어봤을 거야. 아니

땐 굴뚝에 연기가 나겠나? 소문은 오랫동안 파다하게 퍼져나갔어. 아직도 보물이 묻혀 있으니 소문은 계속되겠지. 보물을 잠깐 숨겼다가 찾아갔다면 지금까지 똑같은 소문이 들리지는 않았겠지. 보물을 찾는 사람 이야기만 무성하지 찾았다는 이야기는 못 들어보지 않았나? 해적 선장이 보물을 찾아갔다면 소문도 끊겼을 거야. 내 생각엔 무슨 문제가 생긴 것 같아. 키드 선장에게 보물을 되찾을 수단이 없어진 거야. 즉 보물의 위치를 가리키는 비망록을 분실했을 걸세. 분실된 사실이 선장의 부하에게 알려졌을 테고, 분실 사건이 아니라면 보물이 숨겨져 있다는 사실조차 전혀 몰랐을 부하들은 어디 있는지도 모르는 보물을 찾겠다고 헛수고를 했겠지. 이 사람들이 지금은 흔하디흔한 이야기가 되어버린 소문을 처음 퍼뜨렸을 거야. 해안 근처에서 값진 보물을 파냈다는 이야기 들어본 적 있나?"

"아니, 전혀."

"키드 선장이 어마어마한 재산을 모았다는 건 다 알고 있는 사실이지. 그러니 어딘가에 보물이 아직 묻혀 있으리라 생각했어. 이쯤 되면 운명처럼 발견한 그 양피지가 보물 위치를 알려주는 비망록이라는 확신에 가까운 기대를 해도 이상할 게 없지 않은가?"

"그렇군. 대체 보물 위치는 어떻게 알아낸 거지?"

"양피지를 좀 더 불에 쬈지만 아무것도 나타나지 않았어. 때가 껴서 안 보이나 싶어서 더운물을 끼얹어 양피지를 조심조심 씻었다네. 그리고 양철 냄비에 해골 그림을 아래로 해서 양피지를 넣은 다음 냄비를 숯 난로 위에 올려놓았지. 몇 분 뒤에 냄

비가 완전히 뜨거워졌을 때 양피지를 꺼냈는데 여기저기 얼룩
덜룩 일렬로 적힌 듯한 문자가 보이더라고. 얼마나 기뻤던지!
양피지를 다시 냄비에 넣고 몇 분 더 데웠어. 다시 꺼내었을 때
바로 이런 문자가 적혀 있었다네."

르그랑이 나에게 다시 가열한 양피지를 보여주었다. 문자는
해골과 염소 사이에 붉은색으로 휘갈겨 쓰여 있었다.

53‡‡†305))6*;4826)4‡)4‡);806*;48†8¶60))85;1
‡(::‡*8†83(88)5*†;46(;88*96*?;8)*‡(;485);5*
†2:*‡(;4956*2(5*—4)8¶8*;4069285);)6†8)4‡
‡;1(‡9;48081;8:8‡1;48†85;4)485†528806*81(‡
9;48;(88;4(‡?34;48)4‡;161;:188;‡?

나는 양피지 조각을 돌려주며 말했다.

"이건 뭐 내가 까막눈 같구먼. 골콘다(다이아몬드로 유명한 인
도의 고대 도시 – 옮긴이)의 보물을 모조리 준다 해도 못 풀 것 같
은데."

"처음 훑어보면 말도 안 되게 어려워 보이지만 사실 그렇게
어렵지 않아. 쉽게 추측할 수 있듯이 이 문자는 암호라네. 그러
니까 어떤 뜻이 숨겨져 있다는 말이야. 키드 선장이 수준 높고
어려운 암호를 쓸 인물은 아니니까 이건 간단한 유형일 거야.
하지만 머리 나쁜 뱃사람은 힌트 없이 절대 풀지 못할 암호지."

"그럼 자넨 정말 이 암호를 풀었나?"

"그렇다네. 이것보다 만 배나 더 어려운 암호도 풀었는걸. 원

래 호기심도 많고 암호를 접할 기회도 많아서 이런 수수께끼에 관심이 많았지. 인간의 창의력이 풀지 못할 수수께끼를 인간의 창의력으로 어떻게 만들겠나? 일단 연속된 문자 몇 개만 파악하면 전체 뜻을 알아내는 건 그리 어렵지 않다네.

모든 암호가 그렇겠지만 이 경우에도 첫 번째 문제는 암호의 언어였어. 간단한 암호일수록 그 해결책은 언어의 특징에 달려 있거든. 암호의 언어를 찾으려면 알고 있는 언어를 전부 대입해 보는 수밖에 없어. 그렇지만 이번 암호는 서명 덕분에 그런 고생을 애써 할 필요가 없었네. '키드'라는 언어유희를 사용할 언어는 영어뿐이거든. 보통 이런 암호는 스페인 해적이 자주 사용하지. 키드를 몰랐다면 스페인어나 프랑스어부터 찾아봤을 거야. 키드 덕분에 암호가 영어로 되었다고 판단할 수 있었지.

자네도 보았듯이 단어 사이에 띄어쓰기가 전혀 없어. 띄어쓰기만 되어 있어도 일이 한결 쉬웠을 텐데 말이야. 짧은 단어부터 대조, 분석하면 되거든. a나 I처럼 한 글자 단어가 있었다면 암호를 훨씬 수월하게 풀었을 테고. 그런데 띄어쓰기가 없었지. 그래서 내가 처음 한 작업은 가장 자주 쓰인 문자와 가장 적게 쓰인 문자를 찾아내는 것이었지. 문자를 모두 세어 이렇게 표를 만들었다네.

8	;	4	‡과)	*	5	6
33개	26개	19개	16개	13개	12개	11개

†와 1	0	9와 2	:과 3	?	¶	—
8개	6개	5개	4개	3개	2개	1개

영어에서 가장 많이 사용하는 알파벳은 e라네. e 다음으로
자주 사용하는 알파벳을 순서대로 나열하면 a o i d h n r s t u
y c f g l m w b k p q x z이지. 문장이 길든 짧든 e는 언제나 자
주 나오는 알파벳이야.

자, 우리는 추측이 아니라 근본 원칙에서 출발했어. 문자표
를 사용하는 방법이 따로 있지만 여기서는 필요한 것만 이용할
거라네. 이 암호에서 가장 많이 쓰인 문자가 8이니까 8을 알파
벳 e로 가정하자고. 우리의 가정이 맞는지 검증해봐야겠지? 암
호에서 8이 연달아 두 번 나오는 경우를 찾아보게. 왜냐하면 영
어에서 e가 연속으로 두 번 쓰이는 경우가 많거든. meet이나
fleet, speed, seen, been, agree처럼 쉽게 떠올릴 수 있잖아.
이 암호는 짧은 문장인데도 88이 무려 다섯 번이나 있네.

그럼 8을 e라 해보세. 자, 이번에는 영어 단어 중에 가장 흔한
the를 찾아보자고. 서로 다른 문자 세 개가 같은 순서로 나열되
면서 마지막이 8로 끝나는 부분을 찾으면 되겠군. 이런 문자 배
열이 여러 군데 발견되면 그게 the일 가능성이 아주 높지. 이
암호에는 그런 부분이 일곱 군데나 보인다네. 바로 ;48이지. 그
러면 ;은 t, 4는 h, 8은 e가 되겠군. 이제 의심의 여지가 없겠네.
이렇게 해서 암호 해독의 첫발을 성공적으로 내디뎠어.

단어 하나를 알아낸 덕분에 우리는 매우 중요한 분기점을 찾
을 수 있게 되었어. 바로 단어가 시작하는 지점과 끝나는 지점
이라네. 끝에서 두 번째 ;48을 보게. 암호 끝에서 그리 멀지 않
은 곳에 있어. ;48 다음에 나오는 ;(88;4 이 여섯 문자 중에 첫
번째 ;은 한 단어의 시작 지점일 것이고, 우리는 이 여섯 문자

중 적어도 다섯 개는 파악할 수 있지. 모르는 문자는 비워두고 우리가 아는 문자를 여기에 대입해보세.

t eeth

t로 시작하는 단어 중에 th가 들어가는 단어는 없으니까 th 는 버리기로 하세. 빈 곳에 어떤 알파벳을 넣어봐도 th가 들어 가는 단어는 찾을 수 없어. 이제 단어는 이렇게 줄여진다네.

t ee

빈 곳에 알파벳을 하나씩 넣어봐도 좋겠지만 그렇게까지 하 지 않아도 쉽게 tree를 생각해낼 수 있겠지. 이제 (는 r이라는 것 을 찾았네.

이 문자 다음에 ;48이 금방 또 나와. 두 번째 ;48 바로 앞부분 이 단어가 끝나는 지점이라 파악하고 띄어쓰기를 넣어 다시 써 보자고.

the tree;4(‡?34 the

여기에 알고 있는 알파벳을 넣어보면

the tree thr ‡?3h the

이제 모르는 문자를 점으로 표시하고 다시 읽어보세.

the tree thr... h the

아직 완성되지 않은 단어가 through라는 것을 금세 눈치챌 수 있지. 덕분에 알파벳 o, u, g가 각각 ‡, ?, 3이라는 것을 알게 되었어.

이제 알고 있는 철자를 암호에 모두 대입하면 암호 첫 부분에서 조금 떨어진 곳에 이런 문자가 나타날 거야.

83(88 또는 egree

이건 degree가 분명하니 d가 †라는 사실도 하나 더 알게 됐네. degree 다음 글자 네 개를 지나면 이것도 찾을 수 있을 거야.

;46(;88*

마찬가지로 알고 있는 문자를 대입하고 모르는 문자를 점으로 표시하면

th.rtee.

바로 thirteen이 떠오르지 않나? 이리하여 6이 i, *이 n임을 찾아냈어.

암호 첫 부분에 이런 문자가 있지.

53‡‡†

알파벳으로 변환하면

3‡‡†은 good

그럼 첫 번째 문자 5는 당연히 A일 것이고 암호의 첫 부분은 A good이 되겠지. 이제 헷갈리기 시작할 테니 지금까지 알아낸 문자를 표로 정리해보세.

5	†	8	3	4
a	d	e	g	h
6	*	‡	(	;
i	n	o	r	t

이런 방법으로 중요한 문자를 자그마치 열 개나 찾아냈어. 나머지를 어떻게 알아내는지 이제 말하지 않아도 알겠지. 자, 보라고. 이런 종류의 암호를 해독하는 건 아주 쉬운 일이라네. 내가 자네에게 암호 푸는 방법을 보여줬으니 이제 잘할 수 있겠지. 이 암호는 아주 단순한 유형이니까 자신감을 가지게. 이제 양피지 문자를 전부 해독한 글자를 보여주겠네. 바로 이거야."

A good glass in the bishop's hostel in the devil's seat
forty-one degrees and thirteen minutes northeast and
by north main branch seventh limb east side shoot from
the left eye of the death's-head a bee line from the tree
through the shot fifty feet out

(좋은 유리 주교의 호스텔에서 악마의 의자에서 41도 13분 북동
미북 큰 나뭇가지 일곱 번째 가지 동쪽 해골 왼쪽 눈에서 쏴라 나
무에서 총알 지나 15미터 바깥으로 일직선)

글자를 뚫어져라 쳐다보던 내가 말했다.

"이것도 무슨 말인지 전혀 모르겠는걸. '악마의 의자', '해골',
'주교의 호스텔' 이런 단어를 갖고 어떻게 뜻을 알아내지?"

"그러게 말일세. 처음 보면 이것도 수수께끼투성이지. 제일
먼저 암호 제작자의 뜻대로 문장을 자연스럽게 나누어보기로
했다네."

"쉼표를 찾아 넣었다는 것인가?"

"뭐, 그런 셈이지."

"문장이 어디서 끊어지는지 어떻게 찾지?"

"암호 제작자는 암호를 풀기 어렵게 만들려고 문장을 나누지
않고 일부로 단어끼리 붙여놨을 거야. 그런데 그렇게 용의주도
한 사람은 아닌가 봐. 너무 지나치게 붙여놨거든. 띄워야 하거
나 마침표가 필요한 곳을 다른 글자보다 오히려 더 붙여놨다
네. 암호 원본을 보면 유난히 붙인 곳 다섯 군데를 쉽게 찾을 수

있을 거야. 그 힌트를 토대로 문장을 이렇게 분리했지."

좋은 유리 주교의 호스텔에서 악마의 의자에서, 41도 13분, 북
동미북, 큰 나뭇가지 일곱 번째 가지 동쪽, 해골 왼쪽 눈에서
쏴라, 나무에서 총알 지나 15미터 바깥으로 일직선

"이렇게 분리해놔도 나에겐 오리무중인걸."

"며칠 동안 나도 그랬다네. 난 설리번 사람들에게 주교의 호
스텔이라는 건물을 아느냐고 부지런히 물어보고 다녔어. 물론
이제는 한물간 '호스텔'이라는 말은 쓰지 않지만. 아무런 정보
를 얻지 못해서 좀 더 넓은 지역을 체계적으로 찾아볼까 생각
하던 어느 날 아침, 갑자기 주교Bishop의 호스텔이 섬의 북쪽 멀
리에 있는, 오래된 영주 주택을 소유한 베숍Bessop 가문을 가리
키는 게 아닐까 하는 생각이 들었네. 그래서 농장을 찾아가 나
이 든 사람들에게 베숍 가문에 대해 물어보았네. 드디어 할머
니 한 분이 베숍 성을 안다며 그곳을 안내하겠다고 했지. 그런
데 이제는 그 자리에 성이나 호스텔은 없고 돌덩어리만 가득하
다고 말하더군.

안내하면 수고비를 주겠다고 했더니 할머니는 잠깐 망설이
다가 그 장소로 나를 안내했어. 그곳을 찾는 건 그리 어렵지 않
았다네. 할머니를 보내고 그곳을 조사해봤지. 성은 바위와 절
벽이 한데 엉켜 울퉁불퉁 거칠더군. 누가 깎아놓은 듯 유난히
높게 솟은 바위를 기어올라 꼭대기에 섰는데, 무엇을 해야 할
지 모르겠더라고.

이제 어떻게 해야 하나 곰곰이 생각하는데 발밑으로 1미터쯤 아래 절벽에 동쪽으로 짧게 튀어나온 돌이 보이더군. 길이 50센티미터, 넓이 30센티미터로 선반처럼 바위에서 튀어나왔고 바로 윗부분 수직 절벽이 움푹 꺼졌는데 마치 등받이가 움푹 들어간 옛날 의자를 닮았더군. 거기가 바로 '악마의 의자'였던 거지. 이제 수수께끼는 거의 풀렸어.

뱃사람들에게 '좋은 유리'란 당연히 망원경을 의미하겠지. 거기 앉아서 망원경으로 정해진 곳을 보면 되는 것이었어. '41도 13분'이나 '북동미북'은 망원경으로 바라볼 방향일 테고. 난 굉장히 흥분해서 집으로 마구 달려가 망원경을 들고 바위로 다시 돌아왔네.

돌출된 돌로 내려가 앉아보니 진짜 의자에 앉은 것처럼 자세가 고정되더군. 역시나 내 생각대로 '악마의 의자'가 틀림없었어. 쌍안경을 꺼내 들었지. '북동미북'은 수평 위치를 의미하고 '41도 13분'은 수직 위치를 나타내는 숫자였어. 나침반으로 북동미북을 찾고 어림짐작으로 높이 41도를 찾아 망원경을 위아래로 조금씩 움직였더니 저 멀리 홀로 우뚝 솟은 커다란 나무에 뻥 뚫린 공간이 보이는 거야. 하얀 점이 보이는데 처음에는 무엇인지 알아보지 못했어. 망원경의 초점을 다시 맞춰보니 그건 해골이었다네.

해골까지 발견했으니 수수께끼는 정말 다 풀렸네. '큰 나뭇가지 일곱 번째 가지 동쪽'은 나무에서 해골의 위치를 가리키는 말일 테고 '해골 왼쪽 눈에서 쏴라'는 보물을 찾는 방법일 테니까. 해골 왼쪽 눈에서 아래로 총을 쏜 다음 가장 가까운 나무

기둥에서 총알까지, 그러니까 총알이 박힌 지점까지 일직선을 연결하고, 그 선을 총알에서 15미터 더 연장하면 그곳이 바로 보물이 묻힌 곳이겠지."

"정말 기발하면서도 간단명료하구먼. 베숍 성을 떠난 다음에는 뭘 했나?"

"나무를 좀 살펴보고 집으로 돌아왔다네. 그런데 참 신기한 건 내가 악마의 의자에서 나오자마자 그 뻥 뚫린 공간이 사라지는 거야. 아무리 찾아봐도 보이지 않았어. 내가 몇 번을 찾아봤다고! 그곳은 바로 그 바위 동쪽에 난 그 좁은 돌 위에 앉지 않으면 절대 볼 수 없는 공간이었던 거야. 이 모험에서 내가 가장 감탄했던 게 바로 그 부분이라네.

주피터는 요 몇 주간 내 행동을 관찰하고 이상하다 느꼈는지 날 혼자 내버려 두지 않고 주교의 호스텔을 찾아다닐 때마다 따라다니더군. 그래서 다음 날 주피터를 따돌리려고 꼭두새벽에 일어나 나무를 찾으러 야산으로 떠났네. 고생 끝에 나무를 찾았지. 그날 밤 집에 돌아오니까 맙소사, 내 하인이 나를 두들겨 패려고 몽둥이를 들고 기다리는 거야. 이제 나머지 이야기는 자네도 잘 알겠지?"

"그래 잘 알지. 주피터가 바보같이 해골의 오른쪽 눈에 벌레를 떨어뜨리는 바람에 엉뚱한 곳에서 삽질을 했지."

"맞아. 그 실수 때문에 벌레의 낙하 위치가 8센티미터 정도 오차가 났어. 보물이 낙하지점 바로 아래에 묻혔다면 오차는 별로 중요하지 않았겠지. 그런데 낙하지점은 가장 가까운 나무와 함께 직선의 방향을 설정할 뿐이었어. 물론 직선의 시작 부분에서 오차는 별것 아니지만 15미터 연장된 곳에 이르면 큰 차이를 만들지. 내가 보물이 거기 어딘가에 분명히 묻혔다고 확신하지 않았다면 우리 노력은 모두 헛수고가 되었을 거야."

"무엇보다 자네의 그 허풍 떠는 말투, 벌레를 흔들흔들 들고 가는 모습은 정말 이상했다고! 난 정말 자네가 미친 줄 알았다니까. 그리고 왜 총을 쓰지 않고 벌레를 떨어뜨린 건가?"

"솔직히 말하면 날 이상한 사람 취급하는 자네 때문에 살짝 심통이 나서 자네를 좀 골려주고 싶었다네. 그래서 풍뎅이를 흔들어대고, 일부러 나무에서 떨어뜨린 거야. 풍뎅이가 무겁다고 한 자네 말이 떠올라서 그렇게 쓸 수 있겠다 싶었지."

"아, 알겠네. 아직 궁금한 게 더 있어. 구덩이에서 찾은 해골은 어떻게 된 거지?"

"난들 알겠나. 한 가지 설명할 방법이 있기는 해. 그렇지만 그런 잔인한 짓은 상상만 해도 끔찍하군. 들어보게. 키드 선장이 보물을 묻었다면(물론 난 그렇다고 확신하지만) 분명 도와준 사람이 있었겠지. 보물을 묻으면서 키드 선장은 자기 비밀을 알고 있는 사람을 모두 없애려고 했을 거야. 부하가 구덩이를 파느라 정신이 없을 때 곡괭이로 두어 번 내려치면 쥐도 새도 모르게 마무리되지. 글쎄, 한 열두 번 내려쳤으려나? 그걸 누가 알겠나?"

병 속의 수기

Edgar
A. Poe

병 속의 수기

죽음을 눈앞에 둔 사람은

더 이상 숨길 것이 없다.

— 필리프 키노, 〈아티스〉

    조국과 가족에 대해서는 별로 할 말이 없다. 오랜 세월 동안 천덕꾸러기로 지내다가 조국을 떠났고 가족과도 멀어졌다. 막대한 재산을 물려받은 덕분에 높은 수준의 교육을 받았고, 사색을 즐기다 보니 어려서부터 부지런히 쌓아온 지식에 내 나름의 체계를 세울 수 있었다. 무엇보다도 독일 윤리학자들에 대한 공부가 꽤 재미있었다. 유창하게 풀어내는 광기를 분별없이 동경해서가 아니라 엄격히 고찰하다 보면 윤리학자들의 허위를 쉽게 찾아낼 수 있었기 때문이다. 나는 타고난 재능이 부족하다는 비난을 자주 들었다. 상상력이 부족한 것이 죄라도 되는 양 타박을 당했고 내 견해가 매우 회의적이라는 이유로 평판도 항상 나빴다.

    사실 형이하학에 흥미가 많다 보니 내 나이에 아주 흔히 저지르는 오류로 마음이 물들까 두려울 때도 있었다. 굳이 알아볼 필요 없는 일들까지 형이하학 원리에 적용해보는 버릇을 말하는 것이다. 내가 지금부터 할 놀라운 이야기가 유치한 상상으로 지어낸 헛소리가 아니라, 몽상을 그저 수신인 불명의 우편물처럼 가치 없는 것에 불과하다고 생각했던 사람이 확실하게 겪은 일이라고 여겨지도록 하려면 이 정도는 미리 설명해두는 것이 적절하겠다고 생각한다.

외국을 떠돈 지 수년이 지난 18XX년, 부유하고 인구도 많은 자바 섬의 바타비아 항구에서 출발하여 순다 열도로 여행을 떠났다. 단지 여행을 하려고 가는 것이었지만 왠지 모를 초조와 불안이 악령처럼 나를 괴롭혔다.

내가 탄 선박은 무게가 400톤 정도 되고 바닥에 동판을 댄 아름다운 배였으며 말라바르산 티크 나무를 이용해 봄베이(인도의 도시 뭄바이의 옛 이름 – 옮긴이)에서 건조되었다. 이 배는 락샤드위프 제도에서 생산된 솜과 기름을 싣고 있었다. 야자 껍질로 만든 섬유와 검은 설탕, 버터, 코코넛, 아편도 몇 상자 있었다. 적재를 허술하게 한 탓에 배가 흔들거렸다. 순풍을 따라 항해하던 배는 며칠 동안 자바 섬 동쪽 해안에 서 있었다. 머무르는 동안 여행의 단조로움을 달래주는 것이라고는 열도에서 가끔 마주치는 조그마한 배들이 전부였다.

어느 날 저녁, 나는 선미 난간에 기대어 북서쪽 하늘에 떠 있는 외딴 구름 한 조각을 보았다. 바타비아에서 출발한 후로 처음 보는 구름이었고 아름다운 색을 띠고 있었다. 넋을 잃고 바라보다 보니 어느덧 해가 졌고, 구름은 순식간에 동서로 흩어지며 마치 썰물 때의 긴 해안선과 같은 얇은 띠로 바뀌어 수평선을 덮었다. 곧이어 떠오른 암적색 달과 예사롭지 않은 분위기를 풍기는 바다가 내 주의를 끌었다. 바다의 상태는 시시각각 변하고 있었고 바닷물은 평소보다 더 투명했다. 바닥이 훤히 내려다보일 정도였지만 측연(밧줄 끝에 납덩이가 달린 모양으로 바다의 깊이를 재는 데 쓰는 기구 – 옮긴이)을 던져 수심을 재어보니 깊이는 27미터나 되었다. 대기가 견딜 수 없을 정도로 뜨거워져 달궈진 쇠에서 피어오르는 것과 비슷한 아지랑이가 공기 중에 가물가물 서렸다.

밤이 되고 바람이 모두 잦아들자 주위는 현실이라고 믿을 수 없을 정도로 고요했다. 갑판에 켜놓은 촛불에서조차 조그만 움직임도 감지할 수 없었고, 엄지와 검지 사이에 쥔 긴 머리카락도 미동 하나 없이 아래로 축 늘어져 있을 뿐이었다. 선장이 보기에 배는 아무런 위험 요소도 없이 순조롭게 해안으로 가고 있었으므로 선장은 곧 돛을 걷고 닻을 내리라고 지시했다. 대부분 말레이 사람으로 이루어진 선원들은 망을 보는 사람도 없이 갑판 위에 몸을 쭉 펴고 누워 있었다. 나는 불길한 예감에 휩싸여 아래로 내려갔다. 모든 정황은 시뭄(아라비아 사막의 모래폭풍 – 옮긴이)이 불어올 무렵과 흡사했다. 나는 이런 우려를 선장에게 털어놓았으나 그는 내 말을 듣는 둥 마는 둥 하며 아무 대꾸도 하지 않았다. 불안한 마음에 잠을 이룰 수 없었던 나는 자정쯤 갑판으로 올라갔다. 갑판 승강구 계단 위쪽에 발을 딛다가 빠르게 도는 물레방아 소리처럼 윙윙거리는 큰 소음을 듣고 깜짝 놀랐다. 무슨 소리인지 알아내기도 전에 배 중심부로부터 떨림이 느껴졌다. 다음 순간 거대한 포말이 일며 사람들을 기둥 끝으로 내동댕이쳤고 배의 앞뒤로 파도가 계속 덮쳐 갑판을 모두 휩쓸어버렸다.

배는 잔뜩 성이 난 강풍에 맞서 용케 살아남았다. 뱃전 너머로 쓰러져 완전히 물에 잠겼던 돛대가 얼마 후 바다에서 무겁게 떠올랐고, 폭풍의 거대한 힘에 눌려 잠시 휘청거리더니 마침내 똑바로 서서 제 위치를 잡았다.

나는 천만다행으로 죽음을 면했다. 파도의 충격으로 얼이 빠졌다가 정신을 차려보니 선미의 가장 끝 기둥과 키 사이에 몸이 끼어 있었다. 안간힘을 써서 일어나 어지러움을 느끼며 주변을 둘러보았을 때 배는 이미 큰 파도에 둘러싸여 있었다. 산처럼 크고 거품을 잔뜩 머금은 대양이 소용돌이를 만들어 우리를 집어삼키려는 광경은 내가 가진 말로는 다 표현할 수 없을 정도로 엄청났다. 얼마 뒤 출항 때 함께 배에 탔던 스웨덴 노인의 목소리가 들려왔다. 나는 있는 힘을 다해 노인에게 소리쳤다. 내 목소리를 들은 노인은 내 쪽으로 비틀거리며 다가왔다. 생존자는 우리 둘뿐이라는 것을 바로 알 수 있었다. 우리를 제외하고 갑판에 있던 사람들은 파도에 휩쓸려 모두 바다에 빠졌고, 선실이 물에 잠긴 걸로 미루어보아 선장과 선원들은 자다가 죽은 것이 분명했다.

우리 두 사람은 배를 지켜내기 위해 할 수 있는 일이 거의 없었다. 곧 배가 가라앉으리라 생각하니 애초에 노력해보려는 의지조차 꺾여버렸다. 폭풍이 불기 시작하자 닻줄은 노끈처럼 가볍게 끊어져버렸다. 그러지 않았다면 배는 그 자리에서 완전히 부서졌을 것이다. 배는 바다를 향해 무서운 속도로 나아갔고, 파도가 배 주위를 벽처럼 둘러싸 위쪽에만 구멍이 나 있을 뿐이었다. 선미 부분이 특히 많이 부서졌고 다른 곳도 전체적으로 상당한 손상을 입었다. 그나마 펌프에는 물이 차지 않아 바닥짐을 옮기는 수고를 덜 수 있다는 것이 불행 중 다행이었다. 폭풍의 핵은 이미 지나갔기 때문에 거센 바람으로 말미암은 위험은 더 이상 걱정할 필요가 없었다. 그래도 배가 파손된 상태를 보아 또다시 큰 파도를 만난다면 꼼짝없이 죽을 게 뻔했다. 우리는 낙담한 채 폭풍이 완전히 그치기만을 간절히 바랐다. 하지만 이런 기대는 쉬이 이루어질 것 같지 않았다. 시뭄과도 다르고 이제까지 겪은 어떤 태풍보다 훨씬 더 엄청난 위력을 지닌 돌풍이 끊임없이 불어오는 통에 배는 닷새 동안 밤낮없이, 계산할 수도 없는 빠른 속도로 바다 위를 질주했다.

우리가 가진 식량이라곤 배 앞쪽 선실에서 어렵게 찾아낸 소량의 설탕뿐이었다. 처음 나흘간, 조금씩 달라지긴 했지만 대부분 동남쪽과 남쪽 항로를 유지했으므로 배는 오스트레일리아 해안으로 가고 있는 게 분명했다. 닷새째에는 바람이 뱃머리를 다소 북쪽으로 돌려놓았음에도 불구하고 극심한 추위가 찾아왔다. 누런빛을 띤 태양이 수면 위로 살짝 기어올라 왔지만 햇빛은 희미했다. 햇빛은 여느 때처럼 눈부신 것이 아니라 마치 모든 빛이 한쪽으로 치우쳐 비추듯 반사 없이 뿌옇고 음침했다. 부풀어 오른 바닷속으로 가라앉기 직전에야 마치 어떤 알 수 없는 힘이 바로 꺼버리기라도 할 것처럼 갑자기 강한 빛을 발했다. 끝을 알 수 없는 바닷속으로 태양이 사라지자 홀로 남겨진 바다 표면에는 어슴푸레한 은빛이 감돌았다.

우리는 하릴없이 엿새째가 밝아오기를 기다렸지만, 내게도 스웨덴 노인에게도 그날은 오지 않았다. 그때부터 우리는 계속 어둠에 둘러싸여 있었다. 배에서 10미터 떨어진 곳의 물건도 볼 수 없는 지경이었다. 끝없는 밤이 이어졌다. 빛이라고는 열대 지방의 바다에서 늘 반짝이는 인광뿐이었다. 태풍의 기세가 가라앉을 기미를 보이지 않았지만 이제까지 우리를 따라다니던 파도나 물보라는 더 이상 보이지 않았다. 주변에는 온통 공포와 짙은 어둠, 칠흑처럼 검고 무더운 사막 같은 바다뿐이었다. 스웨덴 노인이 차츰 미신에서 비롯된 두려움에 사로잡히고 있던 반면, 나는 속으로 조용히 경이로움에 빠져 있었다.

배는 돌보아 봤자 소용없이 힘만 들었으므로 우리는 부러지고 남은 돛대를 단단히 붙든 채 걱정스럽게 바다를 들여다보기만 했다. 몇 시쯤 되었는지 알아낼 방법도 없었고 현재 상황이 어떤지 짐작할 수도 없었다. 하지만 이전 항해사들이 갔던 것보다 더 멀리 남쪽으로 가고 있는데도 마주칠 법한 장애물, 얼음이 아직 나타나지 않아 무척 놀라웠다.

산처럼 높은 파도가 배를 덮치려고 덤벼들 때마다 매 순간 죽을지도 모른다는 위협을 느꼈다. 상상을 초월할 만큼 거대한 파도였기에 당장 바다에 빠져 죽지 않은 것은 그야말로 기적 같은 일이었다. 스웨덴 노인은 배에 실은 화물이 가볍다고 말하며, 이 배가 꽤 훌륭하게 건조된 배라는 점을 내게 일깨워주었다. 하지만 나는 실오라기 같은 희망조차 남지 않았다는 생각을 떨치지 못하고 울적한 기분으로 한 시간쯤 후에 찾아올 죽음에 대한 마음의 준비를 해두었다. 배의 속도가 빨라지자 검고 거대한 바다가 부풀어 오르는 모습이 더욱 음산하고 소름 끼치게 다가왔다. 때때로 배는 앨버트로스보다도 높은 고도로 올라가 숨을 멎게 하였다가, 지옥으로 떨어지는 것처럼 급강하해서 어질어질하게 만들기도 했다. 낮은 곳으로 내려오면 공기는 탁해졌고 크라켄(바다에 큰 소용돌이를 일으킨다고 하는 전설상의 괴물로, 그리스 신화에서 페르세우스가 베어낸 메두사의 머리로 크라켄을 퇴치하고 안드로메다 공주를 구함 – 옮긴이)의 잠을 깨우지 않으려는 듯 아무 소리도 나지 않았다. 이 심연 속에 가라앉아 있을 때, 어둠을 뚫고 스웨덴 노인의 다급한 외침이 들렸다.

"저길 봐! 저길 좀 보라고!"

노인이 내 귀에 바짝 다가와 소리를 질러댔다.

"맙소사! 저기, 저것 좀 보라니까!"

나는 노인의 말을 듣고서야 겨우 정신을 차렸다. 그리고 우리 배가 놓여 있는 거대한 틈의 양옆으로 흐릿하고 어두운 붉은빛이 내리비춰 갑판 위에서 잠깐씩 반짝이고 있는 것을 알아차렸다. 시선을 들어 위를 보던 나는 온몸의 피가 얼어붙을 만큼 어마어마한 광경을 목격했다. 4000톤 급은 되는 듯한 거대한 배가 우리 바로 위 엄청난 높이에서 금방이라도 떨어질 듯 맴돌고 있었다. 우리 배가 있는 곳보다 백배는 더 높은 파도 끝에 올라 있었지만, 그 배가 여태껏 보아온 어떤 전함이나 동인도 무역선보다 크다는 사실은 분명히 알 수 있었다.

거대한 선체는 칙칙한 검은색이었고, 배에 일반적으로 새기는 조각도 새겨져 있었다. 놋쇠로 만들어진 대포들은 일렬로 늘어서서 포문 밖으로 튀어나와 있었고 밧줄에 매달려 앞뒤로 흔들거리는 셀 수 없이 많은 등불이 윤을 낸 대포 표면을 비추며 빛을 발했다. 무엇보다 무섭고 놀라운 것은 그 배가 초자연적 힘을 가진 바다와 막무가내로 몰아치는 폭풍의 코앞에서 돛을 모두 올린 채 버티고 있다는 점이었다. 처음 그 배를 발견했을 때는 파도 너머 컴컴하고 무시무시한 심연에서 천천히 올라온 터라 뱃머리만 보였다. 그 배는 마치 자신의 웅대함을 그려보는 듯 아찔한 높이의 정점에서 잠시 멈칫하고는 진동을 일으키며 기우뚱하더니 아래로 내려오기 시작했다.

그 순간 이상하게도 마음이 차분해졌다. 비틀거리며 가능한 만큼 배의 뒤편으로 움직인 뒤 담담하게 파멸의 순간을 기다렸다. 마침내 우리 배는 몸부림을 멈추고 앞부분부터 서서히 바다로 가라앉고 있었다. 큰 배가 떨어져 부딪힌 부분은 이미 침몰했고, 나는 그 충격으로 튕겨 날아가 큰 배의 삭구(배에서 쓰는 밧줄이나 쇠사슬 - 옮긴이) 위에 떨어졌다.

내가 떨어졌을 때, 배는 바람이 불어오는 쪽으로 방향을 바꾸었고 계속되는 혼란을 틈타 나는 선원들에게 들키지 않고 몸을 피할 수 있었다. 큰 어려움 없이 약간 열려 있던 중앙 승강구로 가서 곧바로 선창(배 안 갑판 밑에 있는 짐칸 - 옮긴이)에 숨을 곳을 찾아냈다. 어떻게 그렇게 할 수 있었는지 모르겠다. 아마도 선원들을 처음 보았을 때 느낀 왠지 모를 두려움 때문에 몸을 숨겨야겠다고 생각했으리라. 선원들을 흘끗 본 것만으로도 너무나 기이하고 의심스럽고 초조한 기분이 들어 그런 사람들에게 선뜻 다가갈 마음이 들지 않았다. 그래서 선창에 은신처를 마련해두는 게 좋겠다고 생각했다. 화물이 이동하는 것을 막는 판자를 약간 떼어내어 큰 목재들 사이에 간편하게 몸을 숨길 곳을 만들 수 있었다. 작업을 다 마치기도 전에 선창에서 발소리가 나는 바람에 아쉬운 대로 그 자리에 몸을 숨겼다. 어떤 사내가 허약하고 불안정한 걸음걸이로 내 은신처 앞을 지나갔다. 얼굴은 보지 못했지만 전체적인 외관은 볼 수 있었다. 나이가 매우 많고 병약한 것이 확실했다. 늙어서 무릎이 후들거렸고 짐을 진 몸도 부들부들 떨렸다. 그 노인네는 낮고 갈라진 목소리로 알아들을 수 없는 말을 혼자 중얼거리며 신기하게 생긴 도구와 좀먹은 항해 지도들 사이에서 무언가를 더듬어 찾았다. 그의 태도는 망령 든 노인의 투정을 부리는 모습과 신의 엄숙하고 위엄 있는 모습을 뒤섞어놓은 것 같았다. 선원은 마침내 갑판으로 올라갔고 더 이상 보이지 않았다.

뭐라 명명할 수 없는 느낌이 내 영혼을 지배했다. 과거에 배운 것만으로는 분석되지 않고 미래를 상상해봐도 실마리가 보이지 않을 것 같았다. 미래를 상상하는 일은 나 같은 사람에겐 죄악이나 다름없다. 내 생각의 본질을 결코 확신하지 못하리란 것을 알기 때문이다. 그러니 완전히 새로운 근원에서 비롯된 생각이 모호하다고 놀라워할 일은 아니다. 새로운 감각, 새로운 본질이 내 영혼에 추가되는 것일 뿐이다.

이 흉측한 배의 갑판에 첫발을 내딛고 운명의 빛줄기들이 하나의 점으로 모여드는 것 같다는 생각이 든 지도 한참이 지났다. 이해할 수 없는 사람들! 그들은 이상한 명상에 잠겨 나를 알아보지 못한 채 스쳐 지나갔다. 사람들에게 보이지도 않는데 내쪽에서 숨는 건 완전히 바보 같은 짓이다. 심지어 이제는 선원 눈앞을 바로 지나가기까지 했다. 얼마 지나지 않아 나는 과감히 선장실로 들어가서 필기구를 가져왔고 그것으로 지금까지 글을 쓰고 있다. 이 수기는 틈틈이 계속 쓸 작정이다. 이 글을 세상에 전할 기회가 없을지도 모르지만 포기하지는 않을 것이다. 죽기 직전에 수기를 병 속에 넣어 바다로 던질 계획이다.

내게 새로운 여지를 준 사건이 있었다. 이런 것이 어쩔 수 없는 우연의 작용일까? 갑판으로 올라가 아무도 모르게 작은 돛단배 바닥에 있는 밧줄 사다리 더미와 낡은 돛들 위로 뛰어내려 보았다. 나는 그곳에서 내 기구한 운명에 대해 생각하다가 타르를 칠할 때 쓰는 붓을 들고, 내 근처 통 위에 말끔히 접어둔 보조 돛 가장자리를 나도 모르게 칠하고 말았다. 보조 돛이 배에 매달리자 '디스커버리'라는 글자 위에 붓으로 아무 생각 없이 칠한 자국이 드러났다.

얼마 전에 선박의 구조를 꼼꼼히 살펴보았다. 무장이 되어있긴 하지만 전함은 아닌 것 같았다. 삭구와 배의 구조, 장비들 모두 전쟁에 쓰이는 것으로는 보이지 않았다. 전함이 아닌 것은 쉽게 알겠는데 정작 이 배의 정체가 무언인지 알 수 없어 두려운 마음이 들었다. 어찌 된 영문인지는 몰라도 돛대를 만드는 데 사용한 목재의 이상한 종류와 독특한 형태, 엄청난 배의 규모와 지나치게 큰 돛, 아주 단순한 뱃머리와 구식인 선미를 자세히 뜯어보면 어디서 많이 본 것 같다는 생각이 들었다. 내 머릿속엔 늘 오래전 외국의 연대기와 옛 시대에 대한 규명할 수 없는 기억의 불확실한 그림자들이 뒤죽박죽 섞여 있다.

나는 배의 목재들을 바라보고 있었다. 처음 보는 목재였다. 나무의 독특한 성질은 배를 만들기에 적합하지 않아 보였다. 나무에 구멍이 너무 많기 때문이었다. 벌레가 먹은 곳도 있었고 나무가 너무 오래되어 썩은 곳도 보였다. 내 예측이 다소 지나쳐 보일지도 모르지만, 이 나무는 성질 면에서 스페인산 참나무를 부자연스럽게 팽창시켜놓은 것 같았다.

위 문장을 읽으면 늙고 햇볕에 그을린 네덜란드 항해사가 남긴 희한한 격언이 떠오른다. 자신의 진실성에 의혹이 들 때면 항해사는 늘 이렇게 말하곤 했다.

"어떤 바다에서는 배가 뱃사람의 몸뚱이처럼 부풀어 오르기도 합니다."

한 시간쯤 전에 나는 대담하게 선원들 사이를 밀치고 지나가 보았다. 선원들은 나에게 아무런 신경도 쓰지 않았다. 그 무리 한가운데 서 있어도 내 존재를 전혀 의식하지 못하는 듯했다. 선창에서 처음 보았던 선원과 마찬가지로 다른 선원들도 꽤 나이가 든 것 같았다. 병약해서 무릎을 떨었고 노쇠해진 어깨는 심하게 굽어 있었다. 쭈글쭈글한 피부가 바람에 부대꼈고 목소리는 나직하게 떨리며 갈라졌다. 쇠약한 눈에는 눈물이 차올

라 번들거렸고 잿빛 머리카락은 폭풍 속에서 지저분하게 나부
꼈다. 갑판 여기저기에 아주 오래되고 구식으로 만들어진 제도
기구들이 널브러져 있었다.

얼마 전에 보조 돛을 매달았다고 얘기한 적이 있다. 그때부
터 배는 바람을 타고 남쪽 항로를 유지했다. 돛대 꼭대기부터
아래 활대까지 돛을 모조리 펴고 위쪽 돛대의 활대 끝을 계속
돌리면서 배는 망상이 마음속으로 들어오듯 바다의 무시무시
한 지옥 속으로 들어갔다. 별로 불편해 보이지 않는 선원들과
달리 나는 제대로 서 있는 것조차 힘들어 갑판에서 내려왔다.
바다가 이 거대한 배를 그 자리에서 영원히 삼켜버리지 않은
것은 기적으로밖에 보이지 않는다. 바다의 심연 속으로 빠져들
지 못하고 영원의 가장자리에서 계속 맴도는 것이 이 배의 운명
인가 보다. 배는 내가 지금까지 본 것보다 천배나 큰 파도를 타
고 활 모양의 갈매기처럼 손쉽게 바다 위를 미끄러져 나아갔다.
배 위로 집채만 한 파도들이 악마처럼 머리를 곤추세우고 있었
지만 단순한 위협에 그칠 뿐 죽이는 것은 금지당한 것만 같았
다. 나는 이 배가 이렇게 매번 난파를 비껴갈 수 있는 것을 자연
적 원인에서 찾을 수밖에 없었다. 그저 배가 어떤 강한 해류나
맹렬한 저층 역류의 영향권 내에 있을 거라고 짐작해볼 뿐이다.

선장실에서 선장과 얼굴을 마주하고 있었지만 예상대로 선
장은 나를 알아채지 못했다. 언뜻 보아 선장의 외모는 남자라
는 것 외에 딱히 두드러지는 구석이 없었다. 나는 경이로움과

함께 억누를 수 없는 존경과 두려움이 뒤엉킨 감정으로 선장을 바라보았다. 키는 170센티미터 정도로 나와 거의 비슷했다. 체격은 건장하고 다부졌으며 기운이 넘쳐 보이지도 모자라 보이지도 않았다. 표정은 지긋한 나이에서 나오는 강렬하고 멋지고 근사한 분위기로 넘쳐났으며 내 마음을 설레게 하는, 뭐라 표현할 수 없는 감정을 담고 있었다. 이마에 주름이 거의 없긴 했지만 무수한 세월의 흔적이 보이는 듯했다. 반백의 머리카락은 과거를 말해주는 듯했고, 그 머리칼보다 더 짙은 잿빛 눈동자는 미래를 보는 예언자의 눈 같았다.

선장실 바닥은 진기한 책들과 썩어가는 과학 도구들, 낡고 안 쓴 지 오래된 지도들로 잔뜩 뒤덮여 있었다. 선장은 양손으로 머리를 감싼 채 불안한 듯 이글거리는 눈빛으로 군주가 내린 명령서로 보이는 종이를 뚫어지게 들여다보고 있었다. 선창에서 처음 봤던 선원처럼 선장도 짜증 섞인 외국어 몇 마디를 낮은 소리로 혼자 읊조렸다. 바로 내 팔꿈치 근처에서 말하고 있었는데도 몇백 걸음은 떨어진 곳에서 나는 소리처럼 들렸다.

배와 그 안의 모든 것에서 옛날 느낌이 묻어났다. 선원들은 수 세기 동안 묻혀 있던 유령처럼 이리저리 소리도 없이 지나다녔고 눈빛에서는 간절하고 초조한 기색이 묻어났다. 사납게 흔들리는 등불 아래에서 선원의 손가락이 내 앞으로 불쑥 날아들 때면, 단 한 번도 느껴보지 못한 정의할 수 없는 감정이 일었다. 평생 골동품 상인으로 일하며 내 영혼 자체가 유물이 될 때까지 발벡, 다드몰, 페르세폴리스 같은 고대 도시들의 쓰러진 기둥 그림자를 훑고 다니면서도 느끼지 못했던 감정이다.

주위를 바라보니 과거에 느꼈던 불안이 부끄러워진다. 여기까지 따라온 강풍에도 무서워 벌벌 떠는 마당에, 토네이도나 시뭄마저 하찮고 무력하게 만드는 바람과 바다의 교전을 보고 어찌 아연실색하지 않을 수 있겠는가?

배 지척의 모든 것이 끝나지 않는 밤의 암흑에 싸여 있고 물보라가 가신 바다는 요동치고 있었다. 그러다가 배의 양옆으로 수 킬로미터 떨어진 지점에 적막한 하늘 위로 높이 솟아 마치 우주의 벽처럼 보이는 거대한 얼음 성벽이 희미하게 보이기 시작했다.

새하얀 얼음에 부딪혀 울부짖고 소리치는 저 바다를 해류라고 부르는 것이 맞는다면 내 생각대로 배는 해류에 휘말린 것이 확실했다. 그리고 큰 폭포가 쏟아져 내리듯 빠른 속도로 남쪽을 향해 질주했다.

내가 느낀 공포는 전혀 상상이 가지 않을 것이다. 하지만 이 무시무시한 지역의 신비를 파헤칠 수만 있다면 나는 기꺼이 절망을 무릅쓰고 끔찍한 죽음도 감수할 것이다. 배는 놀라운 지식, 전할 수 없는 비밀의 종착지인 파멸을 향해 치닫고 있다. 이 해류는 우리 배를 남극으로 이끌고 있는 것 같다. 지나치게 터무니없는 추측도 그 나름대로 일어날 확률이 충분히 있다는 것을 인정하지 않을 수 없다.

선원들은 시끄럽고 불안한 발걸음으로 갑판을 돌아다녔지만 얼굴에는 체념에서 오는 무관심보다 희망에서 오는 간절함이 담겨 있었다. 배 뒤쪽에서 여전히 거센 바람이 불고 있고 돛을 많이 올린 배는 이따금 바다에서 통째로 붕 떠 있기도 했다. 무서워서 견딜 수가 없다! 얼음이 갑자기 오른쪽과 왼쪽으로 펼쳐지고, 배는 벽의 꼭대기가 멀리 어둠 속에 가려 보이지 않는 거대한 원형 경기장의 가장자리를 돌고 돌다 큰 동심원에 갇혀 그 안으로 어지럽게 말려든다. 그리고 내 운명에 대해 깊이 생각할 틈도 없이 원들이 으르렁대며 요동치는 바다와 태풍 한가운데서 빠르게 작아지더니 배가 소용돌이 속으로 미친 듯이 빨려들어 가고 있다. 맙소사! 배가 흔들리며 가라앉는다.

폭로하는 심장

*Edgar
A. Poe*

폭로하는 심장

사실이다! 나는 그동안 너무나도 초조했으며, 지금도 끔찍할 정도로 초조하다. 하지만 내가 그렇다 하더라도 왜 나를 미치광이라고 말하려 하는가? 그렇지 않다. 내 감각은 병 때문에 무뎌지지도 망가지지도 않았다. 되려 날카로워졌다. 다른 무엇보다 청각이 예민해졌다. 천국에서, 지상에서 발생하는 모든 소리를 들었다. 지옥으로부터도 많은 소리를 들었다. 그렇다고 해서 내가 어떻게 미쳤다고 할 수 있겠는가? 귀를 기울여 들어보라! 지금부터 내가 얼마나 냉정하고 차분하게 이 사건의 전말을 설명하는지 지켜보라.

이 생각이 처음 어떻게 내 머릿속에 떠오르게 되었는지는 말할 수 없다. 하지만 한 번 생각이 자리 잡자 밤낮으로 뇌리를 떠나지 않았다. 목적은 없었다. 열정도 없었다. 더구나 나는 그 노인을 퍽 좋아했다. 그는 내게 해를 끼친 일도, 나를 모욕한 일도 없었다. 그 노인이 가진 금붙이에도 관심이 없었다. 내 생각에 문제는 그 노인의 한쪽 눈이다! 그래, 바로 그것이었다! 그 사람은 독수리의 눈처럼 옅은 푸른색에 탁한 눈동자를 가졌다.

그 눈으로 나를 바라보면 마치 피가 얼어붙는 것만 같았다. 그래서 서서히, 아주 조금씩, 그 노인을 죽이기로 마음먹었다. 그러면 영원히 그 눈동자에 대한 생각을 떨쳐버릴 수 있을 것 같았다. 정말이다.

자, 이제 중요한 부분이다. 여러분은 내가 미쳤다고, 미친 사람은 아무것도 모른다고 말하고 싶겠지. 하지만 내가 얼마나 주의를 기울여 상황을 예측하고 위장하며 현명하게 일을 진행했는지 봤어야 한다! 노인을 죽이기 전 일주일 동안 나는 그에게 더없이 친절했다. 그리고 매일 밤 자정 무렵 그의 방문 걸쇠를 돌려 문을 열었다. 정말이지 조심스러웠다! 그렇게 내 머리가 들어갈 만큼 문이 열리면, 먼저 가리개를 닫아 불빛이 새어 나오지 않는 랜턴을 집어넣고 천천히 머리를 밀어 넣었다. 내가 얼마나 교활하게 머리를 집어넣었는지 보았다면 아마 웃음을 터뜨렸을지도 모른다. 나는 노인이 잠에서 깨지 않도록 아주 천천히, 정말 천천히 움직였다. 노인이 침대에 누워 있는 걸 볼 수 있을 만큼 문틈으로 머리를 들이미는 데 한 시간이 걸렸다. 하! 미친 사람이 이토록 신중할 수 있을까? 머리가 전부 방 안으로 들어가면 랜턴의 가리개를 열었다. 경첩이 삐걱거렸으므로 조심스럽게, 아주 조심스럽게 가리개를 열어 독수리 같은 눈 위로 한 줄기 얇은 빛을 비추었다.

일주일 동안 매일 밤 자정이면 이 일을 반복했지만 노인의 눈은 항상 감겨 있었다. 그렇기에 일을 진행하기란 불가능했다. 나를 짜증 나게 만드는 건 그 노인이 아니라 그의 사악한 눈이었기 때문이다. 그리고 매일 아침 날이 밝아오면 대담하게 노인의 방으로 찾아가 용기 있게 말을 걸고 따뜻한 말투로 이름을 부르며 지난밤에는 잘 잤느냐고 물었다. 매일 밤 자정, 노인이 잠든 사이 내가 자기 방을 찾아갔다는 사실을 의심했다면 그 노인은 예사롭지 않은 인물이었으리라.

여덟 번째 밤에는 평소보다 훨씬 조심스럽게 문을 열었다. 내 손보다 시계의 분침이 훨씬 빠르게 움직였다. 그날 밤, 이전까지 깨닫지 못한 나의 현명함을 온몸으로 느낄 수 있었다. 승리감을 억누를 수가 없었다. 내가 바로 앞에서 조금씩 문을 열고 있는데 노인은 내 비밀스러운 행동이나 생각에 대해 꿈도 꾸지 못하고 있다니! 그 순간 기쁨을 느낀 나머지 킬킬대며 웃어버렸다. 아마 그가 내 웃음소리를 들었을지도 모른다. 마치 놀란 사람처럼 갑자기 침대에서 뒤척였기 때문이다. 이제 내가 물러났으리라 생각할 수도 있지만, 천만에. 도둑이 들까 봐 덧문을 굳게 닫아두었기에 방 안에는 짙은 어둠이 드리워져 있었다. 그래서 노인이 열린 문을 보지 못하리라는 것을 알고 있었다. 나는 계속해서 문을 밀었다.

머리를 밀어 넣고 랜턴의 가리개를 열려던 참이었다. 그때, 엄지손가락이 랜턴의 잠금쇠 위에서 미끄러졌고 노인은 침대에서 벌떡 일어나 소리쳤다.

"거기 누구요?"

나는 잠자코 서서 아무 소리도 내지 않았다. 꼬박 한 시간 동안 근육 하나 움직이지 않았다. 그동안 노인이 눕는 소리도 듣지 못했다. 노인은 침대에 앉아 귀를 기울이고 있었다. 마치 매일 밤 내가 벽 속에서 들리는, 죽음을 알리는 심장 박동 소리에 귀를 기울여왔던 것처럼.

이내 작은 신음이 들렸다. 이는 극심한 공포로부터 나오는 소리였다. 고통이나 비통의 신음이 아니었다. 분명하다. 이는 두려움이 넘쳐 영혼의 밑바닥부터 새어 나오는 억눌린 낮은 소리였다. 나는 그 소리를 잘 알고 있었다. 수많은 밤 동안, 온 세상이 잠든 자정이면 내 가슴속으로부터 나오는 소리와 같았다. 그 소리는 끔찍하게 울려대며 날 괴롭히던 공포를 더욱 극대화시켰다. 나는 그 소리를 잘 알고 있었다. 노인이 어떤 기분인지 잘 알고 동정했지만 마음속으로는 킬킬대며 웃었다.

처음으로 작은 소리가 들려 뒤척이며 돌아누운 이후로 줄곧 노인이 깨어 있는 것을 알고 있었다. 계속해서 노인 안의 공포가 커져갔다. 아무 이유 없이 느끼는 감정이라고 치부하려 했으나 그러지 못했다. '굴뚝에서 나는 바람 소리일 뿐이야. 바닥에 쥐가 지나가는 거야. 그저 귀뚜라미가 우는 소리야.' 노인은 스스로에게 이렇게 말하고 있었다. 이런 생각으로 자신을 안도시키려고 노력했다. 모든 것이 허사였음을 깨달았다. 그래, 모두 허사였다. 그를 향해 다가가던 죽음이 그림자를 드리우며 노인을 뒤덮었기 때문이다. 비록 들리지도 보이지도 않았지만 눈에 띄지 않는 음침한 그림자의 영향으로 내 머리가 그 방에 존재하는 것을 느낄 수 있었을 것이다.

노인이 다시 눕는 소리를 듣지 못한 채 아주 오랜 시간 차분히 기다리고 있을 때 랜턴의 가리개를 아주 살짝, 정말 살짝 열기로 마음먹었다. 그리고 가리개를 열었다. 얼마나 몰래, 은밀하게 열었는지 상상도 못 할 것이다. 흐릿한 한 줄기 빛이 마치

거미줄처럼 랜턴의 틈에서 새어 나와 노인의 독수리 같은 눈 위로 떨어졌다.

노인은 눈을 아주 크게 뜨고 있었다. 그 눈을 바라보자 분노가 치밀었다. 나를 뼛속까지 소름 끼치게 만들었던 얇은 막이 덮인 흐릿한 푸른 눈. 나는 그 눈을 아주 또렷하게 보았다. 하지만 그 외에 얼굴이나 몸은 보지 못했다. 마치 본능인 것처럼 그 저주받은 부분에만 정확히 빛줄기를 향하게 했기 때문이다.

여러분이 광기라고 착각하는 것은 보통 이상으로 예민해진 감각이라고 말하지 않았던가? 그 순간, 천에 싸여 있는 시계가 내는 소리와 같은 낮고 둔탁하며 빠르게 움직이는 소리가 귀에 들려왔다. 나는 그 소리 또한 잘 알고 있었다. 그것은 노인의 심장 박동 소리였다. 그 소리를 들으니 마치 북소리가 군인들을 고무시키는 것처럼 나의 분노가 커져갔다.

하지만 꾹 참고 가만히 기다렸다. 숨도 거의 쉬지 않았다. 랜턴이 움직이지 않도록 꼭 쥐고 있었다. 얼마나 꾸준히 노인의 눈 위로 빛줄기를 유지할 수 있는지 시험해보았다. 그 와중에 지옥 같은 심장 박동 소리는 점차 커졌다. 매 순간 더욱 빨라졌고, 더욱 커졌다. 노인의 공포는 분명 극에 달했으리라. 소리는 더욱 커졌다. 내가 초조한 상태라고 말했던 것을 주의 깊게 들었는가? 정말 그러했다. 지금 고요한 한밤중, 끔찍한 침묵이 감도는 그 낡은 집에서, 그 소리는 너무나도 이상해서 내게 통제할 수 없는 공포를 불러일으켰다. 그럼에도 얼마 동안 꾹 참고 가만히 기다렸다. 하지만 심장 소리는 점차 커지고 커졌다. 나는 노인의 심장이 터져버릴 것만 같다고 생각했다. 곧 새로운 불안감에 사로잡혔다. 이웃에게 이 소리가 들릴 수도 있다. 자, 시간이 됐다!

나는 큰 고함을 지르며 랜턴의 가리개를 열고 방 안으로 뛰어들어 갔다. 노인은 외마디 비명을 질렀다. 단 한 번뿐이었다. 한순간에 나는 노인을 바닥으로 끌고 내려와 무거운 침구를 뒤집어씌웠다. 들뜬 미소를 지으며 지금까지 해온 일들을 떠올렸다. 수분간 숨죽인 소리가 들리며 심장이 계속 뛰었다. 그 심장 소리는 나를 짜증 나게 하지 않았다. 이 소리는 벽 너머로 들리지 않을 테니. 한참 후 그 소리가 멈췄다. 노인이 죽었다. 나는 침구를 치우고 시체를 확인했다. 어느새 노인은 싸늘한 시체가 되었다. 심장 위에 손을 얹은 뒤 오랫동안 그 상태로 있었다. 맥박은 없었다. 그는 싸늘한 시체가 되었다. 더 이상 노인의 눈은 나를 괴롭히지 못하리라.

아직도 내가 미쳤다고 생각하는가? 내가 시체를 숨기기 위해 어떤 용의주도한 방법을 취했는지 듣고 나면 그 생각을 거두게 될 것이다. 밤이 기울고 조용히 일을 서둘렀다. 우선 시체의 사지를 절단했다. 머리를 자르고 팔과 다리를 잘랐다.

그 후 방바닥에서 나무판자 세 개를 들어 올린 후 시체 토막을 목재 사이에 숨겼다. 그리고는 인간의 눈으로는, 심지어 노인 자신의 눈으로도 무언가 잘못되었다는 사실을 간파할 수 없을 정도로 너무나도 빈틈없이, 정말 정교하게 나무판자를 되돌려놓았다. 어떠한 종류의 얼룩도, 피 한 점도, 흔적을 남긴 것이라곤 없었다. 나는 그 부분에 상당히 주의를 기울였다. 통 하나에 모두 담아냈다. 하하!

일을 모두 마치고 나니 새벽 4시쯤이었다. 아직도 자정처럼 어두웠다. 4시 정각을 알리는 종소리가 울리면서 누군가 현관문을 두드렸다. 나는 가벼운 마음으로 문을 열었다. 내가 지금 두려워할 이유가 무엇이 있겠는가? 현관문 밖에 선 세 명의 남자는 정중하게 자신들을 경관이라고 소개했다. 밤중에 비명 소리가 이웃에 들렸고, 살인이 일어난 것 같아 경찰서에 신고를 했으며, 내 앞에 선 세 경관이 가택을 수색하는 임무를 맡게 된 것이라고 설명했다.

나는 미소 지었다. 내가 두려워할 이유가 무엇이 있겠는가? 경관들에게 들어오라고 권했다. 그리고 나서 '그 비명은 제가 꿈을 꾸다가 지른 비명이었습니다. 노인께서는 시골에 가서 안 계십니다.' 이렇게 말했다. 나는 스스럼없이 경관들에게 집 안 곳곳을 보여주었다. 경관들에게 충분히 수색하라고 말했다. 마침내 노인이 쓰던 방으로 안내했다. 노인의 귀중품이 아무도 손대지 않은 채 안전히 있는 것을 보여주었다. 나는 자신감에 고무되어 방 안으로 의자를 가지고 들어와 경관들이 이곳에서 피곤을 풀고 가길 바라면서, 완벽한 승리감에 취해 대담하게도 나 자신이 앉을 의자를 노인의 사체가 보관된 바로 그곳 위에 놓았다.

경관들은 만족해했다. 내 예의 바른 태도가 경관들을 납득시켰다. 이상하게도 편안했다. 경관들은 자리에 앉아 몇 가지 질문을 했고 내가 기분 좋게 대답하는 동안 친숙한 주제에 대해 담소를 나눴다. 하지만 머지않아 스스로 창백해지는 것을 느꼈고 그들이 가주길 바랐다. 머리가 아파왔고 귓속이 울리는 것 같았다. 하지만 경관들은 계속 앉아 수다를 떨었다. 귓속의 울림은 점차 뚜렷해졌다. 계속해서 귓속이 울렸고 소리는 점점 더 뚜렷해졌다. 나는 이 느낌을 없애기 위해 더욱 자유롭게 이야기했다. 하지만 소리는 지속되었고 점점 명확해졌다. 이윽고 그 소리가 내 귓속에서 나는 소리가 아님을 깨달았다!

나는 너무나도 창백해졌다. 목소리는 더 고조되어 거침없이 말했다. 그 소리는 더욱 커졌다. 어쩌면 좋단 말인가? 그 소리는 낮고 둔탁하며 빨랐다. 마치 천에 싸여 있는 시계가 내는 소리 같았다. 나는 숨을 헐떡였다. 경관들은 아직 그 소리를 듣지 못했다. 나는 더욱 빠르게, 더욱 격렬하게 말했다. 소리는 여전히 계속해서 커져갔다.

어쩔 수 없이 자리에서 일어서서 큰 목소리로 격렬한 몸짓을 취하며 사소한 일에 대해 따졌다. 하지만 소리는 계속해서 커져갔다. 왜 이들은 가지 않는 거지? 나는 마치 경관들이 날 관찰하는 시선에 화가 난 것처럼 성큼성큼 소리 내며 바닥 위를 앞뒤로 서성였다. 그래도 소리는 계속해서 커져갔다. 하느님 맙소사! 어쩌면 좋단 말인가? 초조하다. 어느새 거품을 물고, 고래고래 소리를 지르고, 욕지거리를 내뱉고 있었다. 나도 모르게 내가 앉아 있던 곳 위로 의자를 흔들었다. 심지어 나무판자 위로 의자를 비벼댔다. 하지만 소리는 계속해서 커져갔다. 점점 더 커지고, 커지고, 커졌다!

경관들은 아직도 즐겁게 이야기하며 미소를 지었다. 어떻게 이 소리가 들리지 않을 수 있단 말인가? 전능하신 신이시여! 아냐, 아냐! 경관들은 들었어! 의심하고 있어! 알고 있다고! 내 공포를 조롱하는 거야! 그렇게 생각했고, 지금도 그렇게 생각한다. 어떤 것도 이 괴로움보단 나았다. 어떤 것도 이 조롱보다 견딜 만했다. 더는 저 위선적인 미소를 참을 수가 없었다. 죽지 않으려면 소리를 질러야만 한다고 느꼈다. 지금, 다시 한 번, 잘 듣도록 하라! 더 크게! 크게! 더 크게! 크게!

마침내 소리를 질렀다.

"악당들아! 위선 떨지 마라! 내 죄를 인정한다! 이곳, 바로 이곳의 나무판자를 뜯어내라! 그래, 이 소리는 그 노인의 소름 끼치는 심장 박동 소리란 말이다!"

범인은 너다

Edgar
A. Poe

범인은 너다

나는 이제 오이디푸스가 되어 래틀버러 수수께끼를 풀고자한다. 지금부터 래틀버러의 기적을 불러일으킨 책략의 비밀을상세히 설명하겠다. 이것은 오직 나만이 할 수 있는 일이다. 유일하고, 진실하며, 공공연하고, 반박의 여지가 없으며, 반론할수 없는 래틀버러의 기적. 이 기적은 래틀버러 시민들 사이에존재하던 불신을 명쾌히 종식시켰고, 회의적인 태도를 보였던속물적인 노부인들의 정설로 자리 잡았다. 어울리지 않게 경솔한 어투로 말하게 되어 유감이라는 말을 미리 전한다.

이 사건은 18XX년 여름에 일어났다. 래틀버러에서 가장 부유하고 존경받는 인사였던 바르나바스 셔틀워디가 며칠간 실종되었다. 정황상 살해된 것이 아니냐는 의혹이 피어올랐다.셔틀워디는 어느 토요일, 아침 일찍 말을 타고 래틀버러를 떠났다. 떠나면서 약 20킬로미터 떨어진 도시에 갔다가 그날 밤돌아올 거라는 말을 남겼다. 그러나 셔틀워디가 출발한 지 두시간이 지났을 때 말은 주인도 없이 홀로 돌아왔다. 출발할 당시 등에 매여 있던 안장주머니도 사라져 있었다. 말은 부상을 입었고 온몸이 진흙투성이였다. 실종자의 친구들과 래틀버러 시민들은 몹시 놀랐다. 일요일 아침까지도 셔틀워디가 나타나지 않자 시민들 모두 그의 시체를 찾아 나섰다.

가장 열심히 수색에 앞장선 사람은 셔틀워디의 절친한 친구인 찰스 굿펠로였다. 사람들은 보통 그를 '찰리 굿펠로' 혹은 '올드 찰리 굿펠로'라고 불렀다. 놀라운 우연인 건지 아니면 찰스라는 이름 자체가 그 이름을 가진 인물의 성격에 미세한 영향을 미치는 건지 확신할 수는 없지만, 찰스라는 이름을 가진 사람은 모두 개방적이고 남자답고 진솔하고 온화하며 솔직한 데다 듣기 좋은 우렁차고 명료한 목소리와 곧은 시선을 가지고 있었다. 그 눈빛은 이렇게 말하는 듯했다.

"나는 양심에 부끄러운 것이 없고 그 누구도 두려워하지 않으며 비열한 행동과 거리가 멉답니다."

친절하고 근심 없는 '살아 있는 신사들'은 분명 모두 찰스라는 이름을 가졌을 것이다.

찰스 굿펠로는 래틀버러에 온 지 반년이 채 안 되었고, 찰리가 이곳에 정착하기 전에 어떤 삶을 살았는지 아는 사람은 아무도 없었다. 찰리는 어떠한 어려움도 없이 도시의 명사들과 친분을 쌓을 수 있었다. 사람들은 어떤 순간에도 그의 말을 곧이곧대로 받아들였다. 여자들은 찰리에게 호의를 베풀기 위해서라면 무엇이든 했다. 이는 그가 찰스라는 이름을 가졌기 때문이며, 그야말로 '최고의 추천서'라고 할 수 있는 천진난만한 얼굴을 지녔기 때문이었다.

앞서 셔틀워디가 래틀버러에서 가장 존경받는 인사이고 제일가는 부자이며, 찰리 굿펠로는 그와 마치 친형제인 듯 친밀한 관계를 맺고 있었다고 말한 바 있다. 두 신사는 옆집에 사는 이웃이었다. 셔틀워디는 좀처럼 이웃집을 방문하는 일이 없었고 이웃집에서 식사를 한 적도 없었다. 그래도 내가 조금 전에 말한 것처럼 두 사람은 대단히 가까워졌다. 찰리는 하루도 빼놓지 않고 매일 서너 번씩 셔틀워디의 집에 들러 친구가 어떻게 지내는지 확인했다. 빈번히 그 집에 머무르며 아침을 먹거나 차를 마시고 대개 저녁까지 먹고 갔다. 두 친구가 한 끼 식사를 하며 마시는 와인의 양은 어마어마하여 일일이 확인하기가 어려운 수준이었다.

찰리는 샤토 마고를 가장 좋아했다. 셔틀워디는 친구가 연거푸 그 와인을 마시는 걸 보며 대단히 기뻐하는 듯했다. 어느 날 와인을 서너 잔 걸쳐 분별력이 어느 정도 사라졌을 때, 셔틀워디가 친구의 등을 철썩 때리며 말했다.

"그래, 찰리. 자네는 말이지 내 평생 만난 사람 중 가장 다정한 사람이네. 자네가 그렇게 와인을 진탕 퍼마시는 걸 좋아하니 자네에게 샤토 마고를 한 상자 선물해주지 않으면 안 되겠는걸, 제기랄."

애석하게도 셔틀워디는 습관적으로 욕을 했는데 그래도 '제기랄'이나 '에라이!' 혹은 '젠장'보다 심한 말은 하지 않았다.

"오후 일찍 와인을 최상품으로 두 상자 주문해서 자네에게 선물하지. 그렇게 하고말고! 아무 말도 안 해도 되네. 이걸로 이야기는 끝이라네. 그러니까 자네는 기다리고 있게. 자네가 기다림을 잊어버릴 때쯤 도착할 거야."

셔틀워디의 관대함에 대해 이야기한 이유는 두 친구의 사이가 얼마나 친밀했는지를 보여주기 위함이었다.

문제의 일요일 아침, 셔틀워디가 살해되었다는 심증이 깊어지자 찰리 굿펠로만큼 큰 충격을 받은 사람도 없었다. 주인도, 주인의 안장주머니도 없이 말 혼자 돌아왔다. 말은 총상 때문에 온몸이 피투성이였고, 총탄은 말의 흉부를 관통했지만 그래도 목숨은 붙어 있었다. 찰리는 이 소식을 처음 들었을 때 실종자가 친형제나 친부모라도 되는 듯 창백해져서 오한이 든 것처럼 몸을 벌벌 떨었다.

처음에는 너무 큰 비탄에 휩싸여 아무것도 할 수 없었고 어떤 계획도 세울 수 없었다. 그래서 오랫동안 다른 친구들에게 소란을 피우지 말고 한두 주 내지 한두 달 정도 잠시 기다려보는 것이 최선이라고 설득했다. 그러면서 어떤 소식이 들리지는 않을지, 아니면 셔틀워디가 자연스럽게 돌아와서 왜 말만 먼저 보냈는지 설명하지는 않을지 지켜보자고 했다. 깊은 슬픔을 겪는 사람들은 흔히 이렇게 꾸물거리거나 현실을 미루는 경향을 보이곤 한다. 정신력이 활기를 잃고 어떤 행동을 취할 때 잔뜩 겁을 먹으며 침대에 조용히 누워 슬픔을 가라앉히기만 한다. 노부인들이 그러는 것처럼 문젯거리에 대해 깊이 파고들어 슬픔을 곱씹어 생각하는 것이다.

래틀버러 시민은 찰리의 지혜와 신중함을 높이 샀기 때문에 대다수가 그의 말에 따라 어떤 소식이 들려올 때까지 소란을 피우지 않기로 했다. 모든 사람이 그렇게 하기로 마음을 먹었지만 셔틀워디의 조카만은 예외였다. 행실이 나쁘고 방탕한 행동을 일삼던 셔틀워디의 조카는 이 일에 수상쩍게 간섭했다. 그의 이름은 페니페더였다. 조용히 있자고 말하는 이유 따위는 귓등으로도 듣지 않고 즉시 '살해된 삼촌의 시체'를 찾으러 가야 한다고 주장했다. 정확히 이런 표현을 사용했다. 이 말을 듣고 굿펠로가 말했다.

"이상한 말을 하는군. 그런 말은 더 이상 하지 말게."

굿펠로의 이 말 역시 사람들에게 큰 영향을 미쳤다. 시민 중 한 사람이 아주 인상 깊은 질문을 던졌다.

"페니페더는 삼촌이 실종된 상황을 어떻게 전부 알고 혼자서만 삼촌이 죽었다고 단언할 수 있는 거지?"

그 이후 사람들 사이에서 조롱과 말다툼이 벌어졌다. 특히 찰리와 페니페더가 격렬하게 다퉜는데 두 사람의 말다툼이 특별히 신기할 것도 없었다. 지난 서너 달 동안 두 사람 사이에서 선의라고는 찾아볼 수 없었기 때문이다. 셔틀워디의 집에는 조카도 함께 살고 있었는데, 그 집에서 찰리가 너무 제멋대로 굴었다며 페니페더가 실제로 주먹을 한 방 먹인 적도 있었다. 이 사건이 있었을 때 찰리는 모범적인 온건함과 기독교적 자애를 보였다는 평을 들었다. 페니페더에게 맞은 후 자리에서 일어나 옷매무새를 정돈하고는 복수하려 하지 않았다. 그저 '적절한 때가 오면 간단히 갚아주지'라고 몇 마디 중얼거렸을 뿐이었다. 이는 자연스럽고 아주 정당한 분노의 폭발이었다. 시간이 지난 후 기분이 풀어지면 쉽게 잊어버릴 만한 아무것도 아닌 감정이었다.

이 사건이 어떻다 한들 지금 문제가 되는 사안과는 관련이 없다. 래틀버러 주민들은 페니페더의 설득 끝에 인근 지역으로 뿔뿔이 흩어져 실종된 셔틀워디를 찾아보기로 의견을 모았다. 결정된 사안은 이랬다. 반드시 수색이 필요하며, 여러 지역으로 흩어져서 찾아봐야 한다는 것이었다. 다시 말해 몇 사람씩 모여 인근 지역으로 흩어져서 그곳을 샅샅이 찾아봐야 한다는 것이었다. 그러나 정확히 기억나지는 않지만 찰리가 어떤 기발한 논리로 이 계획이 지혜롭지 못하다며 사람들을 설득해냈다. 찰리는 페니페더를 제외한 모든 이들을 설득할 수 있었다. 결국 찰리의 진두지휘 하에 모두 한데 모여 아주 철저하고 신중한 수색을 벌이자는 새로운 계획이 세워졌다.

수색대를 이끄는 데 있어 스라소니의 눈을 가진 찰리보다 더 나은 적임자는 없었다. 찰리는 사람들을 이끌고 눈에 띄지 않는 온갖 구덩이와 숲 구석구석을 찾아보고 그 누구도 존재조차 몰랐던 길들까지 살펴보았다. 수색은 밤낮으로 쉬지 않고 근 일주일 동안 계속되었다. 허나 셔틀워디의 흔적은 발견되지 않았다. 내가 발견되지 않았다고 한 것을 말 그대로 받아들이지 않기 바란다. 왜냐하면 결정적이진 않으나 어느 정도의 흔적은 발견되었기 때문이다.

이상한 일이지만, 불행한 실종자가 타고 있던 말의 발굽 자국이 도시에서 동쪽으로 5킬로미터 떨어진 다른 도시로 이어지는 큰길에서 발견되었다. 발자국은 작은 숲을 가로지르는 샛길 위로 나 있었다. 샛길은 숲에서 빠져나와 다시 큰길로 합류했는데, 약 800미터 길이로 일반 도로를 질러가는 지름길이었다. 길에 나 있는 말발굽 자국을 따라가던 일행은 길 오른쪽에서 관목에 반쯤 숨겨져 있는 웅덩이를 발견했다. 웅덩이 반대편에서 발굽 자국은 자취를 감췄다. 그러나 여기에서 무언가가 몸부림 친 흔적을 발견했고, 사람보다 더 크고 육중해 보이는 무언가가 샛길에서 웅덩이까지 끌려간 것 같았다. 웅덩이를 두 번이나 신중히 살펴보았으나 그 외에 다른 어떤 것도 발견되지 않았다.

어떤 결실도 얻지 못해 절망한 사람들이 막 돌아가려던 찰나, 굿펠로는 웅덩이의 물을 전부 빼내라는 신의 계시를 받았다고 말했다. 사람들은 이 제안에 환호했고 찰리의 지혜와 사려에 수많은 찬사를 보냈다. 여러 시민들이 사체를 파내야 할지도 모른다고 생각해서 삽을 가져왔기 때문에 쉽고 빠르게 물을 퍼낼 수 있었다. 바닥이 드러나자 진흙 한가운데서 검은색 실크 벨벳 조끼가 발견되었다. 그 자리에 있던 모든 사람들이 그 조끼가 페니페더의 옷임을 알아챘다. 이 조끼는 너덜너덜하게 찢겨 있었고 피로 얼룩져 있었다.

셔틀워디가 도시로 떠난 바로 그날 아침, 페니페더가 그 조끼를 입고 있었던 것을 여러 사람이 또렷하게 기억하고 있었다. 페니페더가 그날 아침 이후로 문제의 그 옷을 입은 적이 없다는 사실을 선서하고 증언할 수 있는 사람들도 있었다. 셔틀워디가 사라진 후 페니페더가 그 조끼를 걸친 모습을 보았다고 말하는 사람은 한 사람도 없었다.

상황은 페니페더에게 상당히 불리하게 돌아갔다. 자신에게 명백한 의심의 그림자가 드리워지자 페니페더는 얼굴이 새하얗게 질렸다. 뭐라 변명할 말이 있냐는 물음에 한 마디도 대답하지 못했다. 그러자 페니페더의 폭력배 친구들은 그를 배신하여 오랜 적들보다도 더 소란스럽게 즉시 그를 체포하라고 야단이었다. 반면 굿펠로의 관대함은 대조적으로 빛을 발했다. 그는 따뜻하고 매우 설득력 있게 그 거친 젊은이를 진심으로 용서한다는 뜻을 비치며 변호에 나섰다.

"훌륭한 신사 셔틀워디 씨의 상속인이 저를 모욕했던 것은 분명 홧김에 저지른 일이었을 겁니다. 저는 진심으로 페니페더를 용서했습니다. 그리고 페니페더에게 불리하게 돌아가는 의심스러운 상황을 극단적으로 몰고 가기보다는, 제가 할 수 있는 한 최선을 다해서, 변변치 않은 말주변이나마… 몹시 착잡한 이 최악의 상황을 가라앉힐 수 있게 노력하고자 합니다."

굿펠로는 열과 성을 다해 30분 넘게 말을 이어갔다. 애석하게도 마음이 따뜻한 사람들은 의견을 제대로 말하는 법이 거의 없다. 친구를 위한다는 열의 때문에 마음이 성급해져서 온갖 실수를 하고 사소한 언쟁에 휘말리며 시기적절하지 않은 말을 뱉게 된다. 따라서 인정을 베풀고자 하는 마음으로 말하는 의도를 관철하기보다는 청중들의 편견을 가중시키기는 데 더 큰 영향을 미치고 마는 것이다.

이번 찰리의 연설도 그랬다. 의심받는 페니페더를 진심으로 변호하려 노력했다. 그러나 청중들로부터 긍정적인 의견을 유발하려던 의도로 내뱉은 말 한마디 한마디가 오히려 페니페더를 향하고 있는 의심을 가중시키고 사람들의 분노를 자극하기만 했다.

연사의 가장 돌이킬 수 없는 실수는 용의자를 두고 '훌륭한 신사 셔틀워디 씨의 상속인'이라고 언급한 것이다. 사람들은 미처 여기까지 생각하지 못하고 있었다. 그저 페니페더를 제외하고는 생존하는 친척이 없는 셔틀워디가 한두 해 전에 조카의 상속권을 빼앗겠다고 협박한 것만을 기억하고 있었다. 따라서 페니페더의 상속권은 박탈이 확정된 사안이라고 생각했다. 래틀버러 시민들은 하나만 생각하는 사람들이었다. 그러나 찰리의 말을 듣자 사람들은 이 일을 떠올리게 되었고, 셔틀워디의 말은 단순한 협박에 불과했을 거라 생각하게 되었다.

그러자 즉시 '누구의 이익을 위해서' 이 사건이 벌어졌는가에 대한 의문이 자연스럽게 떠올랐다. 그 젊은이가 끔찍한 범죄를 저질렀다고 의심하는 데는 조끼를 찾아낸 것보다 이 질문에 대해 생각하는 편이 더욱 깊은 관련이 있었다. 오해를 없애기 위해 잠시 주제에서 벗어나 '누구의 이익을 위해서'라는 간단한 문장에 대해서만 언급하겠다.

'누구의 이익을 위해서'는 라틴어로 'Cui bono'라고 하는데, 이 말은 언제나 잘못 번역되어 다른 의미로 사용된다. 'Cui bono'라는 말은 수많은 일류 소설에서 사용되었는데, 《세실》의 작가인 고어 부인의 작품들 속에도 등장한다. 고어 부인은 칼데아의 말부터 치카소의 말까지 모든 언어를 인용했는데, 벡퍼드의 체계적인 계획 아래에서 도움을 받았다. 불워와 디킨스, 터나페니, 에인즈워스의 작품에 이르는 일류 소설들에서 'Cui bono'라는 두 단어의 라틴어는 '무슨 목적으로' 내지는 '무슨 소용으로'라고 사용된다. 하지만 제대로 된 의미는 '누구의 이익을 위해서'이다. 'Cui'는 '누구를'이며 'bono'는 '이익'이라는 뜻이기 때문이다. 이 말은 법률 용어이며, 꼭 지금 논의 중인 것 같은 사건에서 사용된다. 어떤 사람이 어떤 행위를 실행했을 때 그 행위를 완수함으로써 행위자나 다른 사람에게 이익이 발생하는 경우의 사건을 말한다. 이 사건에 '누구의 이익을 위해서 사건이 발생했는가?'라는 질문을 던지자 페니페더가 사건에 연루되어 있음을 신랄하게 알 수 있었다.

삼촌은 자신에게 유리하게 유언장을 작성한 후 상속권 박탈을 가지고 조카를 위협했다. 그 위협은 실제로 이루어지지는 않았다. 유언장은 초안에서 변경되지 않았다. 만일 유언장이 변경되었다면 용의자의 유일한 살해 동기는 복수였을 것이다. 그런데 이조차도 삼촌의 선량한 은혜를 다시 입을 수 있는 가능성을 없애는 것이다. 하지만 유언장은 변경되지 않았다. 유언장이 변경될지도 모른다는 위협은 조카의 머릿속에 남아 있었기 때문에 극악무도한 행위를 유발할 만한 동기로 떠올랐다. 정말 명석하고도 훌륭한 래틀버러 주민들은 그렇게 결론을 내렸다.

페니페더는 현장에서 체포되었다. 좀 더 수색을 진행한 다음 시민들은 마을로 돌아와 페니페더를 유치장에 가뒀다. 그런데 돌아가는 길에 페니페더에 대한 의심이 한층 짙어지는 또 다른 사건이 발생했다. 열의를 가지고 언제나 한발 앞서 무리를 이끌던 굿펠로가 갑자기 몇 걸음 앞으로 달려나가 몸을 웅크리고는 풀숲 위에서 어떤 작은 물체를 집어 올렸다. 굿펠로는 물건을 재빨리 살펴본 후 코트 주머니에 숨기려는 시도를 했다. 그 행동을 수상히 여긴 주민들이 알아채고 재빨리 저지했다. 굿펠로가 집어든 물건은 스페인제 칼이었는데, 사람들은 페니페더의 물건임을 즉시 알아챘다. 심지어 칼 손잡이에 페니페더의 이니셜까지 새겨져 있었다. 노출된 칼날은 피범벅이었다.

셔틀워디의 조카가 유죄라는 것에는 의심의 여지가 없었다. 페니페더는 래틀버러에 도착한 즉시 심문을 받기 위해 치안 판사 앞으로 끌려갔다.

사태는 다시 한 번 불리해졌다. 셔틀워디가 실종된 날 아침 그의 소재에 대해 묻자 용의자는 뻔뻔스럽게도 이른 아침부터 웅덩이 바로 인근으로 소총을 들고 사슴 사냥에 나갔다고 말했다. 페니페더가 말한 웅덩이는 굿펠로가 신의 계시를 받은 덕분에 피투성이 조끼를 발견한 바로 그 장소였다.

굿펠로는 앞으로 나서서 눈물을 글썽이며 증언을 하게 해달라고 요청했다. 하느님께 받은 엄중한 의무감 때문에, 적어도 이웃으로서, 입 다물고 있을 수 없다고 했다. 상황은 페니페더에게 몹시 불리하게 돌아갔다. 굿펠로는 젊은이에 대한 애정 때문에 상상력을 총동원해서 의심스러운 상황을 설명해내고자 온갖 가설을 내놓았다. 그러나 모든 정황상 유죄가 확실해 보였다. 굿펠로는 더 버티지 못하고 마음이 부서질지언정 아는 모든 사실을 말하기로 했다.

실종 바로 전날 오후, 셔틀워디는 굿펠로가 듣고 있는 자리에서 조카에게 다음 날 농상인 은행에 엄청난 금액의 예금을 예치하러 도시에 갈 계획이라고 말했다. 그리고는 조카에게 처음 작성했던 유언장을 철회한 다음 1실링만 주고 인연을 끊어 버릴 거라 공언했다. 증인은 용의자에게 자신이 방금 증언한 내용이 사실인지 아닌지 정중히 물었다. 놀랍게도 페니페더는 솔직하게 사실이라고 인정했다.

치안 판사는 경관 두어 명을 보내 셔틀워디 집에 있는 용의자의 방을 수색하는 것이 자신의 임무라고 판단했다. 용의자 방으로 간 경관들은 철제 테두리를 두른 적갈색 가죽 지갑을 가지고 즉시 돌아왔다. 이 지갑은 셔틀워디가 수년간 습관처럼 가지고 다닌 물건이었다. 그러나 그 안의 귀중품은 이미 사라진 상태였다. 치안 판사는 용의자에게 내용물을 어디에 썼는지, 혹은 어디에 숨겼는지 물었지만 허사였다. 완강하게 모른다고 부인했다. 경관들은 피해자의 침대와 침대보 사이에서 셔츠와 손수건도 발견했다. 두 물건 모두에 용의자의 이니셜이 새겨져 있었고, 꺼림칙하게도 피해자의 피로 뒤범벅이 되어 있었다.

이 시점에 피살자의 말이 총격의 영향으로 방금 마구간에서 죽었다는 소식이 들려왔다. 굿펠로는 탄환을 찾기 위해서라도 즉시 말을 부검해야 한다고 제안했고, 그 의견에 따라 말을 부검하였다. 굿펠로가 말의 흉부를 꼼꼼히 살펴본 결과, 용의자의 유죄를 증명하기라도 하듯 페니페더의 라이플 총구에 꼭 들어맞는 크기의 총알이 발견되었다. 적출한 총알은 이 도시와 그 인근에 살고 있는 다른 사람들의 총구에 넣기엔 너무 컸다. 사건을 좀 더 명확하게 만들어준 부분이 있었다. 총알에서 어떤 결함이 발견되었는데, 조사 결과 용의자가 자신의 물건이라고 인정한 총알 주형에 우연히 생긴 홈의 모양과 정확히 일치한 것이다.

총알을 발견하자 담당 치안 판사는 더 이상 증언을 듣지 않기로 했고, 단호히 보석을 불허하며 즉시 용의자를 재판에 회부했다. 이토록 가혹한 판결에 굿펠로는 열렬히 항의했으며 보석금이 얼마나 들던 지불하겠다고 말했다. 찰리의 관대한 모습은 래틀버러에 머무는 동안 보였던 친절하고 정중한 행동들과 일치하는 것이었다. 이때 굿펠로는 진심 어린 동정심에 휩쓸린 나머지 보석을 신청할 당시 수중에 한 푼의 재산도 없다는 사실조차 잊은 듯했다.

범행의 결론은 쉽게 예상할 수 있었다. 래틀버러 시민들의 요란한 저주 속에서 페니페더는 형사 재판을 받게 되었다. 굿펠로는 양심의 가책을 느껴 더 이상 숨기지 못하고 법정에 추가 사실을 진술했다. 이것 때문에 범행의 정황 증거들이 더욱 강화되었다. 일련의 정황 증거들은 너무나도 온전하고 결정적이어서 배심원들은 그 자리에서 '1급 살인'이라는 즉각적인 판결을 내렸다. 머지않아 불행한 용의자는 사형 선고를 받았고 교도소에 구금되어 가차 없는 법의 복수를 기다렸다.

그사이 찰리 굿펠로는 숭고한 행동을 보인 덕에 진솔한 래틀버러 시민들에게 큰 사랑을 받았다. 사람들은 이전보다 훨씬 더 굿펠로를 좋아하게 되었다. 그 호의에 보답이라도 하듯 자연스럽게 굿펠로는 지금까지 가난 때문에 버릴 수 없었던 인색한 태도를 누그러뜨리고 자기 집에서 친목회를 자주 벌였다. 친목회에는 재치와 유쾌함이 흘러넘쳤다. 물론 절친한 친구였던 고인의 조카를 기다리는 불행하고 우울한 운명이 이따금 생각날 때마다 조금은 분위기가 가라앉았다.

날씨 좋은 어느 날, 우리의 관대한 신사는 한 통의 편지를 받고 놀라면서도 기뻐했다.

찰스 굿펠로 귀하

찰스 굿펠로 님. 지금으로부터 두 달 전 존경하는 고객 바르나 바스 셔틀워디 님께서 주문하신 내역에 따라 귀하의 주소로 앤털로프 브랜드의 보라색 봉인이 찍힌 샤토 마고 두 상자를 보내드립니다. 가장자리에는 상자 번호가 표시되어 있습니다.

H.F.B 회사
18XX년 6월 21일

추신 – 주문하신 와인은 이 편지가 도착한 다음 날 마차로 배달될 예정입니다. 셔틀워디 님께 안부 인사 부탁드립니다.

사실 굿펠로는 셔틀워디가 사망한 후, 약속한 샤토 마고를 받는다는 기대는 전부 접고 있었다. 따라서 이 와인은 그를 위해 하늘에서 베푼 특별한 선물이라고 생각했다. 물론 너무나 기뻤다. 기쁨에 넘쳐 셔틀워디의 선물을 꺼내기 위해 다음 날 수많은 친구를 만찬회에 초대했다. 다만 초대장을 보낼 때 '훌륭한 셔틀워디'에 대한 말은 하지 않았다. 심사숙고한 끝에 아무 말도 하지 않기로 했다. 내가 기억하는 게 맞는다면, 굿펠로는 샤토 마고를 선물로 받았다는 것을 누구에게도 말하지 않았다. 그저 친구들에게 집으로 와서 두 달 전에 시내에서 주문해서 내일 받을 예정인 화려한 풍미의 최상품 와인을 함께 마시자고 했을 뿐이다. 왜 찰리가 절친한 친구로부터 와인을 선물받은 것에 대해 아무 말도 하지 않기로 했는지 이해할 수 없었다. 그가 침묵한 이유를 정확히 알 수 없었다. 허나 찰리의 결정이었기에 분명 훌륭하고 관대한 이유가 존재했을 것이다.

마침내 다음 날이 되었고 수많은 사람이 굿펠로의 집에 도착했다. 래틀배러에 살고 있는 사람 중 절반은 온 것 같았는데 나도 그중 하나였다. 애석하게도 손님들이 찰리가 대접한 호화로운 만찬을 다 먹어치울 정도로 늦은 시간까지 샤토 마고는 도착하지 않았다. 와인은 한참 후에 도착했다. 어마어마하게 큰 상자가 배달되었다. 손님들은 모두 기분이 좋았으므로 만장일치로 와인 상자를 테이블 위에 올려 내용물을 꺼내기로 했다.

말을 꺼내자마자 행동으로 옮겨졌다. 나도 손을 보탰다. 우리는 순식간에 상자를 테이블 위에 올려놓았다. 테이블 위에는 병과 잔이 가득 올려져 있었는데 이 소란 때문에 꽤 많이 깨져버렸다. 술에 거나하게 취해서 얼굴이 벌겋게 달아오른 찰리는 거드름을 피우며 테이블 맨 앞에 앉아 디캔더로 테이블을 쾅쾅 내리치며, 보물을 개봉하는 의식을 진행하는 동안 사람들에게 질서를 지키라고 말했다.

한바탕 시끄러운 고함이 지나간 후 완전한 정적이 내려앉았다. 비슷한 상황에서 자주 찾아볼 수 있는 깊고 무거운 정적이었다. 뚜껑을 열어달라는 부탁에 나는 흔쾌히 요청에 응했다. 뚜껑 사이에 끌을 집어넣고 망치로 몇 번 가볍게 두드렸더니 상자의 뚜껑이 갑자기 휙 날아갔다. 그와 동시에 멍들고 피투성이가 된 채로 상당히 부패가 진행된 셔틀워디의 시체가 상자 안에서 튀어 올라 이 집의 주인을 정면으로 마주 본 상태로 앉게 되었다. 몇 초간 빛을 잃은 부패한 슬픈 눈빛으로 굿펠로의 얼굴을 마주 보고는, 느리지만 분명하고 인상적으로 말했다.

"범인은 너다!"

그러더니 완전히 만족스러운 듯 한쪽으로 쓰러져 테이블 위에서 사지를 쭉 펴고 덜덜 떨었다.

그 이후로 일어난 광경은 감히 설명할 수조차 없었다. 사람들은 출입문과 창문을 향해 내달렸고, 방 안에 있던 씩씩한 남자들조차도 극심한 공포로 기절해버렸다. 그러나 공포에서 비롯된 비명이 한차례 만찬 회장을 휩쓸고 나자 모든 사람이 하나의 눈으로 굿펠로를 바라보았다. 내가 천년을 산다 해도 그의 얼굴에 드리워졌던 극심한 고통은 잊을 수 없을 것이다. 지금까지 승리감과 술기운으로 시뻘겋게 달아올라 있던 굿펠로의 얼굴은 극도로 창백해졌다. 몇 분 동안 석고상이 된 것처럼 가만히 앉아만 있었다. 텅 빈 시선은 마음속을 향한 채로 자신의 비참하고 잔인한 영혼에 대해 깊이 생각하는 것 같았다.

마침내 굿펠로의 시선이 갑자기 외부 세계를 향해 번득였다. 그는 재빨리 자리에서 일어나 테이블을 향해 머리와 어깨를 무겁게 떨어뜨렸다. 그리고 시체에게 다가가 지금 페니페더가 투옥되어 죽음만을 기다리고 있는 그 극악무도한 범죄에 대해 상세히 자백했다.

찰리가 털어놓은 이야기는 이렇다. 찰리는 웅덩이 근처까지 피해자를 따라갔다. 그곳에서 권총으로 말을 쏘고 개머리판으로 셔틀워디의 머리를 내리쳐 처리한 후 지갑을 챙겼다. 말이 죽었다고 생각한 찰리는 힘들여 웅덩이 옆 관목까지 말을 질질 끌고 갔다. 셔틀워디의 시체를 말 위에 매달아 걸고 숲 속 깊숙한 곳의 안전한 장소에 숨겨놓았다.

조끼, 칼, 지갑, 총알은 페니페더에게 복수할 목적으로 그 장소에 놓아두었다. 피로 얼룩진 손수건과 셔츠를 찾아낼 계획도 세웠다.

피비린내 나는 설명이 끝을 치닫으면서, 죄인은 점점 말을 더듬거리더니 목소리에 힘을 잃어갔다. 이야기를 마무리하자 그는 일어나 테이블에서 뒷걸음질치다가 털썩 쓰러지더니 그대로 죽었다.

때맞춰 고백을 이끌어내기 위해 사용한 방법은 효과적이었는데, 알고 보면 정말 간단한 것이었다. 나는 굿펠로의 과도한 솔직함이 역겨웠고 처음부터 의심스러웠다. 페니페더가 굿펠로를 때려눕혔을 때 나도 그 자리에 있었다. 그때 그의 얼굴에 떠오른 악마 같은 표정은 순식간이었지만, 그 표정을 보자 굿펠로가 반드시 복수를 감행할 거라는 확신이 들었다. 그래서 선량한 래틀버러 시민들이 생각하는 것과는 아주 다른 시각으로 찰리의 계획을 바라볼 수 있었다.

나는 유죄를 증명하는 증거들을 모두 직간접적으로 찰리가 제공했다는 사실을 알게 되었다. 그러나 사건의 진상을 알아차린 것은 굿펠로가 말의 시체에서 발견한 총알 덕분이었다. 말에는 총알이 들어간 구멍이 있었고 빠져나온 구멍이 하나 더 있었다. 래틀버러 시민들은 이 사실을 잊어버렸을지언정 나는 잊지 않았다. 따라서 총알이 말을 관통했는데도 몸속에서 발견된다면, 그 총알을 찾아낸 사람이 넣어둔 것임이 분명했다. 피묻은 셔츠와 손수건을 발견하자 총알로 생긴 의심을 확신할 수 있었다. 조사 결과 셔츠에 묻은 피는 와인이었던 것으로 밝혀졌다. 이런 사실들과 더불어 최근 굿펠로의 관대함과 씀씀이가 커졌다는 것을 생각하자 의혹이 강해졌다. 그렇지만 그 의심은 나만 알고 숨겨두었다.

그동안 나는 셔틀워디의 시체를 샅샅이 찾았다. 굿펠로가 사람들을 이끌고 간 곳부터 가능한 넓은 범위를 구석구석 수색했다. 그 결과 며칠 후 우연히 관목으로 입구가 거의 숨겨져 있는 오래된 마른 우물을 발견했다. 그 우물 바닥에서 내가 찾아 헤매던 것도 발견했다.

나는 굿펠로가 절친한 친구를 구슬려서 샤토 마고 한 상자를 선물 받기로 했을 때 두 사람이 나눴던 대화를 엿들었다. 이 정보를 떠올린 나는 계획을 세우고 행동에 옮겼다. 우선 딱딱한 고래수염을 손에 넣어 시체의 목구멍에 쑤셔 넣고 오래된 포도주 상자에 넣었다. 고래수염을 반으로 접으면서 시체도 조심스럽게 반으로 접었다. 시체가 일어서지 않도록 뚜껑을 누르고 못으로 박았다. 물론 못을 제거하자마자 뚜껑이 날아가면서 시체가 일어서리라고 기대했다.

상자를 준비한 후 숫자를 새기고, 편지를 써 선물을 받을 주소로 보냈다. 셔틀워디가 거래했던 와인 상점의 이름을 상자에 쓰는 것도 잊지 않았다. 일련의 작업을 마친 뒤, 하인을 시켜 내가 신호를 보내면 상자를 수레에 실어 굿펠로의 집 현관까지

가지고 오라고 지시했다. 시체가 말을 한 것은 내 복화술에 의존한 것이다. 그렇게 하면 살인자가 양심의 가책을 느끼리라 믿은 것이다.

더 이상 설명할 부분은 없다. 페니페더는 곧바로 석방되었고 삼촌의 유산을 물려받았다. 경험에서 교훈을 얻어 새사람이 되었고 그 이후 행복하게 새로운 삶을 살았다.

군중 속의 남자

Edgar
A. Poe

군중 속의 남자

가장 나쁜 일은, 홀로 지낼 수 없다는 것이다.

— 라 브뤼예르

어떤 독일 책에 대해 '읽혀서는 안 되는 책'이라고 말하는 것은 적절한 표현이다. 세상에는 말해서는 안 되는 비밀들이 있는 법이다. 밤마다 사람들은 자신의 침대에서 죽어간다. 고해성사를 할 때 신부의 손을 꼭 잡고 애처로운 시선으로 바라보며, 풀리지 않는 끔찍한 미스터리 때문에 가슴에 절망감을 품고 경련을 일으키며 죽는다. 인간의 양심은 너무도 두려운 나머지 무덤 속에서나 내려놓을 수 있는 짐을 지고 있다. 그렇기에 모든 죄의 핵심은 누설되지 않는 것이다.

얼마 전, 가을날의 저녁이 저물어가는 무렵이었다. 나는 런던 D호텔의 커피숍을 찾아 커다란 유리 창가에 앉아 있었다. 지난 몇 달 동안 건강이 좋지 않았지만, 이제는 어느 정도 기력을 회복하여 권태와 정반대되는 행복한 기분에 젖어 있었다. 정신적 환상의 막이 벗겨졌을 때 느끼는 열렬한 욕구이자, 라이프니츠

(독일 계몽 철학을 연 철학자 – 옮긴이)의 분명하지만 공정한 이성이 고르기아스(고대 그리스 철학자. 대표적인 소피스트 – 옮긴이)의 설득력 없는 수사학을 능가하듯 일상의 상태를 훨씬 뛰어넘는 지적 흥분 상태였다. 숨 쉬는 것만으로도 기뻤고 힘겨운 고통 속에서도 긍정적인 기쁨을 찾아냈다. 모든 것에 차분하면서도 열렬한 호기심을 느꼈다.

나는 입에 담배를 물고 다리 위에는 신문을 올려놓은 채 즐거운 오후 시간을 보냈다. 광고를 꼼꼼히 살피거나 카페 안의 사람들을 관찰하기도 하고 뿌연 유리창을 통해 거리를 내다보기도 했다. 창밖의 거리는 도시의 주요 도로 중 하나여서 종일 사람들로 북적였다. 어두워지면서 시시각각으로 인파가 늘어나 가로등이 모두 불을 밝힐 즈음 문을 지나쳐가는 인파는 더욱 빽빽해졌다. 전에는 이렇게 인파가 혼잡한 상황을 본 적이 없었기에 신기한 기분이 들었다. 결국 호텔 안에 있는 것들에 관심을 거두고 새로운 광경에 몰두했다.

처음에는 피상적으로 대충 훑어보았다. 군중 속의 사람들을 살펴보며 그들의 집단적 관계를 생각했다. 그러다 외모, 옷차림, 분위기, 걸음걸이, 얼굴, 표정 등의 수많은 세부적 특징에 관심을 두고 관찰했다.

지나는 사람의 대부분은 만족스러운 사무원 같은 표정을 한 채 인파를 뚫고 나아갈 생각만 하는 것 같았다. 행인들은 눈썹을 찌푸리며 재빨리 눈알을 굴렸다. 그들은 사람들에게 밀리기도 했지만 짜증 내지 않고 옷매무새를 가다듬으며 서둘러 지나갔다. 또 다른 이들은 쉴 새 없이 움직이면서도 오히려 주위의 수많은 인파 때문에 고독감을 느끼는 듯 얼굴을 붉히며 혼잣말을 하고 있었다. 진로를 방해받으면 갑자기 중얼거림을 멈추고 입술에 공허하며 과장된 미소를 띤 채 더 크게 몸짓을 하며 진로를 방해하는 사람들이 지나가기를 기다렸다. 그러다 떠밀리면 당황한 표정을 얼굴 가득 담아 밀친 사람 쪽으로 휘청거렸다.

두 무리에 대해서는 지금껏 언급한 것 이상 눈에 띄는 특징은 없었다. 그들의 옷차림을 보면 상류층이라는 사실을 알 수 있었다. 의심할 여지도 없이 귀족, 상인, 변호사, 무역상, 주식 매매인들, 다시 말해 여유로운 세습 귀족과 자기 일에 적극적으로 몰두하는 중산층 혹은 자기 사업을 운영하는 사람들이었다. 이 사람들은 그다지 나의 흥미를 끌지 못했다.

사무원 무리는 눈에 띄는 무리로, 두 종류로 뚜렷이 구분된다. 비천한 집안 출신의 젊은 사무원은 꽉 끼는 코트에 밝은색 부츠를 신고, 기름을 발라 빗어 넘긴 머리와 거만한 입술이 특징적이다. '사무주의'라는 말로 포장할 수 있는 그들의 세련된 행동거지를 제외하면, 이런 부류의 태도는 1년이나 1년 반 전에 유행했던 몸가짐을 완벽하게 복제한 것에 불과했다. 그들은 젠트리(귀족보다는 지위가 낮고 농민보다는 상위에 있는 지주층 – 옮긴이) 계급이 벗어던진 우아함을 입고 있었는데, 이것이야말로 이 계급을 가장 잘 정의하는 표현이라고 생각한다.

탄탄한 회사 혹은 한결같은 오랜 동지들의 고위직 사무관들 부류는 잘못 알아볼 수 없는 부류다. 이 부류는 검정이나 갈색 코트와 바지로 알아볼 수 있었다. 흰 크라바트와 조끼를 입고 견고해 보이는 넓적한 구두, 두툼한 긴 양말이나 각반을 신고 편히 앉아 있었다. 이 사람들은 모두 살짝 머리가 벗겨진 대머리로 오른쪽 머리카락을 머리에 둘러 비어버린 부분을 가리고 있었다. 언제나 양손으로 모자를 벗거나 썼으며, 상당히 오래된 문양의 짧은 금줄 시계를 차고 있었다. 그 시계는 품위의 상징이었다. 실제로 품위의 상징이란 게 있다면 말이다.

이때 멋진 모습을 한 사람들이 몰려왔다. 모든 대도시마다 퍼져 있는 신사 차림의 소매치기라는 것을 쉽게 알아볼 수 있었다. 무척이나 호기심 있게 이 신사들을 관찰했다. 진짜 신사들이 어째서 이들을 신사라고 여기는 건지 추측하기 어려웠다. 솔직히 말해서 그들의 넓은 소맷부리만 봐도 신사가 아니라는 걸 당장에라도 알아챌 수 있을 텐데 말이다.

도박꾼들은 훨씬 알아보기 쉬웠다. 도박꾼들은 벨벳 조끼, 화려한 넥타이, 금을 입힌 장식 줄, 세공한 단추를 걸친 야바위꾼 옷차림부터 간소한 성직자의 옷까지 다양한 옷을 입었다. 이 중 무엇보다 의심을 덜 받는 것은 성직자의 옷차림이었다. 하지만 생기 없고 거무스름한 안색, 몽롱한 눈, 창백하고 앙다문 입술을 보면 충분히 구분해낼 수 있다. 내가 언제나 도박꾼들을 구별하는 다른 두 가지 특징은 조심스레 억제한 저음으로 대화하며, 손으로 오른쪽을 가리킬 때 엄지손가락을 보통 사람보다 더 뻗는다는 점이었다. 이 도박꾼들 무리 중에는 다소 다른 버릇을 가진 이들도 있지만 결국엔 같은 부류라고 보면 된다. 도박꾼들은 일정한 직업 없이 잔재주로 살아가는 신사들이라고 정의할 수 있다. 이 사람들은 멋쟁이와 군인, 두 부류다. 멋쟁이의 특징은 긴 머리와 미소이며, 군인들의 특징은 프록코트와 찌푸린 얼굴이다.

품위라는 척도의 아래쪽으로 내려가면, 어둡고 엉큼한 주제가 나온다. 나는 유대인 행상을 보았다. 얼굴에는 비열한 표정을 띠고 매처럼 예리한 눈빛을 반짝이고 있었다. 건장해 보이는 걸인은 좀 더 처지가 나은 걸인을 쏘아보며, 절망감을 가득 안은 채 밤거리로 나서 자비를 구한다. 죽음을 눈앞에 둔 듯 병약한 이들은 잃어버린 희망과 위로를 바라는 듯 얼굴에 애원하는 빛을 띠고 군중 사이를 비틀대며 걸어간다.

장시간의 노동에 지쳐 집으로 돌아오는 젊은 여성들은 깡패들의 눈초리에 분개하기보다는 눈물 어린 모습으로 움츠러들기 때문에 직접 마주쳐도 피할 수 없었다. 이 도시에는 모든 연령대의 온갖 부류의 여자들이 있다. 한창 시절에는 파로스 섬의 대리석 조각상처럼 너무도 아름다웠을 여자부터 넝마를 걸친 나환자, 젊어 보이려 발악하듯 보석으로 치장했지만 주름진 얼굴은 두꺼운 화장으로 얼룩덜룩한 노파, 아직 어린 소녀이지만 오랜 연애를 거치며 끔찍한 교태가 몸에 배어버렸고 나쁜쪽으로 언니와 동등해지려는 욕망에 불타는 여자, 누더기를 입은 채 멍든 얼굴에 몽롱한 눈으로 비틀거리는 술 취한 여자, 싸구려 장신구를 걸친 채 두꺼운 육감적인 입술과 불그스레한 얼굴로 뻐기듯 걷는 여자까지 다양하다.

예전에 좋은 소재로 만들어 지금도 꼼꼼히 손질한 옷을 입은 사람, 걸음은 생기 있지만 얼굴이 지독히도 창백하며 눈은 붉게 핏발 서 있고 군중 속을 걸을 때면 떨리는 손가락으로 손에 닿는 모든 것을 잡는 사람. 이들 외에도 파이 만드는 사람, 짐꾼, 석탄 하역인부, 청소부, 거리의 악사, 원숭이 묘기 보여주는 사람, 거리의 가수, 남루하고 지친 노동자들. 거리는 귀에 거슬리고 눈이 아플 정도로 시끄럽고 과도한 활기에 가득 차 있었다.

밤이 깊어가면서 군중에 대한 나의 관심도 깊어갔다. 군중의 일반적 특징이 바뀌었을 뿐 아니라(여러 부류의 사람들이 오가면서 군중의 온화한 특징은 사라지고, 밤이 늦어질수록 굴에서 악명 높은 종자들이 나와서인지 거친 특징이 두드러지게 되었다) 가스등의 불빛은 처음에는 미약했지만 지금은 강하게 타올라 모든 것에 불을 비추었다. 테르툴리아누스(간결하고 반어적인 글을 남긴 카르타고 출신의 신학자 – 옮긴이)의 방식을 빌리자면, 모든 것은 흑단처럼 어두웠지만 화려하게 빛났다.

가로등 불빛의 효과 덕분에 군중 하나하나의 얼굴을 관찰하는 데 흥미가 생겼다. 밝은 유리창 앞을 스치듯 지나쳤기 때문에 각각의 얼굴을 볼 수밖에 없었지만, 난 그때 특별한 정신 상태였으므로 흘끗 본 것만으로도 그네들이 살아온 긴 인생을 읽어낼 수 있을 것만 같았다.

나는 유리에 눈썹이 닿을 정도로 사람들을 관찰하는데 빠져 있었다. 그때, 한 사람이 불쑥 시야에 들어왔다. 예순다섯 살에서 일흔 살 정도의 쇠약해 보이는 노인이었다. 노인은 내 시야에 들어온 즉시 관심을 끌었다. 특이한 표정 때문이었다. 그 노인을 보자마자, 화가 레치가 그를 보았다면 자신이 그린 악마 그림보다 훨씬 좋아했을 거라는 생각이 떠올랐다.

그 노인을 잠깐 관찰하며 의미 있는 분석을 해내려 애썼지만 엄청난 정신력, 신중함, 인색함, 탐욕, 냉정함, 잔인함, 승리, 유쾌함, 과도한 공포, 절대적인 절망감 등 당황스럽고 모순적인 생각들이 계속해서 솟아났다. 나는 굉장히 놀라고 흥분되었으며 그에게 매혹되었다.

"얼마나 굴곡진 인생이 가슴에 새겨져 있는 걸까!"

나 혼자 중얼거렸다. 그 순간 그 노인을 계속해서 관찰하고 더 알아보고 싶다는 욕망이 솟아났다. 급히 코트를 걸치고 모자와 지팡이를 챙겨 거리로 나섰지만 그는 이미 사라져버린 뒤였다. 노인이 지나간 방향으로 나아가는 인파에 섞였다. 그로부터 얼마 뒤 가까스로 노인을 발견하고는 눈치채지 않도록 조심하며 가까이 접근했다.

이제 그를 관찰할 수 있는 좋은 기회를 잡았다. 키가 작고 깡말라서인지 허약해 보였다. 옷은 대체로 더럽고 남루했지만, 간간이 가로등의 환한 불빛 아래를 지날 때면 좋은 소재로 만들어진 옷임을 알아볼 수 있었다. 내가 잘못 본 게 아니라면, 단추를 꼭 채운 낡은 코트 사이로 다이아몬드와 단검이 흘낏 보였다. 이런 모습을 보고 나니 호기심이 더 커져서 그가 가는 곳은 어디든 따라가야겠다고 결심을 굳혔다.

이제 밤이 깊었고 습기 찬 짙은 안개가 온 도시를 감싸고 있었다. 곧 걷히는 듯하더니 폭우가 쏟아졌다. 이렇게 급변한 날씨 때문에 사람들은 우왕좌왕하더니 뒤이어 도시에는 우산의 세계가 펼쳐졌다. 동요와 혼란, 소음이 열 배는 커졌다. 하지만 내 입장에서만 말하자면 비는 그다지 개의치 않았다. 몸 안에 내재된 열기 덕분에 습기마저 상쾌하게 느낄 수 있었기 때문이다. 나는 손수건으로 입을 막고 계속 나아갔다. 그 남자는 30분 정도 주요 도로를 따라 힘겹게 걸어갔고, 그를 놓칠까 두려워 바짝 뒤를 쫓았다. 그가 한 번도 뒤를 돌아보지 않았기에 발각되지 않을 수 있었다.

그리고는 교차로를 건넜다. 사람들이 많기는 했지만 가다 멈추기를 반복했던 주요 도로만큼은 아니었다. 그 남자의 행동이 눈에 띄게 변했다. 방향을 상실한 듯 주변을 둘러보다 느릿느릿 걸었다. 뚜렷한 목적 없이 길 건너기를 반복했고, 한 번 움직일 때마다 세찬 인파에 부딪히는 바람에 그를 바짝 따라가지 않을 수 없었다. 길은 좁고 길어서, 노인이 한 시간 가까이 걷는 동안 거리의 사람들은 점점 줄어들어 정오 무렵 공원 근처의 브로드웨이처럼 한산했다. 런던과 미국에서 가장 붐비는 도시의 번잡함 사이에는 큰 차이가 있다. 두 번째로 돌아 들어가자 환하게 불이 밝혀져 사람들로 북적이는 광장이 나왔다.

그러자 그 남자에게서 이전에 보았던 태도가 다시 나타났다. 가슴까지 턱을 당기고 단정하게 정리된 눈썹 밑에서 불안한 듯 눈을 굴리며 주위를 살폈다. 그러더니 참을성 있게 찬찬히 걸어나갔다. 놀랍게도, 그는 광장을 한 바퀴 돌고 왔던 길로 되돌아 나갔다. 더욱 놀라운 것은 그 남자가 몇 번에 걸쳐 아까와 같은 방식으로 걸어갔다는 것이다. 한번은 그가 갑작스러운 동작을 취하며 돌아보는 바람에 미행을 들킬 뻔했다.

이렇게 돌아오는 데 그 노인은 다시 한 시간을 썼고, 끝날 무렵에는 처음보다 인파들의 방해를 덜 받았다. 비가 세차게 떨어졌고 공기는 점점 차가워졌으며 사람들은 집으로 돌아가고 있었다. 그는 초조한 몸짓을 하며 비교적 인적이 드문 뒷골목으로 들어갔다. 그리고는 그 길을 따라 500미터 정도를 힘차게 달려갔다. 그 나이대의 사람이라고는 상상조차 할 수 없을 속도여서 따라잡느라 애를 먹었다. 몇 분이 지나자 우리는 크고 붐비는 시장에 이르렀다. 그 사람은 이곳 사람들과 잘 알고 지내는 것 같았다. 다시 본연의 태도가 나타나 시장의 인파 사이를 목적 없이 오갔다.

이곳에서 보내는 한 시간 반 남짓 동안, 나는 노인에게 발각되지 않도록 최대한 주의를 기울였다. 다행히 생고무 장화를 신고 있어서 소리 없이 조용히 움직일 수 있었다. 어떤 순간에도 노인은 미행당한다는 사실을 알아채지 못했다. 그는 이 상점, 저 상점 들어갔지만 아무것도 사지 않았고, 말 한마디 없이 불안하고 공허한 시선으로 물건들을 바라보기만 했다. 그의 이런 행동에 깜짝 놀라 깊은 인상을 받았다. 그에 대해 어느 정도 만족할 만큼 알게 되기 전까지는 떨어지지 않겠다고 결심하는 계기가 되었다.

시계가 큰 소리로 11시를 치자 사람들은 서둘러 시장을 빠져나갔다. 문을 닫고 있던 상인이 그 늙은 남자를 밀쳤고 마른 몸이 강하게 떨렸다. 노인은 서둘러 거리로 나온 뒤 잠시 걱정스러운 눈길로 주위를 둘러보고는 인적이 드문 굽은 도로를 따라 믿을 수 없을 만큼 빨리 달려 우리가 출발했던 D호텔이 있는 큰 길에 이르렀다. 하지만 그곳은 아까와는 다른 모습이었다.

여전히 가스등의 불빛이 밝았지만, 비가 세차게 내리고 있어서 사람들이 거의 없었다. 그는 창백해졌다. 한때 사람들로 가득했던 거리를 우울하게 몇 걸음 걷다가, 크게 한숨을 내쉬며 강 쪽으로 방향을 바꾸어 구불구불한 길로 내려갔다가 큰 극장이 보이는 곳으로 나왔다. 극장이 거의 닫을 무렵이라 관객들이 문에서 쏟아져 나오고 있었다. 늙은 남자는 군중 속으로 들어가며 숨을 헐떡였지만, 그의 얼굴에 드리운 슬픔은 어느 정도 누그러진 것 같았다. 다시 고개를 떨어뜨리고 내가 처음 본 모습으로 돌아갔다. 그 남자는 이제 쏟아져 나온 관객들이 가는 방향으로 움직이고 있었다. 나는 노인의 종잡을 수 없는 행동을 도저히 이해할 수 없었다.

늙은 남자가 무리 속을 걷는 동안 사람들은 점차 흩어졌고, 그의 오랜 불안과 동요가 다시 시작되었다. 한동안 열두어 명의 술 취한 사람들을 따라갔지만 이들도 하나둘 흩어져 인적이 드문 좁고 우울한 길에 이르렀을 무렵에는 세 명밖에 남지 않았다. 그는 생각에 잠긴 듯 잠시 멈추더니 불안한 기색을 역력히 드러내며 도시 외곽까지 걸어갔다.

우리가 여태 다녔던 곳과는 전혀 다른 지역이었다. 런던에서 가장 역겨운 구역으로 그곳의 모든 것에는 비참한 가난과 극단적인 범죄의 분위기가 드리워져 있었다. 간간이 세워져 있는 가로등에서 새어 나오는 희미한 불빛 아래, 오래되어 벌레 먹은 높은 목조 주택이 쓰러져 있어서 건물 사이의 길을 구분하기 어려웠다. 아무렇게나 깔린 포석은 잡초로 뒤덮여 있었고, 끔찍한 오물이 꽉 막힌 배수관 안에서 썩어가고 있었다.

전체적으로 황량한 분위기였다. 하지만 난 걸음을 멈추지 않았다. 다시 인간의 목소리가 생생하게 들리기 시작했다. 마침내 런던에서 가장 소외된 사람들 무리가 이리저리 비틀대며 걷는 모습이 보였다. 곧 있으면 꺼질 램프처럼 그 늙은 남자는 다시 정신을 차렸다. 다시 기운차게 앞으로 걸어갔다. 모퉁이를 돌자 갑자기 휘황찬란한 불빛이 나타났다. 우리는 거대한 교외 사원 중 하나인 방종의 사원, 악마의 궁전 앞에 서 있었다.

이제 거의 새벽녘이 되었다. 취객들은 여전히 깃발이 펄럭이는 입구로 밀려왔다가 나가고 있었다. 가벼운 환호성을 지르며 그 늙은 남자는 안으로 들어가 즉시 본연의 태도를 되찾고 특별한 목적 없이 사람들 사이를 오갔다. 하지만 오래 머물지는 못했다. 몰려나오는 무리를 보니 곧 있으면 문이 닫힐 것 같았기 때문이다. 집요하게 그의 얼굴을 관찰해보니 그곳엔 절망 그 이상의 표정이 드러나 있었다. 이번에도 그는 주저하지 않고 광적인 힘으로 즉시 발길을 돌려 런던의 중심으로 돌아왔다.

늙은 남자는 먼 길을 빠르게 걸어갔다. 나는 사그라들지 않는 놀라움을 느끼며 내 관심이 집중된 대상을 놓치지 말아야겠다고 결심했다. 우리가 걷고 있는 사이, 해가 떠올랐다. D호텔이 있는 거리, 즉 사람들이 붐비는, 동네에서 가장 인파가 많은 시장에 다시 도착했다. 지난 저녁에 본 광경에 뒤지지 않을 정도로 소란스럽게 북적이고 있었다. 이곳에서 당혹감이 점점 커지는 중에도 끈질기게 그를 쫓았다. 여전히 그 노인은 낮 동안에는 거리의 소란을 피하지 않고 이전에 보았던 모습처럼 이리저리 걸어 다녔다.

두 번째 저녁이 다가오자, 나는 죽을 듯 지쳐 그 방랑자 앞에 멈춰 서서 얼굴을 뚫어지게 바라보았다. 그는 나를 알아차리지 못하고 자기가 가던 길을 갔다. 나는 따라가기를 그만두고 사색에 몰두했다. 마침내 이런 결론을 내리게 되었다.

"이 늙은 남자는 중범죄자의 유형이자 비범한 능력을 갖추고 있다. 그는 혼자 있기를 거부하는 군중 속의 남자다. 그 방랑자를 뒤쫓는 것은 무의미한 일이다. 그에 대해 아무것도 알아낼 수 없기 때문이다. 세상에서 가장 사악한 마음은《영혼의 정원(리처드 챌로너가 펴낸 기도책 – 옮긴이)》보다 두껍다. '읽혀서는 안 된다는 것'은 신이 베푼 가장 큰 자비라 할 수 있다."

누더기 산 이야기

*Edgar
A. Poe*

누더기 산 이야기

    1827년 가을, 버지니아 주 샬롯스빌에 살던 무렵 나는 우연히 아우구스투스 베들로를 알게 되었다. 이 젊은 신사는 모든 면에서 놀라움을 자아냈고 나로 하여금 상당한 관심과 호기심을 불러일으켰다. 베들로의 정신적인 면이나 신체적인 면을 이해하는 것은 불가능했다. 가족에 관해서는 어떠한 만족할 만한 이야기도 들을 수 없었고, 어디 출신인지도 알지 못했다. 그를 '젊은 신사'라고 부르긴 했지만 나이 또한 당혹스럽게 하는 부분이었다. 분명 어려 보였고 자신의 젊음에 대해 이야기하곤 했지만, 종종 그가 백 살이라고 상상한다고 해도 별 어려움이 없을 때가 있었다. 그중에서 가장 이상한 것은 바로 외모였다.

    베들로는 이상하리만큼 키가 크고 말랐으며 허리는 상당히 굽어 있었다. 팔다리는 지나치게 길고 야위었다. 이마는 넓고 낮았다. 안색에 핏기라고는 전혀 없었다. 입은 크고 유연했으며 치아는 건강했지만 내가 지금껏 살면서 보아온 것 가운데 가장 불균형한 치아였다. 그의 미소는 결코 생각하는 것만큼 불쾌하지 않았다. 그러나 언제나 같은 미소를 지었다. 그 미소는 매우 우울했고 한결같이 어두웠다. 눈은 비정상적으로 컸고, 고양이 눈처럼 동그랬다. 눈동자 역시 빛이 비치거나 사라질 때 고양잇과의 눈에서나 볼 수 있는 것처럼 수축하고 팽창했다. 흥분할 때면 동공은 상상할 수 없을 정도로 밝아졌는데, 반사된 빛이 아니라 촛불이나 햇빛이 고유한 빛을 가지고 있는 것처럼 어둠 속에서 빛을 내뿜는 것 같았다. 평소에는 완전히 무미건조하고 속이 비칠 정도로 얇으며 윤기 없이 흐릿하여 오랫동안 땅속에 묻혀 있던 시체의 눈 같았다.

베들로는 자신의 이러한 특징들이 상당히 짜증 나는 것 같았다. 줄곧 반쯤은 설명하듯 반쯤은 사과하듯 그 특징들에 대해 넌지시 말했는데, 처음 보았을 때는 그의 이런 점이 마음 아프게 다가왔다. 지금은 익숙해져서 거북한 마음은 사라졌다. 젊은 신사의 외형은 선천적으로 이런 것은 아니었다. 장기간에 걸쳐 일어난 일련의 신경 발작 때문에 일반적으로 아름답다고 말할 수 있는 모습에서 지금 내가 알고 있는 모습으로 바뀌었다고 했다. 이 사실을 직접적으로 말하기보다는 넌지시 암시하고자 하는 것이 그의 의도인 것 같았다.

베들로는 지난 수년 동안 의사에게 진료를 받았다고 했다. 담당 의사는 템플턴이라는 일흔 정도의 노신사였다. 두 사람은 캘리포니아 새러토가에서 처음 만났고, 그곳에 있는 동안 템플턴 선생의 치료 덕분에 베들로는 많은 차도를 보았다. 혹은 그렇다고 믿었다. 부유했던 베들로는 템플턴 선생과 합의를 했다. 베들로가 후한 연봉을 지급하고 템플턴 선생은 오직 베들로를 위해서만 시간과 의학적 경험을 활용하기로 한 것이었다.

젊은 시절 템플턴 선생은 활발한 여행가였다. 그러다 파리에서 최면술로 완전히 전향했다. 환자의 급성 통증을 완화시킬 수 있었던 것은 대체로 자석을 활용한 자기 치료법 덕분이었다. 덕분에 환자는 자연스럽게 자기 치료법에 대해 어느 정도 확신을 하게 되었다. 하지만 여느 열광적 지지자들이 그렇듯 템플턴 선생은 문하생을 자신과 같은 의견을 갖도록 철저히 전향시키기 위해 악착같이 노력했고, 결국 수많은 실험에 동참하도록 환자를 설득해낼 수 있었다. 꾸준히 실험을 반복한 결과 결실을 얻을 수 있었다. 이는 최근에는 거의 관심을 얻지 못할 정도로 흔한 것이 되었지만 내가 현재 이야기를 써 내려가고 있는 당시 미국에는 거의 알려져 있지 않았다.

정확히 말하면 템플턴 선생과 베들로 사이에는 점차 분명하고 뚜렷한 관계가, 즉 자기적 관계가 자라나기 시작했다. 이 관계가 단순히 수면을 유도하는 힘의 영역을 넘어섰다고 말하려는 것은 아니다. 하지만 그 힘 자체는 강력해졌다. 자기적 수면을 유도하기 위한 첫 번째 시도에서 최면술사는 대대적인 실패를 맛보았다. 다섯 번째, 여섯 번째 시도에서는 오랫동안 시도한 끝에 미약하나마 부분적인 성공을 거두었다. 열두 번째 시도에서야 완전히 성공할 수 있었다. 이후 환자의 의지는 순식간에 의사의 의지에 굴복하게 되었다. 내가 처음으로 두 사람을 알게 되었을 때, 환자는 의사의 전적인 자유 의지에 의해 순간적으로 잠에 빠지는 수준이었다. 심지어 환자가 의사의 존재를 의식하지 못한 때에도 그러했다. 수천 명의 사람이 이와 유사한 기적을 매일 목격하는 1845년 현재가 되어서야 나는 감히 다음과 같이 도저히 있을 수 없는 일에 대해 진지하게 이야기하려고 한다.

베들로는 극도로 예민하고 쉽게 흥분했으며 열성적이었다. 그의 상상력은 과도하게 격렬하고 창의적이었다. 습관적으로 모르핀을 복용하여 더욱 힘을 얻었다는 것에는 의심의 여지가 없다. 그는 모르핀을 상당량 복용했으며, 모르핀 없이는 살아갈 수 없었을 것이다. 아주 많은 양의 모르핀을 매일 아침 식후 즉시 복용해왔다. 그보다는 오전에는 아무것도 먹지 않았기 때문에 진한 커피 한 잔을 마신 후 즉시 모르핀을 복용하는 일이 많았다. 그러고 나서는 홀로 혹은 개 한 마리를 데리고 샬롯스빌 남서쪽에 펼쳐져 있는 일련의 황량한 언덕으로 긴 산책을 떠나곤 했다. 이 언덕에는 '누더기 산'이라는 그럴듯한 이름이 붙어 있었다.

11월이 저물어가는 어느 안개 낀 어스레하고 따뜻한 날이었다. 미국에서 인디언 서머라고 불리는, 날씨가 제철 같지 않게 따뜻한 기간이었다. 베들로는 평소처럼 언덕으로 길을 떠났다. 날이 저물었는데도 여전히 돌아오지 않았다.

저녁 8시경, 베들로가 오랫동안 돌아오지 않자 우리는 몹시 걱정스러워 그를 찾으러 떠날 채비를 하고 있었다. 그때 베들로가 불쑥 나타났다. 건강은 평소와 다를 바 없었고 오히려 평소보다 좋아 보였다. 그가 겪은 여정과 그의 발목을 붙잡게 된 사건에 관한 이야기는 그야말로 말도 안 된다고밖에 할 수 없었다.

"내가 샬롯스빌을 떠났을 때가 아침 9시 정도였다는 걸 기억할 겁니다. 곧장 산으로 향했어요. 10시쯤 완전히 처음 보는 골짜기에 발을 들였습니다. 상당한 호기심을 안고 구불구불한 길을 따라갔죠. 사방에 펼쳐진 풍경은 광대하다고 말할 정도는 아니었지만 형용할 수 없을 정도로 아름다운, 음울한 적막감을 풍기고 있었습니다. 그 고독은 틀림없이 자연 그대로의 것인 듯했어요. 내가 밟는 푸른 잔디와 잿빛 바위는 인간의 발자국이 닿은 적 없다고 생각할 수밖에 없었습니다. 골짜기 입구는 완전히 고립되어 있어 연속적인 우연의 일치가 아니라면 사실상 들어갈 수 없는 곳이었죠. 그 때문에 내가 바로 그 깊은 골짜기에 들어온 처음이자 유일한 모험가라고 생각했습니다.

인디언 서머의 특징이라 할 수 있는 짙고 독특한 안개가 사방으로 무겁게 깔려 있어 주변 풍경이 자아내는 모호한 느낌을 한층 강화시키고 있었습니다. 이 기분 좋은 안개는 너무나도 짙어서 앞에 펼쳐진 길을 스무 걸음 이상은 볼 수 없었죠. 그 길은 정말 구불구불했고 해가 보이지 않았기에 이내 방향 감각을 잃어버렸습니다. 그사이 모르핀이 여느 때와 같은 효과를 냈어요. 강렬한 호기심을 가지고 외부 세계의 모든 것을 대하는 거였죠. 나뭇잎의 떨림, 풀잎의 색깔, 세 잎 식물의 모양, 벌의 윙윙거림, 이슬방울이 담고 있는 빛, 바람의 산들거림, 숲에서 흘러나오는 희미한 향. 온 우주의 기색이 느껴지고 즐겁고 잡다한 일련의 생각이 과장되고 무질서하게 흘러들어 왔죠.

이런 생각에 열중한 채 몇 시간을 걸었습니다. 그사이 주변의 안개가 너무나도 짙어져 마침내 손으로 길을 더듬으며 나아가야 할 정도가 되었습니다. 그러자 형언할 수 없는 불안감에 사로잡혔어요. 불안한 망설임과 떨림이었다고 할 수 있을 겁니다. 어떤 심연으로 떨어지게 될까 봐 발걸음을 내딛기가 두려웠습니다. 그 순간 이 누더기 산과 관련된 이야기와 이 산속의 숲과 동굴에 살고 있다는 흉하고 험악한 인종에 관한 이야기가 떠올랐습니다. 수천 가지의 모호한 상상이 나를 압박하고 혼란스럽게 했어요. 공상은 모호했기에 더욱 고통스러웠죠. 그러던 중 갑자기 아주 큰 북소리가 들려 순식간에 그 소리에 관심을 빼앗겼습니다.

정말로 놀라웠습니다. 이 언덕에서 북소리는 들어본 적이 없었으니까요. 대천사의 나팔 소리도 그보다 놀랍지 않았을 것입니다. 놀라운 흥미와 새로운 당혹감이 함께 마음속에 자라났습니다. 곧 큰 열쇠 여러 개가 거칠게 달가닥거리는 듯한 소리가 들려왔습니다. 그 순간 낯빛이 탁한, 반쯤 벌거벗은 남자가 비명을 지르면서 내 옆을 지나쳐 뛰어갔어요. 거리가 너무나 가까워서 그 남자의 뜨거운 입김이 얼굴에 느껴질 정도였습니다. 그 남자는 수많은 강철 고리로 이루어진 도구를 한 손에 들고 있었는데 달리면서 과격하게 흔들어댔어요. 그 남자가 앞으로 펼쳐진 안갯속으로 사라지자, 이내 눈을 번뜩이고 입을 벌린 커다란 짐승이 쏜살같이 남자를 뒤쫓아 갔습니다. 그 맹수를 다른 것으로 착각할 수는 없었습니다. 그 짐승은 하이에나였어요.

이 짐승을 보니 공포가 깊어지기보다는 오히려 안도감이 들었습니다. 내가 꿈을 꾸고 있음을 확신하고 각성하기 위해 노력할 수 있었기 때문이죠. 나는 과감하고 기운차게 걸음을 내디뎠어요. 눈을 비비고 크게 소리를 지르고 팔다리를 꼬집었죠. 작은 샘이 눈앞에 나타나서 몸을 숙여 손과 얼굴과 목을 씻었어요. 그러자 지금까지 나를 성가시게 했던 모호한 감각이 사라지는 것 같았습니다. 자리에서 일어나면서 새로운 사람이 된 것 같은 느낌이 들었고, 만족스러운 마음으로 계속해서 알 수 없는 길을 걸어갔습니다.

너무 열심히 걷기도 했고 숨 막힐 듯한 주변 공기에 진이 빠지기도 해서 나무 아래 앉았습니다. 이내 어스레한 햇빛이 비쳤고 희미한 나뭇잎의 그림자가 잔디 위로 드리웠습니다. 몇 분 동안 이 그림자를 경탄스럽게 바라보았어요. 그런데 그림자의 모양에 깜짝 놀랐습니다. 익숙한 모양의 그림자가 아니었어요. 고개를 들어 위를 보았죠. 그 나무는 야자나무였습니다.

나는 서둘러 일어났고 무시무시한 불안감에 사로잡혔습니다. 내가 꿈꾸고 있던 상상이 도움이 되지 않았기 때문이었죠. 내가 완벽히 감각을 통제하고 있음을 느꼈습니다. 이 감각은 이제 내 정신에 참신하고 독특한 느낌을 불러들이고 있었어요. 갑자기 더위를 참을 수가 없었습니다. 이상한 냄새가 바람에 실려왔습니다. 부드럽게 흐르는 강의 졸졸거리는 물소리처럼 낮고 끊임없는 중얼거림이 들려왔습니다. 그 소리에는 수많은 사람의 기이한 콧노래가 섞여 있었답니다.

말할 필요도 없이, 너무나도 당황한 상태에서 그 소리를 듣고 있었어요. 그동안 마치 마법사가 지팡이를 휘두른 양 강력하고 순간적인 돌풍이 안개를 내 주위로 운반해주었어요.

나는 높은 산의 기슭에 서서 광활한 평원을 내려다보고 있었습니다. 그 평원은 장엄하게 흐르는 강을 구불구불 감싸고 있었죠. 강가에는 《아라비안나이트》에 나오는 것 같은 동양적인 도시가 있었습니다. 그 도시는 이야기 속에 묘사된 그 어떤 도시보다 특이했습니다. 내가 있던 곳은 도시의 지면보다 한참 높은 곳이었는데 그 위치에서는 지도를 보는 것처럼 도시 구석구석을 볼 수 있었습니다. 거리는 셀 수 없이 많아 보였고 모든 방향으로 불규칙하게 교차했습니다. 거리라기보다는 길게 뻗은 구불구불한 골목이라고 하는 편이 더 적절할 듯했는데, 사람들로 가득 차 있었습니다. 집들은 대부분 그림같이 아름다웠어요. 건물 사방으로 발코니, 베란다, 첨탑, 제단, 환상적으로 조각된 창이 셀 수 없이 많았습니다. 상점가도 꽤 많았습니다. 상점 안에는 실크, 모슬린, 휘황찬란한 식기, 아름다운 장신구, 색색의 보석 등 갖가지 물건들이 무궁무진하게 전시되어 있었죠. 그 옆으로 베일로 꽁꽁 감싼 위엄 있는 여성들을 태운 가마와 호화로운 의상을 입은 코끼리, 기괴하게 잘라 만든 조각상, 북, 현수막, 징, 창, 은 철퇴와 금박 철퇴가 사방팔방에 있었어요.

수많은 사람들이 그들의 떠들썩하고 복잡하고 혼란스러운 가운데 있었습니다. 터번을 쓰고 예복을 입은 수백만의 흑인, 황인들과 수염을 흩날리는 사람들 사이로 끈으로 장식한 신성한 소들이 셀 수 없이 많이 돌아다녔어요. 더럽지만 신성한 원숭이도 수두룩하게 많았죠. 그 원숭이들은 재잘대고 소리 지르며 모스크의 처마를 기어오르거나 첨탑과 건물의 창에 매달려 있거나 했습니다. 사람들이 떼 지어 모여 있는 거리부터 강둑까지 수없이 많은 계단이 내리막을 이루며 강으로 이어져 있었습니다. 강에는 짐을 가득 실은 선박들이 널리 퍼져 있었는데, 강은 선박들 사이를 헤치며 간신히 흘러가는 것 같았어요. 도시 경계 너머로 거대하고 오래된 기묘한 나무들과 함께 야자 나무와 코코아나무가 위풍당당하게 무리 지어 있는 모습이 차츰 시야에 들어왔습니다. 여기저기에 논과 소작농의 초가 오두막과 탱크와 주인 없는 사당과 집시들의 야영지가 보였을지도 모릅니다. 어쩌면 머리에 항아리를 이고 있는 우아한 아가씨가 홀로 강둑으로 향해 걸어가는 모습이 보였을 수도 있죠.

물론 내가 꿈을 꾸었다고 생각하겠죠. 그건 꿈이 아니었습니다. 내가 본 것, 들은 것, 느낀 것, 생각한 것에는 꿈속에서 으레 나타나는 별난 점이 존재하지 않았습니다. 모든 것에 확실한 일관성이 있었죠. 처음에는 내가 정말로 깨어 있다는 걸 의심하고 여러 시험을 해봤습니다. 내가 정말로 깨어 있다는 걸 곧 확신했죠. 사람이 꿈을 꾸면, 꿈속에서 자신이 꿈을 꾸고 있다고 의심하면 의심은 언제나 확신이 되고 대부분은 그 즉시 꿈에서 깨어납니다. 그렇기에 독일의 시인 노발리스가 '우리가 꿈꾸고 있다는 꿈을 꾸면 거의 꿈에서 깨어난 것이다'고 말한 것은 틀리지 않은 거죠. 내가 꿈이라는 걸 의심하지 못한 상태로 앞서 말한 것 같은 환상을 보았다면 그것은 분명 꿈이었을 겁니다. 하지만 말한 대로 환상을 보았고 꿈인지 의심하여 시험까지 해보았기에 다른 현상들과 같은 실제라고 생각할 수밖에 없습니다."

"이 점에서 자네가 틀렸는지 맞았는지 확신할 수 없지만 이야기를 계속해주게. 자네는 일어나서 도시를 향해 내려갔지?"

템플턴 선생이 물었다.

"맞아요, 자리에서 일어났어요."

베들로가 놀라는 기색으로 이야기를 이어갔다.

"말씀하신 대로 일어나서 도시를 향해 내려갔습니다. 도시로 향하는 도중에 골목을 떼 지어 지나가는 거대한 무리를 만났습니다. 그 무리는 다들 한 방향을 향해 나아가고 있었고 모든 행동에서 거친 흥분이 표출되었습니다. 아주 갑자기, 어떤 상상할 수조차 없는 충동으로, 지금 무슨 일이 일어나는 것인지 몹시 궁금해졌습니다. 내가 해야 할 중요한 역할이 있다고 느낀 것 같았는데 그게 정확히 무엇인지는 알 수 없었습니다. 하지만 나를 둘러싸고 있던 무리에게 깊은 반감을 느꼈어요. 그들을 피해 신속히 우회로를 찾아 도시로 들어갔습니다.

도시는 거친 소란과 논쟁으로 가득했습니다. 부분적으로 영국 제복을 입은 신사의 지휘 아래, 반은 인도풍 옷을, 반은 유럽풍 옷을 입은 소규모 무리가 골목을 기어오르는 와자지껄한 무리와 교전 중이었습니다. 나는 쓰러진 장교의 무기를 들고 무장한 채 열세인 무리에 합류하여 초조하고 격렬한 절망을 느끼며 모르는 사람과 싸웠습니다. 우리는 곧 수에서 압도당하여 간이 건조물 같은 곳으로 피신했습니다. 여기서 방어벽을 쳤고 잠깐은 안전했습니다. 간이 건조물 꼭대기 근처에 난 작은 구멍을 통해서 많은 수의 군중이 격렬하게 동요한 상태임을 알아차렸어요. 그들은 강에서 돌출된 화려한 궁전을 둘러싸고 공격하고 있었습니다. 곧 궁전의 위쪽 창으로부터 하인의 터번을 풀어 만든 줄을 타고 여성스러워 보이는 남자가 내려왔습니다. 보트가 가까이 있었기에 남자는 보트에 탔고 반대편 강둑으로 탈출하는 것을 보았습니다.

　그리고 새로운 목표가 내 마음을 사로잡았습니다. 나는 서둘러 동료들에게 강력히 몇 마디를 건넸고, 그중 몇몇 사람을 끌어들일 수 있게 되어 간이 건조물에서 맹렬히 출격했습니다. 우리는 간이 건조물을 둘러싸고 있던 무리로 돌진했습니다. 처음에 그들은 우리에게 쫓겨 후퇴했습니다. 하지만 다시 모여 미친 듯이 싸웠고 또 한 번 후퇴했습니다. 그동안 우리는 간이 건조물에서 멀리 떨어질 수 있었는데, 길을 잃는 바람에 큰 집들로 가득한 좁은 골목에 말려들었습니다. 결코 햇빛이 한 번도 든 적이 없었을 것 같은 깊숙한 길이었죠. 적들은 맹렬히 우리를 짓눌러 날카로운 창으로 계속 공격했고 화살을 날리며 전투를 압도했습니다. 적들이 날려대는 화살이 아주 인상적이었는데 어떤 면으로는 말레이시아 사람들의 물결 모양의 단도를 닮기도 했습니다. 기어 다니는 뱀을 형상화하여 만들어졌는데 길이는 길고 검은색이었으며 화살촉에는 독이 발려 있었습니다. 그중 하나가 내 오른쪽 관자놀이에 꽂혔습니다. 나는 비틀거리며 쓰러졌어요. 순간적이고 끔찍한 통증이 나를 사로잡았습니다. 나는 몸부림치다가 숨이 막혀서 죽어버렸습니다."

　나는 웃으며 말했다.

　"이제 당신의 모험이 꿈이 아니라고는 고집하지 못하겠죠. 지금 자신이 죽었다고 말하진 못할 거예요."

　이렇게 말하면서 당연히 베들로가 생동감 있는 농담으로 대답할 거라고 기대했지만, 놀랍게도 그는 망설이며 몸을 떨었고 무섭도록 창백해져서 잠자코 있었다. 나는 템플턴 선생을 바라보았다. 선생은 허리를 꼿꼿이 세우고 의자에 굳게 앉아 있었다. 이를 딱딱거리며 맞부딪혔고 눈구멍에서는 눈이 튀어나올 것만 같았다. 마침내 쉰 목소리로 베들로에게 말했다.

"계속하게!"

베들로는 계속해서 말을 이어갔다.

"몇 분 동안 내 감각은 어둠에 싸여 존재하지 않았고, 죽음을 느꼈어요. 한참 후 마치 감전되는 것 같은 격렬하고 갑작스러운 충격이 내 영혼을 관통하는 느낌이 들었습니다. 이 충격과 함께 회복되는 감각과 빛의 감각이 느껴졌습니다. 빛의 감각은 본 것이 아니라 느껴진 것이었습니다. 즉시 땅에서 떠오른 것 같았어요. 하지만 시각, 청각, 촉각, 어떤 신체적인 감각도 느껴지지 않았습니다. 무리는 떠나갔습니다. 소동은 멈췄어요. 도시는 고요했습니다. 아래에는 내 시체가 누워 있었습니다. 관자놀이에는 화살이 꽂혀 있었고 머리 전체가 크게 붓고 망가져 있었습니다. 이 모든 것들은 본 것이 아니라 느낀 것이었습니다. 나는 어떠한 것에도 관심이 없었습니다. 심지어 내 시체조차도 상관없는 문제인 것 같았어요. 자유 의지도 없었습니다. 다만 어떤 행동을 해야 할 것 같은 압박이 느껴졌고 둥실둥실 떠서 도시를 떠나 아까 들어온 길을 되짚어 돌아갔습니다. 하이에나를 마주쳤던 산속 골짜기에 다다랐을 때 다시 한번 감전되는 듯한 충격을 느꼈고, 무게감, 자유 의지, 실체감이 돌아왔습니다. 나는 원래의 나 자신으로 돌아왔고 눈을 뜨자마자 서둘러 집으로 향해 걸음을 옮겼습니다. 그 과거는 현실과 같이 생생했습니다. 지금까지도 심지어 잠깐이라도, 그 과거를 꿈이라고 생각할 수가 없습니다."

"꿈이 아니라네."

템플턴이 근엄한 기색으로 말했다.

"달리 어떻게 불러야 할지는 어려운 문제지만 말일세. 그저 현재 인간의 영혼은 어떤 거대한 정신적 발견을 이루기 직전이라고만 가정해두세. 우선은 이 가정으로 만족하세. 나머지에 대해서는 설명을 해줄 수 있을 것 같네. 여기 수채화가 있다네. 이전에 보여주었어야 했지만 어떤 설명할 수 없는 두려움 때문에 지금껏 보여줄 수가 없었네."

우리는 선생이 꺼낸 그림을 보았다. 나는 그림에서 어떠한 기이한 점도 발견하지 못했다. 그림을 본 베들로의 반응은 이상했다. 그림을 바라보는 그는 거의 기절할 것 같았다. 그 그림은 단지 베들로의 놀라운 이목구비를 기적적으로 정확하게 그려놓은 아주 작은 축소판 그림이었다. 적어도 그림을 바라보는 내 생각은 그러했다.

"그림의 날짜를 알아챘겠지?"

템플턴이 말했다.

"여기 그림 구석에 거의 보이지 않을 정도로 적혀 있다네. 1780년 그림이지. 그해에 이 그림이 그려졌다네. 이건 내 죽은 친구의 초상화라네. 내 친구의 이름은 '올뎁'이라고 하네. 워런 헤이스팅스가 인도를 통치하던 시절 캘커타에서 가까워진 친구였지. 당시에는 나도 고작 스무 살이었다네. 내가 새러토가에서 자네를 처음 보았을 때, 그 그림과 자네가 기적이라고 할 만큼 유사했기에 자네에게 다가가 말을 걸고, 친구가 되고, 진료 일정을 잡아 자네의 변함없는 벗이 된 거라네. 이는 부분적으로는 아마 죽은 친구에 대한 후회스러운 기억 때문이었을 거야. 하지만 부분적으로는 자네에 대한 거북하면서도 두렵지는 않은 호기심 때문이기도 했다네.

언덕에서 자네에게 펼쳐졌던 구체적인 상상 속에서 자네는 신성한 강 갠지스 연안에 위치한 인도의 도시 베나레스를 아주 정확하게 묘사했다네. 폭동과 전투와 대학살은 1780년에 인도의 체이트 싱 왕자가 반란을 일으키던 중에 실제로 일어났던 사건들이지. 당시 헤이스팅스의 생명은 급박히 위험한 상태였네. 하인의 터번 줄로 궁전에서 탈출했던 사람이 바로 체이트 싱 본인이네. 간이 건조물에 숨어 있던 사람들은 헤이스팅스가 이끌었던 인도인 용병과 영국 장교들이었다네. 나도 그중에 한 사람이었지. 그 혼잡했던 골목에서 벵갈 독화살을 맞고 쓰러진 장교가 무모하고 치명적인 출격을 시도하지 않게 하려고 나는 할 수 있는 모든 것을 다했다네. 그 장교가 바로 내 소중했던 친구 올뎁이었지. 이 필사본을 보면 알 수 있을 걸세."

여기서 템플턴 선생은 공책 하나를 꺼내 보여줬다. 그중 몇 페이지는 조금 전에 쓴 것 같아 보였다.

"자네가 언덕에서 환상을 보고 있던 바로 그 순간에, 나는 여기 집에서 그 일들에 대해 상세히 적고 있었다네."

이 대화를 나누고 약 일주일 후, 샬로스빌 지역 신문에 다음과 같은 기사가 실렸다.

친절과 선행으로 오랫동안 샬롯스빌 주민들에게 사랑받아온 아우구스트스 베들로 씨가 별세하였음을 알린다.

베들로 씨는 지난 몇 년 동안 신경통을 알아왔는데 이는 종종 생명에 위협이 되었다. 신경통은 베들로 씨 사망의 간접적인 원인으로만 여겨진다. 사망의 주원인은 매우 기이하다.

누더기 산으로 산책을 다녀온 후, 며칠 동안 베들로 씨는 가벼운 감기와 발열을 앓았고 머리에 과도한 울혈이 수반되었다. 증상 완화를 위해 템플턴 선생은 국부적 출혈을 활용했다. 관자놀이에 거머리를 올려놓자 환자는 일순간 사망했다. 거머리가 담겨 있던 항아리에 주변 연못에서 이따금 발견되는 독거머리가 우연히 섞여 들었던 것으로 보인다. 독거머리는 오른쪽 관자놀이 세동맥에 단단히 달라붙었다. 의료용 거머리와 아주 유사해 실수를 발견하지 못했고 때는 너무 늦어버린 것이다.

주의 ─ 샬롯스빌의 독거머리와 의료용 거머리를 구분하는 방법이다. 독거머리는 검고, 특히 꿈틀대는 행동이나 구불구불한 움직임이 특징이다. 이 몸짓은 뱀과 거의 흡사하다.

나는 이 기사를 실은 담당 편집자와 이 놀라운 사건에 관해 이야기를 나누었다. 그러다 불현듯 왜 사망자의 이름이 e로 끝나는 베들로Bedloe가 아닌 베들로Bedlo로 기재되었는지에 대해 물었다.

"철자를 이렇게 쓰신 근거가 있는 것 같은데요. 저는 베들로라는 이름은 언제나 e로 끝난다고 생각했습니다만."

"근거요? 아닙니다. 그저 단순한 철자 오류입니다. 전 세계적으로 베들로라는 이름은 항상 e로 끝나죠. 다르게 쓰는 경우는 살면서 본 적이 없습니다."

나는 돌아서며 속삭이듯 말했다.

"그렇다면, 그야말로 진실은 그 어떤 소설보다도 기묘하군. 베들로Bedloe라는 이름에 e가 없으면, 올뎁Oldeb이라는 이름을 뒤집어놓은 것과 똑같지 않은가! 그런데 편집자는 그게 단순한 철자의 오류라고 말하는군."

에이러스와 차미언의 대화

Edgar
A. Poe

에이러스와 차미언의 대화

그대에게 불벼락을 내릴 것이오.

— 에우리피데스, 〈안드로마케〉

에이러스 어째서 나를 에이러스라고 부르지?

차미언 이제부터는 계속 그렇게 부를 거야. 너도 내 원래 이름을 잊고 차미언이라고 불러야 해.

에이러스 아, 정말 꿈은 아니겠지!

차미언 이제 꿈은 우리와 함께하지 않아. 곧 수수께끼들이 함께하게 되지. 살아 있는 듯 이성적인 네 모습을 보니 매우 기뻐. 이미 네 눈앞에 드리워 있던 어둠의 막은 벗겨졌어. 비관하지 말고 아무것도 두려워하지 마. 너에게 할당되었던 무감각한 나날들은 이제 끝났으니, 내일이면 내가 기쁨과 경이로움이 가득한 새로운 존재로 만들어줄게.

에이러스 사실, 감각이 없다는 느낌도 들지 않아. 심각한 고통과 끔찍한 어둠은 사라졌고, 큰 물소리 같은 목소리처럼 굉장히 격렬하고도 끔찍한 소리는 들리지 않아. 차미언, 나의 감각은 새로운 것을 적극적으로 받아들이는 데 혼란을 겪고 있어.

차미언 며칠 지나면 혼란은 모두 사라질 거야. 어쨌든 네 감정을 완전히 이해하고, 또 안됐다고 생각해. 나에겐 네가 지금 겪고 있는 감정을 겪은 지도 이승의 시간으로 10년이 지났지만, 아직도 그 기억들이 생생하거든. 지금 겪는 고통을 아이덴(작가가 창조해낸 가상 공간. 천국 혹은 에덴 – 옮긴이)에서 다시 겪게 될 거야.

에이러스 아이덴에서도?

차미언 그래, 아이덴에서도.

에이러스 오 이런. 날 불쌍히 여겨줘, 차미언! 나는 이제야 알게 된, 불확실한 미래의 위엄에 엄청난 압박감이 느껴져. 장엄하며 확실한 현재에 동화되어버린 위엄 말이야.

차미언 이젠 그런 생각으로 고심하지 마. 내일 이것에 관해 이야기할 테니까. 네 마음의 불안과 동요는 가벼운 추억을 떠올리면 진정될 거야. 주위를 둘러보거나 앞을 바라보지 말고 뒤를 돌아봐. 나는 말이지, 너를 이곳으로 던져 넣은 엄청난 사건에 대해 자세히 듣고 싶어. 얘기해줘. 끔찍하게 사라져버린 세계의 익숙한 언어로, 익숙한 것들에 관해 이야기 나눠보자고.

에이러스 정말 끔찍했어! 이게 꿈은 아니겠지?

차미언 이제 꿈은 없어, 에이러스. 내가 죽었을 때 사람들이 많이 애도했었어?

에이러스 애도했냐고, 차미언? 오, 깊이 애도했어. 최후의 순간까지 너의 집 위로 짙은 우울감과 깊은 슬픔의 구름이 드리워져 있었지.

차미언 그렇다면 최후의 순간에 대해 말해봐. 나는 드러난 사실 외에 그 재앙에 대해 전혀 아는 바 없어. 나는 사람들 곁을 떠난 뒤, 무덤을 거쳐 밤의 일부가 되었어. 내가 기억한 게 맞는다면 너에게 닥친 재앙은 말 그대로 예측 불가능한 것이었어. 하지만 뭐, 당시의 과학에 대해 잘 모르니까 말이야.

에이러스 네가 말했듯, 사람들이 저마다 겪게 되는 재앙은 예측할 수 없어. 이번과 비슷한 재앙은 천문학자들이 오랫동안 토론해온 주제이지. 네가 죽었을 때, 인간들은 지구가 불에 의해 종말을 맞게 될 것이라는 성경의 말씀을 믿고 있었어. 혜성이 엄청난 불길에서 떨어져 나온다는 당시의 천문학적 지식 때문에 직접적인 파괴력에 대해서 잘못 추측하고 있었던 거야.

혜성은 밀도가 꽤 크지만, 이차 행성의 궤도나 질량을 변화시키지 않고 목성의 위성 사이를 지나. 사람들은 오랫동안 혜성을 발견할 확률이 희박한데다, 기체로 이루어진 물질이기 때문에 만일 지구와 부딪힌다 해도 견고한 지구에 상처를 입힐 수 없다고 생각했어. 따라서 엄청나게 위협적인 파괴력을 가진 혜성이 있다는 생각은 오랫동안 받아들여지지 않았지. 이상하게도 최근 들어 터무니없는 환상과 호기심이 만연해졌어. 천문학자들이 새로운 혜성에 대해 발표했을 때, 일부 무지한 사람들만 걱정했을 뿐 일반적으로는 불안해하거나 의혹을 품지 않았지.

사람들은 그 이상한 천체의 구성 요소에 대해 즉시 조사에 나섰어. 그리고 혜성이 태양의 근일점을 지날 때 지구와 상당히 가까워질 것을 계산해냈지. 극소수의 천문학자들은 충돌을 피할 수 없다는 의견을 고수했어. 이러한 정보가 사람들에게 미친 영향에 대해서는 잘 설명할 수 없을 것 같지만. 며칠 동안 사람들은 지금껏 생각해온 방식으로는 도저히 이해할 수 없는 천문학자들의 주장을 믿지 못했어. 곧 고집불통인 사람들조차도 이해할 수밖에 없을 중요한 사실이 밝혀졌어. 마침내 모든 이들은 천문학적 지식이 거짓이 아니라는 사실을 알게 되었고, 혜성을 기다렸어.

처음 접근 속도는 그리 빠르지 않았어. 외형적으로도 특이점은 없었지. 혜성은 흐릿한 붉은색에, 거의 알아볼 수 없는 꼬리가 있었어. 일주일 정도 관찰한 결과, 혜성의 지름은 그다지 커지지 않았지만 색깔은 부분적으로 변했다는 것을 알아냈지. 그러는 동안 사람들은 일상의 문제는 제쳐놓은 채 학자들의 주도로 혜성의 본질에 대한 활발한 토론에 몰두했어. 무지렁이들조차 아둔한 머리로 혜성에 대해 생각했을 정도였으니 말이야. 지식인들은 공포를 진정시키려 하기보다는 이론적 논쟁을 계속하는 데 전력을 다했지. 그들은 올바른 견해를 갈구했고 완전한 지식을 열망했어. 현명한 이들은 혜성에 내재된 힘과 위엄을 깨닫고 고개 숙여 혜성을 숭배했어.

혜성과 충돌하게 되면 지구에 살고 있는 사람들이 실질적인 피해를 입을 것이라는 의견은 지식인들 사이에서 발붙일 자리를 잃었지. 그리고 이젠 지식인들이 대중의 이성과 상상력을 좌지우지했어. 그들은 혜성 중심의 밀도는 지구에서 공기가 희박한 부분보다 작다고 설명하며 유사한 혜성이 아무런 피해를 주지 않고 목성의 위성들 사이를 지났다고 강력히 주장했지. 덕분에 사람들의 불안은 진정될 수 있었어. 심각한 두려움에 떨던 신학자들은 성경의 예언에 대해 깊이 생각한 뒤, 이례적으로 사람들에게 직접이고도 단순하게 설명했어. 이제 사람들은 불에 의해 지구가 종말을 맞게 될 것이라고 확신하게 되었지. 혜성이 불로 이루어져 있지 않다는 건 모든 사람이 알고 있었어. 그 사실은 대재앙이 찾아올 것이라는 예언에 사로잡혀 불안에 떨고 있는 사람들을 안심시켰지.

주목할 만한 건 말이지, 혜성의 특징에 대한 오류를 비롯해 흑사병과 전쟁에 대한 대중적 편견과 통속적 오류가 이제 더는 퍼지지 않는다는 점이야. 마치 갑작스러운 발작이라도 일어나 이성이 옥좌에서 미신을 내던져 버린 것 같았어. 별것 아닌 지식도 과도하게 관심을 기울이다 보면 힘을 얻기 마련이니까 말이야.

충돌 후에 일어날 수 있는 부차적인 재난은 여러 의견이 복잡하게 오간 쟁점이었어. 지식인들은 약간의 지리적 변형, 기후 변화와 이에 따른 식물의 변화, 자기와 전기적 영향이 있을 것으로 예측했지. 많은 사람이 어떤 식으로든 가시적이거나 감지할 만한 결과는 일어나지 않으리라고 생각했어. 이 같은 논의가 계속되는 동안, 지식인들의 대화 주제는 눈에 띄게 지름이 커지고 밝은 빛을 내면서 점점 가까이 접근해왔어. 혜성이 가까이 다가올수록 사람들은 창백해졌고 사람들의 모든 활동은 중단되었어.

이제 모든 사람이, 혜성이 이전의 기록을 능가하는 크기가 되었다는 것을 알게 되었어. 사람들은 천문학자들이 틀렸을지 모른다는 일말의 희망을 버리고 이제 확실한 재앙을 겪어내야 했지. 터무니없는 공포라는 생각은 사라졌어. 가장 담대한 이들의 가슴도 격렬하게 박동했지. 며칠 지나지 않아 걷잡을 수 없는 감정에 빠져들고 말았어. 우리의 지식으로는 저 낯선 천체를 파악할 수 없었던 거야. 역사적으로 기록된 정보는 아무 소용없었어. 끔찍하고 낯선 감정이 우리를 짓눌렀지. 일부 사람들은 혜성이 하늘의 천문학적 현상이 아닌 우리 마음과 머릿속의 망령이라고 생각했어. 혜성이 여태 인간이 본 적 없는 엄청난 불꽃에 휩싸여 있다는 이야기가 순식간에 퍼져나갔어.

어느 날, 사람들은 전보다 자유롭게 숨 쉴 수 있었어. 혜성의 영향권에 든 것이 확실했지만 우린 살아 있었거든. 게다가 이상하리만치 몸이 유연해지고 마음에 생기가 돌았지. 우리가 두려워하는 물체가 굉장히 보기 드문 것이라는 것은 확실했지. 그 사이로 하늘의 모든 물체가 보였으니까 말이야. 그러는 사이 식물들은 눈에 띄게 변화했어. 이처럼 예언이 맞아떨어지는 것을 보고 사람들은 지식인들의 예측을 믿게 되었어. 예전에는 본 적 없는 화려한 잎들이 모든 초목마다 솟아났거든.

또 다른 어느 날이었지. 재앙이 완전히 우리를 덮치지는 않았어. 혜성의 핵이 먼저 닿았거든. 모든 사람에게 격렬한 변화가 찾아왔어. 가슴과 폐가 꽉 조이는 느낌이 들며 피부는 견딜 수 없이 건조해졌어. 비탄과 공포를 느꼈을 때 가장 먼저 반응하는 감각적 신호였지. 지구의 대기도 근본적인 영향을 받았다는 사실은 부인할 수 없었어. 이제는 대기층의 구조와 변화가 토론의 주제가 되었지. 조사 결과는 온 세상 사람들의 마음에 엄청난 공포를 불러일으켰어.

우리를 둘러싼 공기가 산소와 질소의 혼합물이라는 것은 오래전부터 알려진 사실이야. 전체 대기를 100이라고 했을 때, 산소 21퍼센트와 질소 79퍼센트의 비율로 이루어져 있지. 연소에 필요한 조건이자 열의 매개체인 산소는 생물의 생명 유지에 절대적으로 필요한, 자연 속에서 가장 강력한 에너지원이지. 반면에 질소로는 생명이나 불꽃을 유지할 수 없어. 산소가 과도하게 많으면, 최근 우리가 경험했던 것처럼 생물체가 떠오르게 돼. 이러한 생각을 확장해보면 두려워지기까지 해. 질소를 모두 추출해내면 어떤 일이 벌어질까? 불길은 잦아들지 않은 채, 모든 것을 집어삼키고 순식간에 퍼져나가겠지. 엄청난 공포를 불러일으키는 성경의 예언 말씀 그대로 이루어질 거야.

차미언, 속박이 풀려버린 인간들의 광란에 대해 이제 와 설명하는 게 무슨 필요가 있겠어? 혜성에 대한 소수의 의견은 이전에는 우리에게 희망을 주었지만 이제는 비통한 절망의 근원이 되었지. 우리는 형체 없는 가스 덩어리로 인해 정해진 종말을 맞이하게 되리라고 생각했어. 그러는 동안 또 하루가 지났어. 마지막 희망도 사라졌지. 공기층이 급변하자 숨이 막히기 시작했고 붉은 피가 팽팽한 혈관 속에서 요동쳤어. 모두 맹렬한 착란 상태에 빠져 위협적인 하늘을 향해 두 팔을 벌리고 몸을 떨며 고함쳤어. 이제 그 파괴자의 핵이 우리를 덮쳤지. 이곳에 와 있는데도 그 생각만 하면 몸이 떨려. 모든 것을 압도해버린 파괴에 대해서는 간단히 이야기할게.

대단히 붉게 빛나는 한 줄기 빛이 순식간에 모든 것을 통과

해 지나갔어. 차미언, 이 부분에서는 위대한 신의 위엄 앞에 고개를 숙여야 해. 신께서 입을 여신 듯 고함치는 소리가 퍼져갔어. 우리가 살고 있던 에테르 덩어리는 순식간에 거대한 불꽃으로 치솟았는데 엄청난 빛과 뜨거운 열기는 천국의 천사들조차 설명할 수 없을 정도였어. 그렇게 모든 것이 끝나고 말았지.